ロス・クラシコス
Los Clásicos
7

モロッコ人の手紙／鬱夜

Cartas marruccas. Noches lúgubres.

ホセ・デ・カダルソ
José de Cadalso

富田広樹＝訳

現代企画室

モロッコ人の手紙／鬱夜

ホセ・デ・カダルソ

富田広樹＝訳

ロス・クラシコス7

企画・監修＝寺尾隆吉

協力＝セルバンテス文化センター（東京）

本書は、スペイン文化省書籍図書館総局の助成金を得て出版されるものです。

Cartas marruecas. Noches lúgubres.

José de Cadalso

Traducido por TOMITA Hiroki

Instituto Cervantes

GOBIERNO DE ESPAÑA

MINISTERIO DE EDUCACIÓN, CULTURA Y DEPORTE

SECRETARÍA DE ESTADO DE CULTURA

Francisco de Goya, *El sueño de la razón produce monstruos*, grabado n.º 43 de los *Caprichos*, 1799.

目次

モロッコ人の手紙

序文

ミゲル・デ・セルバンテスがその中でわれわれの先祖の悪しき風習をかくもみごとに批判した不朽の小説をものして以来、子孫たるわれわれはさらなる悪習でそれをおきかえもしたのであるが、ヨーロッパの学殖ゆたかな国ぐににあっては、程度の差こそあれ公平な書き手の筆になる批評が数多くあらわれることとなった。しかし、世の人々、学殖ゆたかな人士のあいだで最も広く受け入れられてきたのは、遠いばかりか、その宗教、風土、政治において反対であるような国ぐに出身の旅人によって、とある国で書かれたという体の、「手紙」の名を冠したそれである。この種の批評がおさめた成功の最たるものは、書き手の風変わりなことと相俟って、その読書を心地良く、流通をより容易に、そしてその文体を快活なものとした、書簡という手法に帰せられよう。多くの場合、新しいことは何一つ言っていないにせよ、全体としてはこちらの気に入るある種の目新しさをもって声高に批評を繰り広げることとなっているのである。

そのような作品を帰すべき旅人の数が少ないことから、スペインにおいてこの手の書き物はそれほど自然なものではない。ピレネーのこちら側にあって書かれた『ペルシア人の手紙』、『トルコ人の手紙』、はたまた『支那人の手紙』という表題は信憑性を欠くだろう。こう考えることはわたしにとっていつも嘆かわしいことであった。というのも、われわれが先祖より受け継ぐ風習、外国人との交わりから持ち込んだ習慣、受け入れられてもいなければ放逐されてもいないそれらを目にするにつけ、遠い土地、われわれとはまったく異なる風俗習慣の土地からやってきた旅人を導入することで、これをみごとにやってのけることができると、いつも考えてきたからである。

運命は、ある知人の死によってわたしの手の内に『ガセル・ベン・アリなるモーロ人が新旧のスペイン人の風俗習慣についてその友人のベン・ベレイに宛てた手紙、ベン・ベレイからのいくつかの返事、ならびにこれらに関係するその他の手紙』と題された手稿が舞い込んでくるように取り計らった。

これらの手紙がその文体から察せられるとおり、実際にそう謳うところの書き手の筆になるものか、それとも故人が暇つぶしにその晩年の幾年《いくとせ》を費やしたものであるかをわたしに説明する暇もあたえることなく、友人の命数は尽きた。どちらの場合もありうる。読者はみずから正しいと思うところを恃《たの》むことになろう。これらの『手紙』が有益か無益か、悪いものか良いものかを知れば、実際の作者の素性などどうでもよいことである。

書簡の内に宗教と政治の話題が取り上げられていないことは、わたしがこれらを公にすることに勇気を与えた。このふたつの主題にかかるものが、遠回しにでさえ触れられることがほとんどないことは、容易に観取されよう。

原稿のならびにあってはいかなる日付もみられず、それを正しくならべ替えることはこの作品の出版を大いに遅らせるものと思われた。よって、そうすることにも、手紙の書き手が誰かを記すことにも、わたしは心を砕かなかった。書き手については、読むことでおのずとそれが知られるからである。[1] いくつかの書簡は、原本であるアラビア語の文体と、こういってよければその特徴を、あますところなく含んでいる。その言い回しはヨーロッパ人にとって滑稽に、また一般的な手紙の文体の性質に反して荘厳かつピンダロス的と思われよう。だが、アフリカ人にとっては、われわれの話しぶりが同様に堪えがたいものと思われよう。どちらが正しいのか？　知ったことか！　わたしはその判断を下そうとは思わないし、アフリカ人でもヨーロッパ人でもない何者かでなければ、それをよくなしえないだろう。自然こそが唯一の判官である。しかしその声はどこで聞かれよう？　これもまたわたしの知るところではない。人間の日々の営みに持ちあがる多くの物事について、共通の母の声を聴こうにも、それ以外の声があまりにも交錯しているのである。

しかしこれらの手紙の単なる編者として公衆の前に姿をあらわすのであれば、わたしの自己愛は謙虚に過ぎるというものだろう。自分の作品を持たないがゆえに、自身の虚栄と自惚れの償いに他人の作品を出版することになるものたちに共通した方法を真似ようともした。作品を注釈、派生する問題群、説明やヴァリアント、付録でいっぱいにするというやり方によって。つまり彼らは、本文を貶め、変形させ、意味を切り刻み、謙虚にして穏和な読者を無用の情報で圧倒し、煩わしい呼びかけによってその注意を妨げ、もしそういうものがあるとすれば作者の持つ混じりけなしの長所を奪い去り、作品の嵩上げをするという多くの仕事と引き換えに、望んではいなかったはずの、しかし的を射た、邪魔者という名を手に入れるのである。こう考えてわたしは、モーロの旅人の誤り、我が友人のとっぴな意見、あるいはおそらく筆耕のものと思われる間違い、またはそうと思われる箇所に、星印や数字、文字を配し、習慣に従って各ページの末尾にしかるべき数の注釈を施そうと考えた。

多くの編者が有せぬ別の判断がわたしには伴っていた。もしわたしがそのようなやり方で七世紀も昔に亡くなったある作者の作品を世に出そうとしたならば、自分自身その企てに失笑を禁じ得なかっただろう。というのも、その死とわたしの誕生とのあいだに七百年もの隔たりのある人物が、何を言わんとしたのかを究明するというのは馬鹿げた企てと思われただろうから。しかしこの『手紙』の手稿をわたしに残した友人、この上なく慎重な推測に拠るならその真実の作者であるが、彼とわたしは心の友であり、二人で一つであったのだ。わたしは彼の考え方を自分のそれのように知っているし、彼は紛うことなき同時代人であるばかりか、わたしと同年、同月、同日、おなじ瞬間に生まれもしたのだ。したがって、以上述べたすべての理由から、そして沈黙に付した別の理由をもって、勝利を収める虚偽の馬車にそれが引き回されるのを見てさえ（なにも意味することのない、それゆえにこれやその他の序文にとても相応しい言い回しである）、つねにその名を尊んできた真実を侵すことなしに、わたしはこの作品を自分のものであると呼ぶことができる。

「たとえそうだとしても」批評という問題にかんしてはこの上なく厳格にして陰鬱な友人曰く、「そのような注釈を付すべきではないと思う。本の重量とサイズを増大させようし、それこそは現代の作品にとって最大の欠点となりうる。古の書物は鉄のようにキンタル[2]の単位で量られたものだが、今日の書物は宝石のようにカラット単位で量られる。かつてのそれは槍のように尺で測られたものだが、今日のそれは短刀よろしく寸で測られるもの。いかなる作品とて短くあらねば」と。

この深い見識に感銘を受けたわたしは、前述の厄介ごとにもかかわらず、紙数を可能な限り少なくすることで、彼の意見に従うこととした。そして、この序文、はしがき、緒言、前口上、前置き、何であっても構わないが、これについてもまた同様の考えを抱くにいたった。とはつまり、この類の導入部分の退屈さを打ち明けつつ、その懺悔にもよらず相も変わらぬ悪習の轍を踏み、その忍耐を限界まで追いやっては隣人を大いに害する輩の数を増大させるべきではない、と。

さらに大きくわたしを躊躇させた、実際のところとても強力な考えは、この小品を出版するべきではないとまでわたしに決断させようものであった。それはつまり、これが人々の気に入ることはない、気に入られることはありえない、というものであった。わたしの考えはつぎのとおりである。

これらの書簡は今日の、そしてかつてそうであった国民の性格を扱っている。この批評がある人たちの気に入るようにするには、その国民を貶め、罵詈雑言で満たすとともに、月並みの美点さえもそこには見出せないというようにする必要があろう。また別の人たちを喜ばせるには、おなじように、その気質を調べてわかったことのすべてを誉め上げ、それ自体にあっては非難に値するべきものもことごとく称揚する必要がある。このふたつのやり方のうちのいずれであれ、『モロッコ人の手紙』がそれに従うのであれば、多くの愛読者を獲得したであろう。ある人々に悪く思われるのとひきかえに作者は、そのほかの人たちに愛されたであろう。しかし、これらの書簡を支配する公平の精神にあっては、そのふたつの極からの憎悪を結び合わせずにはおかない。みずからの理性を用立てたいと願う人間は、この中庸をこそ追求せねばならないというのは真実である。しかしそれはまた、ふたつの極の先入見ある人々から疑いの目を向けられることでもある。たとえば、時代遅れと呼ばれるようなスペイン人は、新奇なるものを愛でることへのある種の風刺を読むときには、その厳《いか》めしさを失って、微笑を浮かべさえしよう。しかし続く段落にいたって、手紙の作者が先人の知ることのなかった新知見の有用性を誉め上げるのを目にしたなら、本を火鉢に放り投げて叫ぶだろう。「イエス様、マリア様、ヨセフ様、このものは祖国の裏切り者です！」反対に、ピレネーのこちら側で生まれたことを恥じる人々の一人が、外国人たちのおかげで身につけることのできた多くの良きことの賞賛を読むときには、かくも好ましいページに幾度となく口づけを与えることは疑いがない。しかしもう数行先まで読む忍耐を有していて、価値を認めるべきわれわれの古き性質が失われたことの嘆かわしさにまつわる考察にまでいたるならば、暖炉に書物を擲《なげう》ち、従僕に向かって言うだろう。「こいつは馬鹿げている、どうかしているよ、堪えがたい、忌まわしい、嘆カワシイ」[3]

こうしたことの結果、この批評のあわれな編者たるわたしがもしこれら二つの教団のどちらかのあるものの家を訪ねるならば、よいもてなしを与えられたとしても、状況に応じてひとりごちずにはいられないだろう。「今この瞬間、相手は内心こう思っている。『この男は悪いスペイン人だ』とか、『この男は野蛮人だ』」と。しかし自己愛がわたしを慰めてくれよう（多くの場合に、ほかの人々にとってそうであるように）、そしてわたしは心のうちでこう言うだろう。「わたしは誠実な人間以上のなにものでもないのだ、国民の批評というこの世界における最も繊細な主題にかんして、わたしには公平と思われる文書を世に送り出しただけなのだ」と。

第一の手紙
ガセルからベン・ベレイへ

我が国の大使ご帰朝の後もスペインにとどまることができるようになりました。何日も前からそのように願い、大使のマドリード滞在のあいだに幾度かあなたに書き送ってきたとおりに。わたしの望むところは、有益な旅をすることであり、この目的は王侯貴族の方々の随行員としてでは必ずしも果たしうるところではありません。アジア人やアフリカ人であればなおさらのことです。こういってよければ、こうした方々は通り過ぎる土地の表面しか目にしないのです。その絢爛ぶり、知るに値する物事を深く追求する契機となる経緯《いきさつ》の不在、召使いたちの数、言語を知らぬこと、行く先々の国で奇異のまなざしを向けられずにはおられぬこと、そしてそのほかの理由が、人目をひくことなく旅する一般のものには与えられている多くの手段を彼らには妨げるのです。

わたしはこれらキリスト教徒のような身なりをし、彼らの家に多く出入りし、その言語を解し、ヌーニョ・ヌーニェスなるキリスト教徒と深い友情で結ばれております。彼は運命の様々な転変、経歴、暮らしを経てきた男です。今は世間を離れて、彼自身の言い分によれば、自分自身の牢獄に引きこもっています。彼と一緒にいれば、楽しみのうちに時間が過ぎます。というのも、彼はわたしが尋ねるあらゆることについて、教えようとしてくれるからです。そして、極めて誠実にそうしてくれるので、時々は「それについてはわたしは理解できない」と、また「それについては、理解したくもない」とわたしに言うのです。

こうした好機を得て、わたしは首都のみならず、半島のありとあらゆる地方を調べ尽そうと意気込んでいます。ヨーロッパのほかの国ぐにとおなじものは何か、この民に特有のものは何かに注意を向けつつ、その習慣を観察するつもりです。われわれモーロ人がキリスト教徒に対して、とりわけスペイン人たちに対して持っている多くの先入見を忘れるようにつとめます。ヌーニョとそれについて検討し、そうして得られた判断を添えてあなたにお知らせするべく、わたしを驚かせるすべてのことを記録してまいります。

こうすることで、わたしがいまある国の知らせを求めてあなたがお送りくださった手紙にお返事します。そのときまでは、理解していないものについて語るという無分別を犯すことはいたしません、今までわたしにとって謎であったとある国について、数多くのことをあなたに申し上げるというような。とはいえ、そのほうがずっと容易ではあるでしょう。四つ、五つの奇妙な習慣を書きとめて、その起源を究明する労を取ることなしに、軽妙洒脱な文体を作り上げ、ほんの少し風刺の効いた考察を付け加え、筆を執ったのとおなじ軽々しさでそれを手放せば、多くの人がそうしてきたように、わたしの仕事も一丁上がり、ということになるでしょうから。

しかし、あなたがわたしに教えたのです、尊敬する師よ、真実を愛することを。真実に悖《もと》ることは、ささいなことにあっても罪であると、何千回となく教えてくださったのです。時がどれほど流れても消えることのないこの箴言を、そのときとても力強かったあなたの声が、そのときとても柔らかであったわたしの心臓に刻み込んだのです。

若き日の謹厳実直のたまものである健康で心楽しい老年をアラーがあなたにお守りくださいますよう

に、そしていつものようにためになる教えをアフリカからヨーロッパのわたしへお送りくださいますように。美徳の声は海を越え、距離をものともせず、太陽の光よりもなお大きなすばらしさでもってあまねく世に広がります。日の光は夜の闇の帝国に屈するものですが、美徳の声は決して翳ることがないのですから。数々の助言に反映されたあなたの存在がなければ、自分の国よりも居心地良く自由な国にあって、わたしはどうなることでしょう。それはヨーロッパの魅力のうちにあってわたしに付き従う影となり、断崖よりわたしを引きあげる守護精霊のごときものとなり、またあるいは耳を聾する轟音をもって悪に染まらんとする手をとどめる雷鳴となるのです。

第二の手紙

同上

この広大な王国の首都にあってわたしが巡らせる考察をあなたに書き送るように、という度重なるご要望について、わたしはいまだ応えられる状態にはありません。旅をしている国についての真の理解に到達するのにどれほどのことが必要とされるかご存じでしょうか。たしかに、ヨーロッパを幾度か旅したことのあるわたしが、ほかのアフリカ人にくらべて有利な、もっと正確に言うならば、より不利ではない立場にあることは事実です。しかし、たとえそうであっても、世界のこの部分にあるひとつの国にまつわる知識が、おなじ場所にある別の国ぐにについて判断を下すには十分ではないほどに、ヨーロッパの人々のあいだには大きな違いがあるのです。ヨーロッパの人々は隣人同士には見えません。食卓や劇場、軍隊や贅沢など外面においては同一のものでありながら、法体系、悪徳、美徳、統治形態はこの上もなく異なったものであり、結果としてそれぞれの国民に独自の慣習であるのです。

スペインの民の内にあっても、その地方によって信じがたい多様性が存在します。アンダルシア人は何一つビスカヤ人[4]に似たところがなく、カタルーニャ人はまったくもってガリシア人とは異なります。バレンシア人と山向こうの人々[5]についても同様です。この半島は何世紀にも渡って複数の王国に分かれており、服装、法体系、言語や通貨にかんしてつねに多様でありました。このことから、わたしが最後の手紙において述べた、経験によるわずかばかりの観察、あるいはそんなもの一切なしに、思慮深からざる旅行者の記録のみにもとづいてスペインについて語る人々の軽佻浮薄をご理解いただけるでしょう。

その歴史をよく知り、政治を論じた著者たちの書き物を読み、多くの質問と省察をなし、それらを記録し、熟慮をもって反芻し、それぞれのことについて下した判断について得心がいくまで時間をかけることをお許しください。その後、ご期待にお応えすることを約束しましょう。それまでは手紙のなかで、わたしの安否と、わたし自身の学びのためにも長久を冀《こいねが》うあなたのご健康、ご子孫の教育、ご家庭の統治、あなたをとりまくすべての方々の幸せについてのみ語ることとしましょう。

第三の手紙

同上

最後の手紙をしたためてからの数か月というもの、わたしはスペインの歴史について学んでおりました。われわれの祖先による侵略とこの地への定住に先立つ時代から、それについて書かれた物を見ておりました。

これは何十年、何世紀にも渡ることとですので、それぞれの時期にあって様々に特別な出来事が起こっており、その影響は今日まで色濃く、その全体の要約は一通の手紙にして書き送るにはあまりに長大となり、わたしはこうした仕事に向いておりません。わたしは友人であるヌーニョにそれを依頼し、あなたにそれをお送りすることにいたします。国の歴史の梗概が彼の手になるものであるからといって、お国びいきで歪められていようとのご心配には及びません。というのも、賞賛と情愛に値するものとして彼がその祖国を愛し、崇めているとはいえ、地球上のこの地域、あるいはその裏側や、どこぞの国に生まれ落ちることは偶然の所産に過ぎない、と彼が口にするのを何度となく耳にしているからです。

この手紙は三週間前にここまで書かれ、その後放置されておりました。その時わたしを病魔が襲い、その間ヌーニョはわたしの部屋を離れることがありませんでした。最初の数日に上述の依頼をし、わたしが危機を脱するや彼はそれを果たしました。回復の床にあるわたしに彼はそれを読み上げ、まったくわたしの思い描いた通りであると思われました。彼の手からわたしのもとへ寄越されたそれを、あなたにお送りします。巡り歩く国ぐにについて書き送るわたしのような旅行者の考察と、隠遁の閑静より世界を眺めるあなたのような賢人の検討に値する、ありとあらゆる慣例習俗の起源にかんする知識にとって重要な鍵となるものであってみれば、そうした問題について手紙をやり取りするあいだ、これをつねに手元に置いていただきたく思います。

「スペインと呼ばれる半島は、ピレネーの山々によって隔てられるフランスとの側によってのみヨーロッパ大陸と接する。金や銀、水銀に鉄、宝石や湧水をゆたかに産し、すばらしい質の家畜と、美味にしてありあまるほどの魚に富む。この幸福な立地は半島を、フェニキア人やその他の人々の貪欲さの的にした。カルタゴ人は、ときにごまかしによって、ときに力に訴えて、その内に居を定めた。ローマ人はスペインの征服によってその権力と栄光を完全なるものにしようと企てたが、爾余の世界の傲慢なる主は、思いがけずも激しい抵抗にあった。たった一つの市《まち》に過ぎぬヌマンシアの包囲に十四年の月日を要し、三つの師団の壊滅と勇名轟く将軍たちの汚名を蒙った。父祖伝来の土地の荒廃、生き残っている人間の少なさ、（すべての食料が尽きて後は同胞の糧に供されたものを除いても）街路に溢れる亡骸の夥しさによって、降伏か死を選ぶ必要に迫られたヌマンシアの民は、その家屋に火を放ち、子供、女、老人をその炎に投げ入れ、武器を手に死地を求めて平原に姿をあらわした。偉大なるスキピオ[6]はヌマンシア滅亡の証人であった、というのも、彼はこの市の真の征服者を名乗ることはできないからである。ルクッルスがその遠征のために軍隊の編成を任されたとき、ローマの若者のうちにともなうべき志願兵を見出さなかったため、それを鼓舞するためにスキピオ自身が名乗りを挙げねばならなかったほどであったことは特筆に値しよう。[7] 敵としてのスペイン人の勇敢さを知る一方で、ローマ人たちは同盟を組むものとしてのその美徳をも目の当たりにした。サグントはローマのためにヌマンシア同様の包囲戦をカルタゴ人によって強いられた。[8] 以来ローマ人は、その著述家、弁論家、歴史家、詩人に認められるように、スペイン人を高く評価するようになった。歴史に記されておらぬ以上、その完全なる支配がなされなかったことは疑いを容れないカンタブリアのいくつかの山々を除けば、人間の勇気を凌ぐローマの幸運は、これを爾余の世界と同様にスペインの主に据えた。ここで語るも無益な数々の内乱は、北より獰猛にして強欲、戦に長けた民の大群をもたらし、[9] 彼らはスペインに居座った。しかし自分たちが後にしてきたものとはまるで異なるこの喜びに満ちた風土は彼らを柔和堕弱となし、今度は南より来《きた》る新たな征服者の奴隷としたのである。[10] スペインのゴート人たちは今日アストゥリアスと呼ばれる地方の山奥にまで逃走するや、恐怖を振り捨て、失った家々や王国の滅亡を嘆いたのもつかの間、自然が生み出した最も偉大な人物の一人であるペラーヨに率いられて山を降りた。

「ここから、およそ八世紀ものあいだ続くことになる戦乱が幕を開けた。書き記す筆の恐れ、記されたものを読む目の戦慄によって知られるように、スペイン、ローマ、カルタゴ、ゴート、モーロの血をふんだんに吸った大地に、モーロ人が築かんとした王国を破壊して、いくつもの王国がかつてのスペイン・ゴート王国の遺構の上に生まれた。[11] しかし、かくも長きにわたる血みどろの戦乱の後でさえ、この半島の住民は優に二千万を数えた。千差万別たる地方の数々は、カスティーリャとアラゴンという二つの王国に組み入れられ、またこれらは、統治とはなんたるかを知る人々のあいだで永遠の君主たるフェルナンドとイサベルの結婚によってひとつに結ばれた。乱用される権力の改革、学芸の振興、傲慢な人々の粛清、農業の庇護や、その他同様の事業がその統治の内容である。文武に秀でた驚くべき数の臣下とともに、自然も彼らに味方をした。その王位を男子に継承することができていたならば、古代ローマを凌いで長く続く巨大な帝国（発見されたばかりの南北アメリカ大陸も含む）をその子孫に残したことを彼らは誇りに思えたであろうが、天は彼らに授けた多くの恵みと引き換えに、その喜びを与えることを拒み、その笏杖はオーストリア王家に移った。この王家は、スペイン人の財産、才能、その血を、スペイン王カルロス一世がドイツでもイタリアでも続けざるを得なかった絶え間ない戦争のために、スペインとはかかわりのないないことに蕩尽した。彼が我が世の春に疲れ、あるいは人事の有為転変を賢明にも知り、逆境に身を晒すことを厭忌して、息子のフェリペ二世にその王位を譲るまで。

「父親同様に野心家であり政治家ではあるが彼ほどには天運に恵まれない、とライバルに非難されたこの君主は、カルロスの事業を継承したものの、軍、艦隊、財産を賭してもおなじ成功を収めなかった。その民を疲弊させ、アメリカの金銀で惰弱にし、新世界の人口を減少させ、数多の不幸でうんざりさせるとともに休息を希求させて、彼は世を去った。笏杖は、かくも偉大な帝国を治めるための気力をさらに欠いた三人の君主の手に渡り、カルロス二世が亡くなったころには、スペインは骨と皮ばかりの巨人となっていた」

以上がヌーニョのしたためたものです。この報告からあなたはわたしとおなじことを考えるでしょう。まず、この半島はおよそ二千年に渡って平和と呼びうるようなものに浴さなかったこと、したがってヌーニョがその現状を語るに際ししばしば強調するとおり、今なおその野が草に覆われ、泉が水を湛えていることは驚きに値します。第二に、ターリク[12]の子孫たちに対するかくも数多い戦争の原因が宗教であったことから、それこそがあらゆることの目的であるといっても過言ではありません。第三に、長らく手に武器を握っていたことで彼らは、商業や手工業を見下すようになってしまいました。第四に、そのおなじ理由から貴族がその身分の高さを鼻にかけるということが大変多く生じています。第五に、インディアスでまたたく間に財産が得られたことによって、多くの人が半島における手工業の育成と人口の増大から目を逸らしています。

これらの政治的な出来事によるそのほかの倫理的帰結については、それについて今後わたしが書き送る手紙の中に見出されましょう。

第四の手紙

同上

今世紀のヨーロッパ人は、彼らが生まれた世紀について山ほど並べ立てる賞賛の数々と相俟って、堪えがたいものです。もし彼らの言うことを信じるとするならば、人間の本性は彼らの新しい年の数え方によれば、ちょうど一七〇〇年に驚異的な、にわかには信じがたい変容を遂げたことになりましょう。個々人は彼同様に善良なばかりか、より優れた多くの祖先を持つことを鼻にかけるのに、世代全体は先行する世代を忌み嫌っております。理解できないことです。

わたしの素直さは彼らの尊大さにもなお優ります。この世紀がほかの世紀に対して優れていることを、彼らがあまりにも繰り返し説きますので、この点を真剣に調べてみたのです。しかし、繰り返すようですが、理解できないのです。付け加えれば、彼らが自分自身のことを理解しているのかどうか、疑わしいと言わざるをえません。

彼らが文明の時代と呼ぶ時代より、便利さや美徳においてはなんら発展も見ていない人類に、変わらぬ罪と不幸を見出すのです。過日、持ち前の率直さでとあるキリスト教徒にそのように申しますと、この時代、まさしく彼が生まれることになったこの時代についての大いなる賛美を並べ立てるのです。彼は自分の意見とは真っ向対立する意見を擁護するわたしの述べるところを聴いて驚愕しました。そして、おおよそつぎのような言い方でわたしが彼に語ったところは、まったく無益でした。

「外見に欺かれないようにしましょう、そして本質を論じましょう。ある世紀がほかの世紀に優越しているということは、その世紀が人間に生み出す市民生活や道徳の優劣によって計られなければならないと思います。これらが優れているときにはいつも、それを生み出した時代は、おなじだけのものを生み出さなかった時代に比して、モラルにおいて上位にあると言えましょう。いずれの場合も、その最大の値においての話です。この原理、わたしには正当と思われるのですが、これを定めた上で、一七〇〇年代というあなたの世紀が先行する世紀に対して、市民の暮らし、道徳でどのような優れた点を有しているか見てみましょう。市民生活においては、どのような良さがあるでしょうか。古代に栄えた何千という技術が失われてしまいました。わたしたちの時代に発展したそれらは、理屈の上で誇示する以上に、実用において何を生みだすでしょうか。古くはビスカヤの漁民がわずかな人数で、みすぼらしい船を操りやってのけた航海を、今日ではそれを企てる人を尻込みさせるに足る様々な準備をした上でなければ、それでもほとんど成し遂げることができません。先入見を振り払った上で、農業についても、医学についても、おなじことを言わずにおれましょうか。

「道徳にかんして言えば、外見上はわれわれの時代に好意的であるとしても、実際のところは、何を申しましょうか。これだけははっきりと言うことができます。ご高説ではかくも幸福なるこの世紀は、経験するところにおいて先行する世紀とおなじように不幸であると。尊敬に値する君主が王位を追われ、正義の条約は反故にされ、愛するべき多くの祖国が売り飛ばされ、婚姻の結びつきは壊れ、父親の権威は地に堕ち、厳かな誓いは冒瀆を蒙り、寛容の精神は汚され、友情とその聖なる呼び名は崩れ去り、勇敢な軍隊が裏切りにあう。阿諛追従なしに歴史を記すものは、後代に身の毛もよだつ報告を残すでしょう。悪事が蔓延る廃墟の上に、あまねく広がる無秩序に捧げる絢爛豪華な神殿を建立しようというのですから。

「あなたや、あなたの御同類がそれほどまでに自惚れるこれらの長所は、何をもたらしたでしょう。華やかな外見が以前の厳しさをわれわれの世紀から取り去ったことは認めましょう。しかし、その変化が、ヨーロッパ全体で輝きを放ち、この上なく分別を欠く人々の目を眩ませる有象無象が、一体何の役に立つというのですか。それぞれの秩序、とりわけ個別の国家の幸福のために確立された秩序を混乱させる役にしか立たない、はっきりとそう思うのです。

「ヨーロッパにおける人々の交わりは、それぞれの悪徳を広く受け入れさせ、またそれぞれの美徳を放逐せしめてきました。ここから、すべての国ぐにの貴族がその祖国に対して無関心になり、ほかの人々とは異なる言語、服装、宗教をもつ分離された新しい集合を形成するという事態が出来するでしょう、もしもまだ現れていなければの話ですが。貴族が互いに似通っていくのに歩調を合わせて、民衆はおなじ程度に不幸となっていくでしょう。これに続いて、国家の崩壊が広く生じ、ある国ぐには別の国ぐにの弱さの上にのみ存続し、それ自身の力や威厳によって生き残るものは一つとしてありません。宮廷が贅沢と紊乱において画一化するのに要するのとおなじだけの時間をかけて、人々はほかの人々とおなじ野心を抱くことになりましょう。このような衰退は、意気地のない政治家たちの目には好ましい安全保障の仕組みと映るでしょう。しかし善人や思慮ある人々、この呼び名に値するものたちは、短い年月の内にすべての人間が、遠からず恐るべき滅亡を意味するただ一つの弱々しい国を形成することを知るでしょう。もし戦闘的な未知の民が、その風土に育まれた彼らの英雄に率いられてヨーロッパ大陸の両の端より上陸するならば、当地が凡庸な人物しか産せぬ以上、美しい国土を破壊しながらそれを横断して、ヨーロッパの真ん中で相まみえることになるのは疑いを容れません。その地の住民からどんな抵抗を受けるというのでしょうか。泣くべきか、笑うべきか、英雄に相応しいあの勇気、すなわち愛国心などというものがまるで見出せない将軍に率いられた、間違いなく立派で均整のとれた、しかし恋情と悪癖に蝕まれた軍勢があるばかり。守りを固めた城塞が数多くあれば、このような侵入を食い止めるには十分、などと考えてはいけません。風俗の乱れが生み出した贅沢、怠惰、その他の悪習が蔓延しているならば、そのような砦は間違いなく、敵に門戸を開くでしょう。堅固にして難攻不落な最大の砦は、城壁の高さや濠の深さではなく、人々の心から成るのです。スペインのゴート人がグアダレテの河畔でわたしたちに差し向けた軍勢はどのようなものでしたか。[13] その数の割に、どれほど早く、質実剛健にして豪胆なわれわれの先祖に壊滅させられたことでしょうか。隷従の日々がどれほど長く、悲惨であったことでしょう。祖先の厳格な習慣を守っていたならば決して苦しめられることはなかったであろう、軟弱さがもたらした損害を取り戻し、くびきを取り去るために、八世紀ものあいだでどれほどの血が流されたことでしょう！」

わたしたちが生まれた世紀の擁護者は、このような議論を予想していなかったばかりか、彼の国に限定してわたしが続けて述べたつぎのような話についても、さらに意表を突かれた様子でした。

「ヨーロッパのいくつかの場所では、すべてがこうではなかったとはいえ、あなたの国にかんしてそれを疑えますか。今世紀のあなたの祖国の荒廃ぶりは、幾何学的な厳密さでもって示すことができます。人口のことをおっしゃいますか。わずか一千万ばかり、カトリック王フェルナンドが抱えたスペインの忠臣の半分の数に過ぎません。減衰は明白です。マドリードやそのほかの大都市においては新しい家がわずかばかりみられますが、地方に赴けば家屋の三分の二は崩落し、そのうちの一つとして、いつの日にか再建される望みもありません。かつて、一万五千の世帯を数えた都市は、今日八百を擁するばかり。学問とおっしゃいますか。過去にフランスがそうであったように、そして今世紀のイギリスがそうであるように、ふたつ前の世紀にあってスペインはヨーロッパで最も学識ゆたかな国でした。しかし今日では、ピレネーのこちら側で賢人と呼ばれる人は、向こう側ではまったく知られておりません。農業のことを言われますか。これはつねに、民草にとっての一大事。村の古老にお尋ねなさい、その悲惨を耳にするでしょうから。工業ですか。かつてのコルドバは、セゴビアは、そしてそのほかの町はどうなってしまったのでしょう。かつて世に聞こえしこれらの町は、名誉においても価値においても、それらに取って代わった都市に並ぶべくもありません。フランスやイギリスの工業都市に比べて、極めて初歩的な段階にとどまっています」

　ほかの点についても続ける心づもりでしたが、擁護者氏はうんざりした様子で立ち上がり、周囲を見回して彼を支持するものがだれ一人ないのを見てとるや、上の空であるかのように、そのふたつの時計に結んだ鈴を弄びながら、つぎのように言って立ち去りました。

「今世紀の文明、すべての過去と未来に対する優越、わたしと我が同胞の喜びは、そんなところにはないのですよ。大事なのは、より優雅に食事をし、従僕が政治を論じ、亭主と愛人とが決闘をしないこと、そしてトロイアの包囲からアルメイダの包囲にいたるまで、[14]パリはサン・オノラト通りのムッシュ・フリボレティ[15]の発明になる比類なき《サンパレイユ》白粉《おしろい》ほどに人間精神にとって名誉となる産物、社会にとって有益かつ、そしてその効果がこの上もなくすばらしい製品はなかったということですよ」

「おみごと」わたしは返事をしました。そしていつもの礼拝を捧げるために席を立ち、[16]いつものものより一つ多く、熱烈な祈りを捧げました。もしこの男が擁護したものがこの世紀の文明であるなら、天がその影響からわたしの祖国を遠ざけてくださいますように、と。

第五の手紙

同上

スペイン人によるメキシコの攻略と、アメリカと呼ばれる世界の彼方におけるこの国の征服行為について記した歴史家たちの抜粋を読みました。すべては魔術のなせる技であったかの如しと断言しましょう。発見、征服、所有、占有もまた等しく驚異です。

一連の奇跡についてわたしが読んだものの書き手はすべてスペイン人であったので、わたしが掲げる公平性から、外国人の筆になるものもまた読まなくてはなりません。それから、わたしは両者が述べるところの中間の意見を取り出します。そこにこそ最も健全な判断を据えることができると思うのです。わたしの考察の対象であるスペイン人の習慣にとって、あの世界の半分を征服し支配したことが多くの影響をもたらし、それが今なお続いていると考えれば、その個別の歴史は、スペイン全体の歴史にとって必要な補遺であり、この国の政治や道徳のありように現れた様々な変化の理解に不可欠の鍵であります。この新しい獲得物がスペインにとって有益であったか、無益であったか、あるいは有害であったかというなんとも低俗な問題には立ち入らないことにいたします。分別をもって対処するか否かによって、人の世の出来事はいかなるものであれ、益とも害ともなるのですから。

第六の手紙
同上

今世紀のスペインにおける学問の立ち遅れが、その研究に携わるものたちへの庇護の欠如に起因することを、誰が疑うことができましょう。マドリードには三百ペソドゥロ[17]稼ぐ御者があり、長子相続権を定める料理人もおりますが、学問に身を捧げようものなら、飯の種（*pane lucrando*）になるそれらを別にすれば、飢えて死ぬほかないことを知らぬものはありません。

それ以外の分野を開拓するものは軍隊にあって、見返りもないのに身を投げ出す、恐れ知らずの志願兵も同様です。彼らが、しばしば贋金を作っているかのような慎重さで、数学、近代科学、自然史、国際法、古代の遺跡や人文学の話をするのを聴くのは楽しいことです。天が液体であるのか、固体であるのかについて、七十七もの論を重ねるものたちによって、[18]上っ面ばかりの学者とみなされて彼らは暗闇の中に暮らし、またおなじように死んでいくのです。数日前、その世界で誉れ高いスコラ哲学の賢人と話をしていて、彼がこのように言うのを耳にしました。対話の中で、数学の世界における著名な人物に言及してのことです。

「そうですとも、あの人の国では数学だとか東洋の言語、科学や国際法そのほかもろもろの瑣末なことに大層力を入れておりますからな」

断言しますが、ベン・ベレイ、もし名誉や金銭、あるいはその両方の報奨を学問に携わるものに示したならば、いかなる発展もなされずにはおかないでしょう。彼らに庇護を与える人物がありさえしたならば、目に見える励ましがなくとも研究に邁進したでしょう。しかしそのような人物はないのです。

この事実に同意している我が友は、この件についてつぎのように言いました。

「かつて、世界に名を残すことが有益であり誉れでもあると考えたわたしは、これまでに培われてきた様々な学問の分野にかんするある書物を、成功を望むよりは愛ゆえに、ものしたことがある。初心《うぶ》な物書き皆に見られるように、わたしは誰か権力者の庇護を得て、それを世に出そうともくろんだ。[19] ある実力者が、物書きはみんな気狂いだと言うのを聞いた。別の人は、献辞なんぞは嘘八百だと言った。また別のある人は、紙の発明者をこき下ろしていた。また別の人は、何かを知っていると思い込む人間を嘲笑していた。また別の人は、もっと彼のお気に召すのはトナディィージャの歌の文句だと仄めかした。別の人は、その件については彼の召使いに尋ねるようにと言った。また別の人は口も利いてはくれなかった。ある人物は返事もしたがらず、また別の人物は耳も貸さなかった。こうしたすべての後、わたしは刻苦精励の賜物である作品を、家に水を売りに来ていた男に捧げることにしたのだ。名はドミンゴ、ガリシアの生まれで、[20] 職業は今述べたとおり。当の作品に献辞を付すにあたって、必要となるこうしたことをすべて調べ上げた」

こう言うと彼は、書類の中から小さな紙の束を取り出し、眼鏡をかけて灯のそばへ寄ると、ざっと眺めた後にそれを読み始めました。「アベ・マリアの泉で古参の水売り、ドミンゴ・デ・ドミンゴスへの献辞」友人は少し間をおいてわたしに言いました。「たいした庇護者もあったものだ」そして先を続けました。

「善良なるドミンゴよ、この真情に溢れ偽りのない献辞をわたしが読み上げるあいだ、眉を上げ、深刻な面持ちで咳をし、唾を吐き、痰を吐き、神妙な面持ちでタバコを嗅ぎ、大きな欠伸をして寝台に横になり、いびきをかくがよい。なんとな、貴殿は貧しく愚昧でさもしい水売りであってみれば、作品や物書きの庇護者となるに相応しくないと笑って申されるか。それがなんだというのか。庇護者となるには身分高く、裕福にして聡明でなければならないとお考えか。よいか、善良なるドミンゴよ、ほかになり手がいないからこそ、汝は最高のものであるのだ。わたしがおまえをアエネアスより高貴であると、アレクサンドロス以上のつわものであると、クロイソス以上の金持ちであると、ナルキッソスに優る美貌の持ち主であると、ギリシアの七賢にも優る賢人であると、そのほかもろもろこの筆に上ることを記すのを誰が妨げようか。真実を除いて、誰にもできはしないのだ。そして真実が物書きの手を縛ることはないと知るがよい。こちらが先手を打って、真実の足を切り落とし、その目を抉《えぐ》り、口封じをするのだから。されば、この文学の捧げものを受けよ。太古より続く血筋のドミンゴ・デ・ドミンゴス、マドリードで最も有名な泉の水汲み人であるその人が、これまでも、これからもただ一人この作品のパトロンであり、庇護者であるということを後代が知るように。

「後の時代よ、来るべき世紀の縁者よ、他所《よそ》の人々よ、いまだ知られざる民よ、なお発見されざる世界よ！　この作品を讃えるがよい。そのひどくささやかな美点ではなく、崇高にしてその名高く、高貴にして秀麗、称揚されし、いや褒めても褒めすぎることのない我が庇護者の御名と称号、その偉業によって。「妬みよ、汝、恐ろしき怪物よ、オウィディウスによってみごとに描かれ、[21] わたしの友人たちの顔にこの上ない似顔を見せる復讐の女神《フリア》よ。貴様自身の黒い歯で、罵詈怒号を漏らすくちびるとけたたましき害悪の舌を食い散らかすがよい。呪いを吐く貴様の口におぞましくも波打つ毒の唾液はその地獄のような胸に帰れ。地獄の口は悪人をのみ慄かせるが、貴様の口は善人をも戦慄させる。

「許せドミンゴ、貴殿の好意の賜物が、このような一齣《くさり》をわたしに言わしめたのだ。しかし、幸運の輪の高みにあって自惚れぬものがあろうか。運命のへつらいに思い上がらぬものがあろうか。繁栄の絶頂にあってみれば、かつておなじ地平にいたものたちよりも自らを優れていると考えぬものがあろうか。まさしく貴殿は、水汲み人でなかった英雄たちよりも偉大であるとわたしが思う貴殿は、甕《かめ》を手に泉に行けば皆が場所を譲ってくれるとき、気高い誇りで心が満たされるのを感じないか。貴殿が仲間たち、誉れある仲間たちより敬意の言葉を向けられるとき、我が家や他所の家の階段を昇っては降りるうちに生じた、その白髪に相応しい言葉を向けられるとき、なんとも高潔な炎が貴殿の目に輝くのをわたしは目にしたのだ。貴殿に歯向かうものは哀れなり。その甕でどれほどの殴打を受けようか。皆のものが貴殿に逆らえば、ユピテルが巨人どもをその閃光雷撃で打ち倒したように、その甕で一様に打ちのめすだろう。哲学者先生にはこの脅威も（ほかの英雄たちのそれらも）高慢の極致と見えようか。しかし哲学者とは誰のことか。真正にして学問の友であるものたちは、万人が愚かさを憎むことを望んで、舌と心の同調だの諸々おかしなことを言う。[22] されば哲学者たちよ、屋根裏部屋へ戻るがよい、そして地球が神のそよがす風によって回転するのを妨げるな。回っていればこそ、まだまともな頭を保っている少数の人とて正気を失い、世界は広大なる癲狂院となり果てようから」

第七の手紙

同上

モロッコの帝国では、われわれは皆一様に、皇帝陛下の思《おぼ》し召すところでは取るに足らないものであり、平民の考えるところではささやかなものであり、もっとうまく言い換えるならばわれわれは皆が庶民なのであり、ある人が別の人より優っているということは当人にとっても偶発的なことであってみれば、子々孫々にそれを望むべくもありません。しかしヨーロッパでは、それぞれの王国の臣民の階級は様々です。

第一のそれは、父母より莫大な富を受け継ぎ、おなじ理由から子孫にたくさんの遺産を残す人間によって構成されます。いくつかの仕事はこの人たちにのみ許されており、彼らは王の寵愛をより近くで受けることができます。この階級に続くのは、勲位も権力も劣るものたちです。彼らの大半が陸海の軍務、司法裁判その他の職を占めますが、王国の政府にあってこれらの職業は、よほど際立つ功績がなければ庶民に与えられることはありません。

わたしたちのあいだでは、皆が平等であり、権威も財産もはかないものであってみれば、子弟の教育に違いは必要ありません。しかしヨーロッパにおいて若者の教育は最重要の課題とみなされます。平民も含めた三者のうち最も低い階級に生まれたものは、生涯その階級として生きるのであり、その父親のなす仕事のことよりほか、学問は必要ありません。第二のそれは、長じて就くことになる職務を全うするのに教育を必要とします。第一の階級のものはより強力な義務によってこれを必要とします。というのも、二十五やもう少し若くして、広大な所領を治め、地代を取り立て、軍を指揮し、大使たちと集い、宮廷に出入りし、第二の階級のものたちの見本とならねばならないからです。

この理論はつねにしかるべき厳密さでもって立証されるわけではありません。この世紀のスペインにおいては、いくらかその欠陥が目につきます。笑いと嘆きのうちにヌーニョがわたしに語った小説のような出来事、そこに彼もいたのですが、それは嘆かわしいと同時に、スペインの若者の才の生き生きとした様、とりわけ地方のそれを示すとともに、この欠陥を明らかに証明します。しかし彼は、わたしにその話をするに先んじて、つぎのような前置きを述べました。

随分前から、世界の内にあってその外側にいるかのようにわたしは暮らしている。そんなわけで、公の教育がどのような状況にあるのかはわからないが、はっきりいって、知りたくもないね。かつてわたしは歩兵隊の大尉で、ありとあらゆる人の集まりによく顔を出していたものだった。この不幸に目が向き、神が授けてくださるならば自分の子供たちにあっては直したいと思って、この件については随分と読んだり聞いたり、考えたり人と話したりしたのだ。いろんな意見があったよ。そういう教育は役に立つ、というもの、別のものがいい、というものもあれば、どれも駄目、なんてものもあった。

だがわたしが覚えているのは、カディスへ向かっていた時、そこにわたしの連隊が駐屯していたわけだが、道を誤って山中で迷子になってしまった。年の頃せいぜい二十二といった、立派な風采の若者と出会った時には、日が暮れかけてきていた。彼はたくましい馬に跨り、すばらしいピストルを二丁下げて、キュロットに何ダースもの銀ボタンが付いたスエードの胴衣という出で立ち、髪はヘアネットに包み、夏用のマントは馬の尻にかかり、みごとな白の帽子を被り、紫のシルクスカーフを首に巻いている。当然ながらわたしたちは挨拶を交わし、どこそこへの道を尋ねるとそこからは遠いという。夜もすっかり暮れようとしており、山は安全ではない、わたしの馬も疲れている、そんなこんなで、ここから半レグアと離れていない彼の祖父の農園に一緒に来ないかと誘い、また望みもしてきたのだ。これらを率直にして歓迎する調子で言い、また大いに頼みこむので、わたしはその申し出を受けることにした。会話は、そういうことのつねとして、天気やそういったことに落ち着いた。しかしその会話の中でも若者は、快活さとみごとな理解力が幾度もうかがえる、天与の聡明さを示したのだった。そのことは、心地よい声と申し分ない趣味と相俟って、すばらしい弁論家に必要とされる自然の要件については、そのすべてを彼が備えていることを明らかにした。しかし努力による要件、とはつまり修練を通じてその技が教えるものは、何ひとつとして彼の内には見出せなかった。山を抜けると、ちょうど美しい丸太の数々を目にすることとなり、切り出したその木材で船を建造するのだろうか、とわたしは彼に尋ねた。

「存じませんね」機敏に彼は答えた。「それについては、騎士団員であるわたしの伯父に聞いてください。日がな一日、軍艦、火船、[23]フリゲート、ガレー船以外のことは口にしないのですから。まったく、善良なる騎士の煩わしさといったら。寄る年波と歯が抜け落ちたせいで震える彼の口から何度となく、トゥーロンの海戦だの、[24]プリンセサ号とグロリオソ号の強奪だの、[25]カルタヘナでのレソの艦隊の配置だのについて、[26]聞かせられました。オランダやイギリスの提督の名前でこっちの頭はいっぱいですよ。伯父ときましたら、世の中の何をさておいても、船乗りたちのために毎晩聖エラスムス[27]に祈りを捧げて、そこから海の危険にまつわる大演説です。それから、何年のことだったか忘れましたが、一隻丸ごと船が沈んだのに、泳いで助かったご仁の話が続いて、そこから当然にして泳ぎを知ることがいかに有益かということに話がみごとに脱線していきます。わたしが物心ついてからというもの、彼がビクトリア侯爵よりほかの人と手紙をやりとりしているのを見たことがありませんし、[28]ドン・フアン・ホルへの死を知った時くらい悲嘆に暮れるのを目にしたことはありません。[29]また別の日には、くつろいで食事をしておりましたところ、時計が三時を打つや、テーブルか、はたまた手が破れんばかりに食卓をぶっ叩きまして、激怒しながら言うのです。『わしらがプリンセサ号で航海しているとき、第三のイギリス艦が近寄ってきたのが今時分だった。まったくもってみごとな船じゃった。砲門はその数九十。[30]なんたる韋駄天、あんなのは見たことがない。立派な士官が指揮しておった。そうでなかったら、ほかの二隻は生き残ってはおらんかった。されど多勢に無勢、どうにもできなかったんじゃ』そこまで言ったところで、数日前からの痛風が彼を襲ったので、わたしたちは一息つくことができました。さもなければ世界中の海での出来事を、ノアの箱舟のくだりからひとつひとつ、わたしたちに聞かせる心づもりでしたからね」

若者はつかの間、彼自身の言によるならばかくも尊敬に値する伯父についてのおしゃべりをやめた。ひらけた野に出ると、互いにさほど隔たっていない二つの集落が姿をあらわした。

「すばらしい平原ですね」と、わたしは言った。「六万もの兵士が陣を構えられるほどです」

「それについては衛兵の士官候補生といういとこがおりましてね」かわらぬ闊達さで相手は応じた。「よき天使たちが悪しき天使たちを打倒して以来、どれほどの戦乱があったかに通暁しているのです。それだけじゃありませんよ、負け戦についてはその敗因、勝ち戦についてはその勝因まで知っているのです。勝敗がつかなかったものについては、なぜ雌雄を決しなかったかさえね。算術の道具にもうどれほどの金を費やしたか分かりませんし、そのトランクは彼が言うところの地図でいっぱいですが、実際は得体の知れぬでき損ないの刷り物に過ぎないのですよ」

海戦以上に陸戦の話題は避けようとつとめて、わたしは彼に言った。

「ドン・ロドリーゴの時代にあった戦いの場はここから遠くないでしょうね。歴史がわれわれに語るところではあまりにも高くついた戦争ですが」

「歴史ですって！」彼は言った。「セビーリャの聖堂参事会員をしている兄がここにいたらよかったのになあ。わたしは歴史を学んだことがないのです、というのも、神が兄のなかにこの世界のあらゆる歴史の生きた図書館を設《しつら》えてくださったので。あれは、国王ドン・フェルナンドがセビーリャを征服した際、一体どんな色の服をお召しであったかを知っている男でして」

わたしの触れるいかなる話題にもこの紳士が返答をもたらさぬまま、われわれはもう農園の近くにやってきた。わたしの生まれながらの誠実さは、彼がいかなる教育を享受してきたのかを尋ねるにいたらせた。その答えて曰く。

「わたしの望むがままに、母上の望むがままに、そしてわたしを目の中に入れても痛くないとばかりに可愛がってくれた、随分年老いていた祖父の望むがままに、ですよ。百歳近くで亡くなりましたがね。彼はカルロス二世の槍兵部隊の隊長だったので、その宮廷に育ちました。父はわたしが学問をすることを望みましたが、彼の生命も権勢もそれには及びませんでした。わたしが文字を書けるようになるのを目にする喜びも持たずに死んでしまいましたから。家庭教師を見つけておいてくれましたから、事は上手く運んだのですよ、ちょっとした事件がそれを台無しにするまではね」

「最初に受けられた教えはどのようなものだったのですか？」わたしは尋ねた。

「何ほどのこともありません」と若者は答えた。「わたしはロマンセを読むこと、セギディージャを奏でることをすでに知っていましたからね、紳士となるのにそれ以上なにが必要だというのです？　わたしの先生はもっとまじめに取り組ませようとしたのですが、彼にとってはすこぶる悪い、それどころかずっと悲惨な結果となりました。というのは、わたしが仲間たちと牛の囲い場へ足を運んだのです。彼はそれを知って、反対しようとわたしの後をついてきました。牛追いたちが棒の扱いをわたしに仕込んでいるまさしくその時にやってきましてね。間が悪いったらありませんよ。彼が口を開くや否や、わたしがその脳天に強烈な一撃を叩き込んだもんですから、オレンジよりもぐちゃぐちゃに割れてしまいました。それさえ、わたしが力を抑えたからであって、当初は十歳の雄牛にくれてやるのとおなじ一撃をくれてやるつもりだったんですがね。しかし初めてでしたから、わたしはそれで満足することにしたんです。皆が叫びましたよ『おみごと、坊っちゃん』と。寡黙なグレゴリオの親爺まで大声を挙げて『あんさん、天使様のようにやんなすった[31]！』と言ったのです」

「そのグレゴリオの親爺殿とは一体？」その横柄な言葉遣いに驚いてわたしが尋ねると、答えて曰く。

「グレゴリオの親爺は町の肉屋でしてね、食事をしたり、タバコを吸ったり、遊ぶときにつるんでいるのですよ。ここらの紳士連であるわたしどもが彼を好きなことといったら大したものです！ 従兄弟のハイメ・マリアがグラナダに、そしてわたしがセビーリャに行くという折、どちらがやつを伴っていくかをめぐって剣を抜きかけたこともあります。縁日での刃傷沙汰やら、その手のおかしなことをしでかして奴が捕まり、一月丸々牢に入れられてなければ、そうなっていたことでしょう」

　グレゴリオの親爺やそのほかのおなじような人々の性質について、彼が聞かせてくれているあいだに、わたしたちは農園に着いた。年の頃、階級や育ちもおなじくらいの友人や縁者といった、そこにいる面々に彼はわたしを紹介した。狩りに行こうと集まり、相応しい時間まで夜っぴきふざけ、食い、歌い、またおしゃべりに興じていたのだ。すこぶる用意のいいことには、何人かのジプシー女たちがその敬愛する両親、威厳ある良人、素敵な子供たちを連れてやってきていた。そこでわたしは件《くだん》のグレゴリオの親爺の面識を得る光栄に浴した。彼のしわがれた太い声、長いもみあげ、突き出た腹、粗野な振舞い、頻りと立てる誓いの言葉やなれなれしい態度は皆の中でも際立っていた。彼のすることといえば、煙草を巻いて火の点いた吸いさしをお坊ちゃんたちに差しだしたり、ランプの火を掻き立てたり、ジプシー女それぞれの名前や長所を挙げて、その熱心なパトロンの誰かが踊るときには手拍子を打ってはその健康を祝して、甕に半分ものワインで乾杯をすることだった。わたしが疲れきって到着したと知るとすぐさま夕食を用意して、離れたところに寝室を用意して、案内の若者をひとりあてがってくれた。あのどんちゃん騒ぎの中で言われたこと、行われたことを語ることは不可能であるか、あるいはおそらく卑猥となろう。ただこれだけは言っておくが、煙草の煙、グレゴリオの親爺の叫び声と手拍子、皆の騒々しい声、けたたましいカスタネットの音、調子外れのギターの音色、ジプシー女たちの甲高い声、プレシオシージャの踊るポロの伴奏を誰がするかで揉めるジプシーたちの争い[32]、犬の鳴き声、歌い手たちの調子の外れた声は、わたしを一睡だにさせてくれはしなかった。出立の時間がやってきて、馬に乗り、小さな声でひとりごちた。

「才能に見合うだけの教育があれば有用であっただろう若者があのように育つとは！」すると、そういった類の生活を苦々しく思う様子の男がわたしの言葉を耳にして、目に涙を浮かべてこう言った。

「おっしゃる通りですよ」

第八の手紙

同上

我が友ヌーニョの身に起こった様々な出来事より生じた、彼の水売りドミンゴへの献辞の奇妙さとその性質の物珍しい様は、甲斐なくも、作品を見せてくれるようにとわたしがしつこく彼にせがむようにさせたのでした。そこで、それを見せたくないというならば、その主題が何であるのかを教えてほしいという別の願いを立ててみたのです。いくつかのことを彼に尋ねました。

「哲学のものだろうか？」

「もちろん違う」と彼は答えました「その言葉は繰り返し使われてきたために磨り減ってしまったからね。哲学者と名乗る人間たちの多種多様を目にして、わたしにはもはや哲学が何であるかも分からないのだ。かくも崇高なその名で彩られることのないでたらめは存在しないからね」

「数学にかんするものだろうか？」

「それでもない。それは辛抱強い学究を要するものだし、わたしは端《はな》から放り出してしまった。ほかの人たちが八つ折本で出すものを四つ折り本で出版し、別の人たちが革装するものを羊皮紙で仕上げたり、こっちの一部をあっちの部分と一緒にすることはそこそこ精確な写字生であるとはいえるが、著者であるとはいえない。それは大衆を欺いて弁済の元手となる金をせしめることさ」

「法学にかんするものだろうか？」

「まさか。この権威における書き手の数が倍増するにしたがって正義は翳ってきたのだよ。この調子でいけば、法にかんするいかなる新しい書き手さえも、それを侵害するものとして危険なものに思われるね。法律について注釈を加えるということは、それを破るのとおなじくらいの罪なのだから。注釈、注解、解釈、注記、その他もろもろ、法をめぐる激論は異邦の戦火とおなじくらい激しいものとなるのさ。[33] わたしがそれを書くとなったら、おなじ主題にまつわるすべての新しい書き物を禁止しなくてはならないところだ」

「詩についてのものだろうか？」

「それも違う。パルナッソスの山に咲く花は若い人の手によってこそ育くまれるべきなのだから。[34] 詩の《ム》女神《サ》たちは白いものの混じった頭だけでなく、顔に刻まれた皺にも恐れをなすときているからね。銀梅花と菫の花冠を戴いた老人が、木霊のニンフや鳥を誘いこみ、アマリリスのつれなさや彼女への愛を歌わせる、というのでは具合が悪かろう」

「神学にかんするものだろうか？」

「ありえないね。わたしはほかのものたちがその属性を取り沙汰している我が創造主の本質こそを崇めるものだ。[35] その寛大さ、正義、善良さはわたしの魂を畏敬の念で満たし彼を崇めさせるが、彼について洞察を加えようとするまでに我が筆を増長させることはないよ」

「国家についてだろうか？」

「お断りだ。それぞれの国が根幹となる法律、それ自身の組成、歴史、法廷を有し、その民の性質や兵力、風土、産物や結びつきにかんする知識を持っている。これらすべてから国家についての学問は生まれるのだ。統治するべきお方がそれを学べばよい。わたしは服従するために生まれたのだし、それには国王と祖国を愛するだけで十分なのだ。これら二つのことにおいてはこれまでに、わたしは誰にも後れを取ったことがない」

「では君の作品は何を取り扱っているのだろう?」いささか堪えかねてわたしは尋ねました。「今言ったいずれかの主題についてのものでなければなるまい。刻苦勉励に値することがらが、ほかにあろうか?」

「まあそういわないでくれ」と彼は答えました。「わたしの作品はほかでもない、カスティーリャ語の辞書なのだよ、それぞれの言葉の最も原初の、そして人々が用いる中で歪められてきた意味を記したね。歪めるというのは、新しい言語を作るのであれ、もう役に立たないと言って古いものを鋳直すのであれさ。言葉の正しい使い方について教えるわたしの辞書の前書きはまだ覚えているよ。まあ、こんな具合さ。

この新しいカスティーリャ語辞書の用法についてのはしがき

今日まで知られたすべてのそれとは異なる、新しい辞書を読者に供す。そこでわたしはほかの辞書のように一千に近い項目を載せることはしていない。またその言葉がソリス[36]のものか、サアベドラ[37]のものか、はたまたセルバンテス[38]のものか、マリアナ[39]のものか、フアン・デ・メナ[40]によるものか、『七部法典』のアロンソ[41]によるものかを究明しようともしていないし、またあれこれの語がアラビア語起源か、ラテン語起源か、バスク語[42]から来ているのか、フェニキア語、カルタゴの言葉に由来するのかを明らかにしようとはしていない。[43] そしてまたその語が時代遅れなのか、現行で使用されているのかを言わんともしていないし、あるいはそれが新語であるのかさえも言わんとはしていない。またある表現が下賤であるか、中庸であるか、高貴であるか、散文的であるのか、詩的であるのかを言おうともしていない。これらのいかなるものでもなく、わたしにとってさらに分明ではないこと、しかしながら我が同胞の方々皆にとってより有益であることに取り組んでいるのである。わたしのつとめるところは、平易にして簡明なやり方で、それぞれの語の原初の、本質的かつ実際の意味を説明すること、そしてその語についてなされた乱用や、言うなれば市民生活における不当な用法について述べることである。

「なぜそのような仕事がなされるのでしょう?」と、袖口のレース飾りを矯《た》めつ眇《すが》めつしながら、あるお坊ちゃんがわたしに言った。

「誰にも誤解のないようにするためですよ」面と向かってわたしは彼に答えた。「『愛』や『奉仕』、『好意』や『尊敬』、そのほかの言葉には一つきりの意味しかないと信じていたわたしは、現にこれらの言葉が途方もなくたくさんの意味を持っているにもかかわらず、誤解をしていたわけです。たとえばですが、わたしのように哀れなものが、家族と離れ、その土地を離れマドリードへやってきて、幾年も、さらに幾年も過ごし、財産を蕩尽し、階段を昇っては降り、待ちぼうけをしては、従者を抱擁し、門の守衛に挨拶をし、幾度も病気になって、最終的には元あったものよりひどいものとなって帰郷するというようなことを許してくれるような心がどこにあるでしょうか? それというのも、クリスマスカードにつぎのように書いてあるのを目にして、その真の意味を理解しなかったどころか、文字どおりに受け取ってしまったがゆえなのです。曰く、『近いうちにお目にかかれますように、そうすればその恩恵にわたしたちが浴する宮廷の知人や、すばらしい才、祖先のなんらかのはたらきやなんらかの仕事のための適性は、あなた様のご両親（いと高き栄光あれ）、わたくしの家系とあなた様の家系、あなた様の生とご内儀様の生、そして我らが聖母との結びつきにわたくしが負います様々な恩義とともに、あなたがお望みになるものを手に入れる正当な理由となりましょうから。神のご加護がありますように、某月某日マドリードよりお祈り申し上げます、等々』。それから下の方には、『御手に口づけいたします、最も従順な下僕にして真心に満ちた友、お目通りを冀う、何の何某』」

こうした表現が何かを意味すると信じることのできる、この世界にまだ残っているわずかな愚者の眼を覚ますべく、わたしはこの慈愛に満ちた辞書を作り上げた。言語の有害な意味に欺かれないためばかりでなく、この援けとわずかな実践でもって彼らがその言語を話せるように。大衆がこの仕事の有用性を認めるならば、わたしは辞書と同等の文法書を作るために我が身を鼓舞することだろう。それからおなじ性格の修辞学、論理学、形而上学を著すに意を強くするだろう。この企てが実現するならば、公教育の新たな仕組みを作り上げ、同胞の内にあってわたしに、孔子がその同胞にあたえた倫理の基礎によって受けた以上の、栄誉と尊敬をもたらすであろう。

我が友は沈黙し、わたしたちはいつもの散歩に出かけました。このキリスト教徒の言うことには理があり、すべてのヨーロッパの言語にはこうした辞書が欠けているとわたしは思うのです。

第九の手紙

同上

スペイン人ならざるヨーロッパの人間がアメリカ大陸の征服について書いたものを、いくらか読み終えたところです。

スペイン人の側からは宗教や英雄性、忠誠やそのほかの尊敬に値する言葉しか聞かれないとすると、外国人たちの側からは強欲、横暴、不実、そのほかの忌まわしい言葉しか聞かれません。我が友ヌーニョに、このことを伝えないわけにはいきませんでした。彼はこれが精緻な識別、公正な批評と熟達した省察に値すると言いました。しかしそうするあいだ、このさきにおいても自身にとって最も公平と思われる考えを導く権利は保持しつつ、今のところはただアメリカ大陸におけるスペイン人の残酷さをかくも声高に歌い上げるおなじ人々がまさにアフリカの海岸に向かうということ、理性あるふたつの性の生き物を、買うものは白人であり、買われるものは黒人であるというよりほかの決まりはなしに、その両親から、兄弟から、友人から、勝利を収めた戦士たちから、買っているということを考えてみるように言いました。獣のように彼らを船に乗せ、何千レグアもの距離を裸のまま、飢え渇いた状態で運んで行き、彼らをアメリカ大陸で下ろし、公の市場でロバたちのように、健康でたくましい若者はより高く、その胎内にまたべつの悲惨の種を宿した不幸な女たちはさらにより高く売りさばくということ、そして金を受け取り、彼らのこの上なく人間的な国へ持ち帰り、この商いのあがりでエルナン・コルテスの所業に対する洗練された非難の言葉と修辞的な罵詈、饒舌な雑言で満たされた書物を印刷しているということについて考えてみるようにと。

「しかしコルテスは一体何をしたのか？[44] つぎのようなことだ。わたしの書き物の中から、それにかんすることを聞かせてあげよう」[45]

その一　エルナン・コルテスは未知の国の征服のためにわずかの兵を率いる任を受ける、というのも、彼が仕えていた上官による命令であったため。ここにわたしは罪を認めない。あるのは軍人らしい服従と、それほどわずかな手勢とともにそのような遠征の企てを成し遂げる、なんと呼ぶべきかもわからない、信じられないような大胆さである。

その二　コルテスは、逆境や対抗者にもかかわらず目的を追い求めた。コスメル島[46]（そこでしばしばなされた人の血の犠牲によっておぞましい島）に到着し、その部隊にみごとな指図を与え、また鼓舞し、島民をなだめつつ人類に対してかくも残酷な信仰の偶像を破壊しおおせた。ここまでのところは、英雄の性質を見出しうると考える。

その三　コルテスは、旅を続けた。野蛮人のあいだに囚われとなっていたひとりのスペイン人を救出し、[47]彼らの言語に通暁したこのものの助けの内に将来のいくつもの成功の最初のしるしを見出したが、この成功もその他の成功も、キリスト教徒であれば神の摂理と呼び、唯物論者は偶然と呼び、詩人たちは幸運や僥倖と呼ぶ、説明のできない一連の出来事による。

その四　グリハルバ川に到達し、上陸を容易にするべく流れの中で戦うことを余儀なくされ、これに勝利を収めた。勇ましいインディオを相手に戦い、タバスコ[48]を手中におさめた。尊敬に値する軍勢との戦いがこれに続き、完全な勝利を収めて旅を続けた。この戦いの報告は、スペイン人の勇気にとってはすべて名誉となる数多くの考察をもたらす。しかし、ほかのものにもまして、あるものが明白であるとともに重要である。それはつまり、火薬、防具、馬の使用、かの風土ではついぞ知られていなかったこの乗り物が招いたであろう驚異をいくら並べ立てたとしても、栄光の大部分はつねに勝者に帰せられねばならないということ。なぜなら、数の上では大いに敗者たちに劣っており、彼らの武器の使いこなし、土地の知識、その他の利点はいつまでも続くばかりか、はじめてヨーロッパ人を見たときの驚きは時間が経つにしたがって小さくなっていくのに対し、それらの利点は次第に大きなものとなったのだから。より優れた武器を持つ男が、棒きれしか持たない百人の人間と戦って五人や六人、あるいは五十人や七十人を殺めたとしても、その武器を用いること、暑さや土埃、全方位に広がる敵の軍勢に対する立ち回りからくる疲労によってかよらずか、いずれは誰かが彼の命を奪うだろう。これこそが無数のアメリカの民に対する少数のスペイン人の場合であり、偉大なるコルテスがあの征服によって勝利を収めたすべての戦いの報告にあって、この人数の比はつねに念頭に置かれねばならない。

その五　ほかでもない人間の弱さからも、コルテスはその目的のための果実を得ることを知っていた。彼が身も心も虜となった高貴なインディオの娘[49]は、第二の通訳の役を果たし、遠征にとってこの上もなく有益であった。軍隊において害をもたらさなかった最初の女であり、賞賛に値する偉大な目的のためにその生まれついての繊細さを用いるならばつねに、かの美しき性が有用であることの卓越せる例証となった。

その六　モテスマ[50]の使者を引見し、アメリカのみならずヨーロッパの政治家にとって模範となる会談の機会をそのものたちと持った。

その七　モテスマの帝国の巨大なることは、コルテスを怖気づかせんとその使者たちが誇示し、またそれを耳にして彼は驚きを禁じえなかったが、その報告はかの皇帝を捕えるという、計画の困難と征服の栄光についての大いなる考えを抱かせることとなった。しかしながら、あれらの民が彼とその部下をそうであると思い込んでいた神の種族であるという考えを利用することなしに、前代未聞の度量の広さで、彼らはそのような性質のものにあらず、人間に過ぎないことを宣言した。これはわたしには比類のない英雄的行為と思われる。征服しようとする民とおなじ立場に身を置くことは（相手を幻惑して圧倒することの方が有利であるようなときに）、超人的な心臓を必要とするものである。公平さよりも嫉妬心をもって彼の成し遂げたことどもを見る人々が与えて寄越す名は、このような男には相応しくないだろう。

その八　企ての重要性に鑑みてコルテスは、ベラスケス総督[51]が彼に与えた権威が十分でないと見えたので、直接に君主に書簡をしたためてこれまでに成し遂げたこと、これから成し遂げようとするところを告げ知らせるとともに、付き従うものたちが彼に差し出す指揮杖を受け取った。そしてこの上ない慎重さをもって、アメリカにおける味方、敵、中立者たちと渡り合ったのである。

その九　コルテスはこの目的のために、メキシコの大陸に上陸した場所としてベラクルスの町[52]を建て要塞とすることで、剣を鞘に収めたままにしておくその慧眼の果実を得た。

その十　彼の英雄としての人物と栄光ある事業に反旗を翻そうと画策していたものたちをすばらしい手際で見つけ出し、厳しく罰した。

その十一　コルテスはそれに乗って旅をしてきた船団を破壊して火を放ち、退路を断って、勝利を収めるか死ぬかという厳しい覚悟を味方にさせるという、以後決して模倣されることのない勇敢さの手本を後世に残した。口にされることは数多いが、実際に行動に移されることは少ない行いである。

その十二　コルテスは帝国の首都までありとあらゆる艱難辛苦を乗り越えて進んだ。五千の伏兵の殲滅に続き、その戦闘的な国家の数多の軍勢を打ち破った二度の野戦の後、トラスカラ人[53]との友好が重要であることを知って、これを取り結び、その関係を盤石なものとした。トラスカラ人に対するこの戦争の中に、ギリシア・ローマの戦術に通暁したわたしの友人のあるものは、クセノフォン[54]やヴェゲティウス[55]、その他の古代の著作家たちに見られるものとはまったく異なる進展、計略、戦術を見てとっている。しかしながら、コルテスの栄光を貶めるために、彼の相手となった敵は野蛮人に過ぎなかったと言われているのである。

その十三　コルテスは、トラスカラ人とその勝者とのあいだにある友情にくさびを打ち込まんとするモテスマの政治的な計略を霧消させた。征服者であると同時に同盟者としてトラスカラに入った。自身の部隊には厳格なる規律を定め、トラスカラのものたちもそれを模倣して規律を受け入れたのである。

その十四　コルテスは、チョルーラの不実を罰した。[56]メキシコの湖に、それからその都市に到達した。カルロス[57]の名代としてモテスマに使節を派遣した。

その十五　彼の美質はかの帝国の賢人と貴族たちに賞賛の念を起こさせた。しかし、たくさんの人々が列する贅を尽くした饗宴でモテスマが彼を歓待するあいだにもコルテスは、皇帝の命を受けたひとりのメキシコ人の将校が大勢の軍勢を率いてベラクルスの兵営に向かっているという知らせを耳にしていた。

兵営はファン・デ・エスカランテの指揮下にあったが、その近郊を鎮撫しようというのだった。そして祝祭のうわべのもとに信じがたいほどの人員を動員して、偽物の歓待で気をそらしているうちにスペイン人たちの息の根を止めようとしていたのである。力ずくでも、また人間の思慮によってでも抜け出せないとみられたこの状況にあって、並外れた魂になにか高貴な精霊が吹き込むあの種の決断を彼は下した。つまり、モテスマを彼自身の宮殿の中で、まさにその宮廷とその広大な帝国の中心において、人質とした。他所者たちの大胆さばかりでなく主君の不幸をも目にして唖然とした家臣たちの巨大な群れの中、モテスマをその寝所に引き立てて行ったのである。コルテスの敵がこの大胆さにどのような名を与えるのかは知らない。わたしは胸の内に起こる思いをあらわすのに相応しいカスティーリャ語を見出せない。

その十六　この大胆な行いによってメキシコ中に広がった恐怖を利用し、コルテスはメキシコ人の将校の処刑を皇帝の前で行ったが、命令が自分のものであることを彼が否定したために、刑が執行されるあいだモテスマに足枷を課すよう命じた。前の行動にもましてこれはわたしには理解できない。

その十七　これ以上血を流すことなしにコルテスは、その度胸の無さが精神の弱さとともに弥増《いやま》していた当のモテスマにその帝国と家系が有した伝承を信じさせ、[58] ありとあらゆる臣民たちとともにカルロス五世が彼の後継者でありメキシコとその領土の正当な領主であることを承認させ、その証としてコルテスにはかなりの量の財物が贈られた。

その十八　本国宮廷からの命を待つべくベラクルスに帰還しようとしたところでコルテスは、彼を捕縛するためにパンフィロ・デ・ナルバエスに率いられた幾隻かのスペイン船が海岸に到着したという知らせを受けた。

その十九　敵方のスペイン人、信用のおけないメキシコ人同盟者、スペイン宮廷の疑わしき意図、ナルバエスの上陸場所に向かわないことのリスク、メキシコから立ち去ることの危険という困惑の中に立たされ、それほど多くの不安の中でコルテスは運命を信じ、部下に八十の手勢を残してパンフィロと対峙するべく海岸へと向かった。数で倍する相手はその宿営を襲撃したが、敗北してコルテスの足元に引き立てられた。ナルバエスの部隊のすべてであった八百のスペイン兵、八十頭の馬が二門の大砲とともに勝者に引き渡された事実によって、運命はコルテスに味方することを明らかにした。これは神の摂理が事業の完成のために彼の手に新たに授けた戦力である。

その二十　メキシコに凱旋したコルテスは、彼の留守中にモテスマの家臣たちが、スペイン人たちを殲滅しようとしたことを知った。そのものたちは、スペイン人が信じがたい大胆さで彼に課した足枷を、無気力かつ臆病に耐え忍ぶことを恥じていたのである。

その二十一　ここから激しい非難を生み出す血腥い出来事が始まった。描き出される情景は間違いなく恐ろしいものであるが、しかし状況のすべてを念頭に置かねばならない。メキシコ人たちは増援を得て戻ってきたコルテスを見て、いかなる犠牲を払ってもスペイン人たちを殲滅することを決意した。内乱に次ぐ内乱、裏切りに次ぐ裏切りによってその主君を殺害し、捕虜となったコルテスの兵士たちを幾人もその偶像の生贄とし、スペイン人たちが人道に目を瞑ることを余儀なくさせた。彼らはその命を救い、わずか数千余りで信じがたいほど大量の獣の群れ（というのは、インディオたちはそのようなものに成り果てていたからだが）に抗して自らのしかるべき防衛のために、自身の無事の期待よりも量においてはるかに優る敵の死屍を累々と築きながら、都市を亡骸で埋め尽くしたのである。さて、戦闘がわずかに途切れた時、あるメキシコ人が彼に言った。「割合として貴様が人ひとり失うのに、おれたちは二万の人間を失うかもしれないが、それでも俺たちの軍勢が貴様らの部隊を倒して生き残るだろう」と。これは現実に裏打ちされた、コルテス以外の誰しもを戦慄させる物言いであり、この世界のいかなる軍隊も決して置かれたことのない窮地であった。

「ペルーでは人間らしさはずっと少なかった」紙を折り畳んで、眼鏡をしまい、読むことの疲れを癒しながら、彼は言いました。「そうなのだ、友よ、誓って告白するが、彼らは冷血に数多くの人間を殺した。しかしね、わたしが信条とする公平さと引き換えに、われわれを野蛮人だと呼ぶものたちは、わたしのしたような話を黒人たちについてしてみるがいい。アメリカの民の運命を嘆く連中もまたおなじ罪を犯しているのだ。信じてほしい、ガセル、かたやわたしが祖国の荒廃のうちに官僚、親戚、友人、同胞たちのあいだで死なねばならないのと、かたや父や妻、子供たちとともに何千レグアも遠く、船の荷室に詰め込まれひどい食い物と腐った水を口にしながら運ばれて、挙句アメリカ大陸の公設市場で売られ、その後は最も過酷な労働に死ぬまで使役されて、瀕死の友人や同胞、苦役の仲間たちの断末魔を耳にするのであれば、わたしは最初の運命を選ぶのに躊躇しないだろう。そのことに付け加えなければならないのは、インディオたちの大量死が止んで何年にもなろうというのに、黒人貿易は止む気配さえないということだ。そうであってみれば、散文であれ、韻文であれ、真面目な調子であれ、滑稽な調子であれ、大冊大部の書物においてであれ、わずかな紙片においてであれ、人間の肉をいつまでも商うものたちがこの主題についてわれわれに言い、かつそれを繰り返すということは、公平な人間であれば誰の目にも大変に嘆かわしいことだろう」

第十の手紙

同上

わたしたちのあいだでは重婚が政府によって認められているのみならず、宗教によってはっきりと命じられています。これらヨーロッパ人のあいだでは、宗教がそれを禁じており、人々の習慣がそれを許容しています。あなたにとってこれはおかしなことに思われるでしょう。わたしにとっても同様なのですが、これが事実であることは、それを目にしたことばかりではなく、というのも、物事の外見はつねに目を欺くものですから、これに加えて過日ある屋敷を訪ねた際に言葉を交わしたある高貴なキリスト教徒の女性との会話が裏付けてくれました。部屋は人でいっぱいで、どうしたわけか会衆の注意を一手に引きつけていた二十歳の若者の口ぶりに皆が耳を傾けておりました。流暢な話しぶり、口調の千変万化、言葉の奔流、とどまることを知らぬ優雅な身のこなしと威厳ある仕草、こうしたものが完璧な弁論家を作り上げるのだとしたら、彼ほどのものはほかにはありますまい。彼は特異な言語を話しました。特異、と申しますのは一つ一つの語はカスティーリャ語のそれなのですが、まとまりとしてはそうではないのです。女性たちのことが話題に上っていて、彼の大演説の目的は、かの性にむけてこれ以上はない侮蔑を誇示することにありました。われわれ皆を疲れさせた後に彼自身が疲れ果て、時計を取りだして言うのです。「これが、お時間です」[59] そしてたちまちのうちに部屋の外へと出て行きました。われわれはあのおしゃべりの暴君から解放されて、話すことの楽しみを享受し始めました。そのことは生まれつきの権利によっているものだと思っていたのです、そのような自由はないのだとあの経験が教えるまでは。嵐が過ぎ去ると雷鳴によって中断された囀りを小鳥たちが再開するように、われわれはお互い会話を始めました。わたしはいてもたってもおられず、わたしの席のすぐそばにいた女性に尋ねました。

「あれは一体どういう人なのです?」

「何をお望み、ガセル、あなたは何と言ってほしいのかしら?」羞恥と苦悩の入り混じった感情を顔いっぱいに彼女は答えました。「あれはわたしたちのあいだの新しい階層《カースト》、半島で新たに発見された一地方、こういってよければ、その出鼻を挫かなければスペインに危険な侵攻を行う蛮族の一群なのです。彼らがやってきたのは最近のこと、と言えば十分でしょう、とはいえその征服の素早さと支配の存続は驚くべきものではあるけれど。それまで女性というものは、もう少しばかりましな扱いを受け、より大きな尊敬を持たれていたものです。老人も若者も子供たちも、敬意をもってわたしたちを見たものです。今日では慎みもない扱いをしますけれど。かつてわたしたちは、異教徒たちが家の中に、しかし最上の敬意をもって閉じ込めておくペナテス[60]のようでした。今ではわたしたちはテルミノ神[61]のように、扉も錠前もなしに野に放り出されて、人間ばかりか獣たちにさえ見向きもされません」

　わたしのお話しするところから、そしてまたキリスト教徒の女性が口にしながらもわたしが言わずにおく多くのことから、わたしたちイスラム教徒が人類の美しき半数をよりひどく扱っているということはないとあなたはお考えになるでしょう。これまで目にしてきたところからわたしもおなじ結論を引き出しますし、数日前にある若い軍人が話すのを耳にしたことからそれについての意をますます強くします。その軍人とは紛うことなしにこの手紙でわたしが描き出してみせた人物の兄弟です。彼はわたしのハレムに何人の女がいるかと尋ねました。自分が置かれた立場、しかるべき慎みを考慮しつつ、若干の見栄を張るようにつとめてきた、とわたしは答えました。そんなわけで、名前が分からない多くの女たちは別にして、十二人の白人女と六人の黒人女がある、と答えたのです。

「そうすると、君」若者は言いました。「ぼくはモーロ人でもなければ、ハレムも持たないし、そんなにたくさんの女たちを管理しようと頭がこんぐらかるのに堪えられそうもないが、はっきり言えるのはぼくが仕留めた女、ぼくに降伏を申し入れた女、包囲に耐えることもなしにぼくに身を委ねた女、[62]その他、君がこれまでの真の人生すべてで手にしただけの女を、ぼくは一日でものにするわけですね」

彼は口を噤《つぐ》むと、わたしには場違いと思われる笑みを浮かべて自らを称賛しました。

さて、親愛なるベン・ベレイ、これらのキリスト教徒たちの一年が三百六十五日ですから、一日に十八人とすると、女という種にとってのこのエルナン・コルテス[63]は一年で六千五百七十人もの女性を征服することになります。この英雄が十七歳から三十三歳までをしかその偉業に費やせないとして、その獲物の数は十七年のうちに、計算に誤りがなければ、十一万千六百九十に上ります。武器を手にした日々よりも大胆さが減じた残りの歳月において彼が隷属させる女たちについて控え目な試算を出し、通常三百六十五日であるものに彼らが閏年と呼びならわすものの余剰を加えますと、総数はおよそ十五万となり、トルコあるいはペルシアのいかなる皇帝たちを合わせてさえも誇りえない驚くべき数字であると言えます。

ここから、習慣における弛緩堕落はかくも大きいものとあなたは推測されるでしょう。それは間違いのないことです。しかし何もかもすっかり、というわけではないのです。今なお、重く恥ずべきくびきを認める事のできない、尊敬に値する高貴な婦人たちは数多くあり、その模範が断崖の縁《へり》にあってほかの女性たちを押しとどめているのです。自らの弱さを知る女性たちは、ほかの女たちの強さに対する尊敬の言葉を口にします。玉座のそばから美徳の光が射して、太陽の光のように善き女たちを照らし、悪しき女たちには稲妻のように罰を与えます。遥か昔から王冠にあって最も尊い宝石はそれを冠するものの美徳であり、王杖にかけられた手はその敵とてない力をもって抑えつけられるのでなければ放恣に駆け回りたがる悪徳の手綱を引くものです。[64]

第十一の手紙

同上

スペイン人たちの社会やその暮らしについて、これまでにわたしたちがモロッコで聞き及んでいる知らせは、大変よいものと思われてきました。といいますのも、その社会がわたしたちのそれに大変よく似ているからであり、また他者の長所をこのような尺度で測ることは人間において自然なことだからです。多くの錠前で守られた女性たち、男たち同士のあいだで交わされる節度ある会話、誠実な振舞い、しかるべき礼儀に適った、頻繁にすぎることのない集まり、その他こうした類の習慣は、ある人たちの言うように彼らの風土、宗教、政治によるものではなく、むしろかつてのわれわれの支配の遺産といえます。コルドバ、グラナダ、トレドその他の土地に残る建造物におけるよりもなお、こうした習慣の中にわれわれの統治の痕跡を見ることができます。しかし、かの厳格な祖先たちの陽気な子孫が人付き合いのなかで見せるざっくばらんさは、その国のすべての市民のあいだにとある普遍的な友情を、外国人に対しては寛容なもてなしの精神をもたらしました。かつてのスペインと比較するならば、今日のそれは、スペイン人ばかりかありとある人間がそこではみな親類縁者であるひとつの家族のようです。

人が出会えば通りすがりに、立ち止まることなく、言葉を交わすわずかな機会に口にされる手短な賛辞、また誰が誰に対して、誰の面前で行うのかが考え抜かれたゆっくりとした挨拶、そしてまたかくかくしかじかの理由でなされた訪問の儀礼、こうしたものすべての代わりにやってきたのはつむじ風のような日毎の訪問、体が蝶番でできているのでなければとても不可能な挨拶、堅い抱擁と演説のごとく長く続く友愛の表現、これはわたしのように不慣れなものには最後まで言い終えるのに五度も六度も息継ぎが必要です。そうして確かに、この最後に述べた不都合を避けるためには長広舌の半分を、口を半開きにしてぼそぼそ喋るという次善の策が取られるのですが、賛辞を述べたてる人のおべっかに代えてそれを向けられている当の相手が侮辱を受け取るということが往々にしてあるのです。

ヌーニョは昨晩あるテルトゥリアにわたしを連れて行きました（おしゃべりをするためにしきりと集う人たちの集まりをそのように呼ぶのです）。彼は屋敷の女主人にわたしを紹介しました、というのも、男の主人たちはその役割を果たさないということをあなたに知っていただかなくてはなりません。

「奥様」と彼は言いました。「こちらは高貴なモーロ人、受け入れていただくに十分な資格あるもので、その誠実であることは、わたしが大いに尊敬するところです。スペインを知りたいと望んでおり、そのためにあらゆる方策を彼のために取るようわたしに乞うのです。ついてはこの親愛なるテルトゥリアの皆様にご紹介したい（これは部屋全体を見まわしながら言いました）」

女主人は先ほど述べたような賛辞の挨拶を述べ、また双方の性の客たちも同様の挨拶を繰り返しました。その最初の夜はわたしのヨーロッパの服の着こなしと話しぶりが幾許かの驚きを牛みましたが、三度四度と回を重ねるうち、わたしは彼らの誰とも変わることなく、皆と親しくなりました。男の客たちはわたしを宿に訪ね、女の客たちはこの都市を訪れたことを祝福する手紙をわたしに送り、その家の門戸を開いてくれました。彼女たちは散歩の道みちにわたしに話しかけ、[65]訪問の約束を果たしにわたしが訪ねると困惑もせずに迎え入れてくれました。彼女たちの屋敷では、召使いたちやわたしのような訪問客以外に男の姿は目にしないのですから、亭主たちは当然にして細君とは異なる地区に住んでいます。通りやテルトゥリアで出会った人物は、二度目に会う時にはもうわたしの友人です。三度目には古い友達になり、四度目には出会った日付など失われ、五度目ともなればわたしがどこに出入りしようとも咎めるものは、門番にすらありません。キリスト教徒の家にモーロ人が出入りしたなどというくだらない理由によって見張り小屋と火鉢を離れることは、肩から斜めに提げた皮帯と杖の重大さと相俟って、彼にはけしからんことなのです。

この例にもまして、今世紀のスペイン人のざっくばらんさは、マドリードでは誰であれ食事にありつきたいものたちのために、ついぞ絶えることなく用意されるテーブルについての報告によって確かめられます。ヌーニョに連れられて初めてそのような場に赴いたとき、わたしはその自由さゆえにどこか公共の宿にいるのかと思いましたが、その施設の荘重、食事の繊細、同席するものたちの高名なることが、そうではないことを示していました。見舞われた困惑もあらわにわたしは友にそのように伝えましたが、そのことが分かっている彼は微笑んで言いました。

「この屋敷の主人は王国の最も重要な人物のひとりなのさ。彼自身が食するものに二百ペソ、食卓を用意するのに十万ペソを毎年費やしている。ほかのものたちも同様で、彼やそういった人たちは宮廷に輝きを添える臣下なのだ。彼らに優っているのは君主のみで、その方のために忠誠心と輝きで彼らは奉仕するのだよ」

わたしは呆気にとられました、この手紙に記したことを目の当たりにしたならばあなたもそうなられたように。

もちろんこうしたすべては大変良いことです。というのも、日毎人間を社交的にするのに役立つのですから。絶え間ない交流とざっくばらんさは人間互いの心を裸にし、出来事を伝達せしめるとともに人々の意志をひとつにします。

そのようにヌーニョに申しておりますと、わたしが熱意をこめて力説することがらを彼が大変冷淡な様子で聴いていることに気が付きました。しかし、彼がつぎのように言うのを耳にした時のわたしの驚きといったら！

「何事も一面においては良く、もう一方の面においては悪い、あたかもメダルに表と裏があるようにね。君をそんなにも魅了する人の交わりにおける自由は薔薇のようなもので、つぼみのすぐそばには棘を有しているのだよ。十六世紀の行き過ぎた厳格さをよしとするのではないが、今日の自由にそれほどたくさんの利点を認めることはわたしにはできないよ。なんらかの感情から気をそらすために、あるいはなんらかの気がかりについてじっくりと思いを巡らすために、とある午後にひとりきり散歩をしたいと望むものが蒙る苦しみを、君は何でもないことだと思うのかい？　かつては友達の誰とも口を利かずにひっそりとしていることで得られた利点さ。それが、きみの賞賛するざっくばらんさによって、天気がどうだの、往来の馬車のことだの、ご婦人の誰それのガウン[66]の色だの、何某氏の召使いのお仕着せの制服の趣味だの、そういったもろもろのよしなしごとを差し向ける煩わしい連中に取り囲まれているのさ。そんな面倒など、家のことを片付けるために、あるいは彼をより良く、あるいはもっと賢くしてくれる読書にいそしむために一日部屋に引きこもろうとしさえすれば大したことないと思うかね？　当人の聖人の日や誕生日でさえなければ、昔もそれは可能だったろうね。でも今日の流儀においては、どうでもいい五、六人の暇人がひっきりなしに訪問してくる。それというのさえ、これといった理由も目的もなく、そうしなければどこぞへの出入りができなくなるといった崇高な特権を失わないがためだけに彼らはそうするのだよ。ちょっと思慮をめぐらせようというときに、このざっくばらんさから生じる不都合が些細なものだと思うかね？　難しい問題で頭がいっぱいの大臣が、二十人もの暇人どもの、こういって良ければつまらん考えに身を晒さなければならないのだよ。暇人でなければ、はたまたスパイが無料の食事にありつこうと食事時を狙って彼を訪ねてきては、どんな料理を食し、どんなワインを口にし、どの招待客と親しくして、誰とは多く、誰とは少なく話すか、誰には内緒で、誰には大きな声で話すか、誰にはいやな顔を、誰にはいい顔を、誰には中くらいの顔を見せるのかをうかがっているのだから。考えてごらん、じっくりとね、そうすれば分かるだろう。

「今日の女性たちの社交における礼儀作法の欠如もまた、わたしには異論のないところだと思われる。良識も美徳もないご婦人との会話をもし君が思い出せるのなら、想像できることと思うが、われわれの社交におけるかつての峻厳さは、かの性の名誉のために十分すぎ、過剰なほどだったのは疑いを容れないが、その堅固さの極からわたしたちはもう一方の極に投げ出されたわけだ。どのように祖母に愛を語り、求愛し、結婚したかについて何度となく祖父に聴かせられた話を忘れることはできないよ。事の次第の全体に渡って、なんらかの威厳はたしかに存在したのだ。しかし貴婦人の美徳、求愛する男の勇気、双方の名誉を真に高める出来事ならざるものは寸毫もなかった。ブルゴスで催された音楽を伴うテルトゥリアに居合わせた偶然、その瞬間から恋に落ちていた我が祖父の振舞い、言葉を交わす糸口、貴婦人に愛を打ち明け、それに対する彼女の返答、騎士の身に降りかかる困難（ここでよき老人は馬上試合や宴、音楽や決闘、そして彼女に奉仕しその思いの変わらぬことを証し立てるために従軍した、モーロ人たちに対する三度の戦役を語るのだった）、彼女をその両親に乞うことへの彼女の許し、両家のあいだにあった関係にもかかわらず双方で取り交わされた手続きの数々、そうして待ち望んだものを手に入れるまでのすべての道のりが二人の恋人であることを示したのだ。ところで、わたしの祖父が極めて深刻な面持ちで語ったことには、婚礼は潰える寸前までいったらしい。というのも、偶然、家からは離れているもののおなじ通りで、サン・フアンの朝[67]に何やら縄梯子のようなものや壊れたギターの残骸、見たところ恋人の窓辺で愛を歌う一団のものらしい手提げのカンテラ、その他もろもろの前夜にあっただろう喧騒の痕跡が残されていた。後にこうした騒ぎは最近フランドルから赴任してきた年若い将校たちの一団が、有名な娼婦のいる近所の賭場に集ったためと判明したが、それまでは少なからぬ醜聞が立つこととなったのさ」

第十二の手紙

同上

モロッコでは当地にあって世襲貴族と呼ばれる考えはありませんので、スペインには高貴な家系のみならず世襲によって高貴な地方というものまであるといってもお分かりいただけないでしょう。わたし自身それを目の当たりにしながら、理解できずにおります。実際の例を示しますが、余計に理解できなくなることと思います。わたしがそうであるように。ともあれ、お読みください。

数日前、すぐに出せる馬車はあるかとわたしは尋ねました。というのは我が友ヌーニョが体調を崩したので、彼の元を訪ねたかったのです。返事は否でした。半時間後、わたしはおなじ質問をして、おなじ答えを得ました。また半時間経ってわたしが尋ねると、おなじ答えがあって、それから少しして、馬車の用意はととのっておりますが御者のほうが手を離せないのだと申します。何の用件かと階段を降りてまいりますと、彼自身が機先を制してわたしに説明して言うのでした。

「わたしは御者ではありますけれど、貴族なのです。わたしの家臣が訪ねてまいりまして、この手に接吻してその恩恵を家に持ち帰りたいと言うのです。それで時間をとられておりましたが、もう用向きは済みました。どちらへまいりましょう？」
こう言うと、ラバに跨って車を寄せてきました。

第十三の手紙

同上

世襲制の貴族とは何であるのか説明してくれるようにわたしのキリスト教徒の友人にせがんだところ、彼はわたしが理解できないたくさんのことを話し、わたしには心を病んだ画家が気まぐれで描いた絵か、魔術にかかわるものと思われる版画を見せ、それからこの世の中で大いに尊敬されていると述べたことどもをわたしと一緒になって笑い飛ばし、その後も何度となく大笑いの発作に中断されながらつぎのように結論しました。

「世襲貴族というのは、わたしが生を享ける八百年も昔にわたしとおなじ名を持つすぐれたはたらきの人間がいたということで、わたし自身が何の役に立たずともそれに拠って立つところの自惚れのことさ」

第十四の手紙

同上

我が友がその辞書に含めようとつとめている言葉のうちで、「勝利」という語は、今日の新聞で誤用されているところから、より多くの説明を必要とするもののひとつです。

「先の戦争のあいだずっと」とヌーニョは言います。「わたしは新聞の類を読んでいたのだが、誰が勝ったのか、誰が負けたのか、まるで分からなかったよ。わたし自身が従軍した戦役でさえ、印刷された戦況報告を読むと夢やまぼろしのように思われたものさ。いつ『テ・デウム』を歌って、いつ『ミゼレーレ』を歌うべきなのかも、ついぞ分からなかった。[68] よくあるのはこんな調子だ。

「その数もおびただしい両軍のあいだに血で血を洗う戦いが生じ、一方、あるいは双方が壊滅の憂き目にあう。しかし双方の将軍は、それぞれの宮廷に向けて華々しい知らせを差し向ける。すこしでも優位に立った側は、それがどんなにささいなものであれ、敵側の死者、負傷者、捕虜、獲得した大砲、臼砲、槍旗、軍旗、太鼓、荷車の数々をその報告のうちに含める。彼の宮廷では『テ・デウム』の歌、鐘の音、飾灯等で勝利が告知される。他方は、あれは戦争ではなかった、小さな、とるにたらない小競り合いに過ぎなかったと請け合うことになる。敵の圧倒的優位にもかかわらず軍事行動を回避することはせず、国王の軍隊はすばらしいはたらきをした。日没とともに戦闘は終了し、夜の闇に部隊を置き去りにすることなく整然と撤退が行われた、と。こちらでも『テ・デウム』が唱和され、花火が打ち上げられる。すべては曖昧なまま残される、二万という人間の死を別にしても、おなじくらいたくさんの孤児、悲嘆にくれる両親、未亡人などを生み出しながらね」

第十五の手紙

同上

この世界のすべての国と同様にスペインでは、ある職業のものがほかの職業のものを見下しています。軍人はスコラ主義者が「もし『ブリクティリ』が論理的な用語であるなら」(*utrum blictiri sit terminus logicus*)[69]とやるのを耳にしてこれを嘲ります。スコラ主義者は化学者が賢者の石を発見しようと躍起になっているのを嘲ります。化学者は軍人が上着《カザック》の襟の折り返しが三・五プルガダ[70]でなしに三プルガダの幅しかないと威張っているのを笑います。こうしたことすべてからわたしたちはどのような結論を引き出せるでしょうか、あらゆる人間のわざには何かしら滑稽なものが具わっているということ以外に？

第十六の手紙

同上

我が友ヌーニョの手稿の内に『スペイン英雄史』と題された書き物を見つけました。それが何を意味するのか彼に尋ねたところ、その先を読む進むようにと言い、その序文が大いに気に入りましたので、ここに書き写してお送りします。

序文

古代の数々の民が通常の人間の能力を越えて武勲をあげた偉大な人物たちを半神と呼んだことを奇異に思う謂《いわ》れはない。それぞれの国においてそれぞれの時代に、その功績が人々を驚嘆させる男たちが活躍したのである。並外れた恩恵を彼らに負う祖国は、称賛、喝采、進物を彼らに捧げた。わずかなりとも愛国心がそれらの心を沸き立たせたならば、儀式は信仰へとなり変わった。墓所は祭壇に、その家は神殿になり、偉大な人物は彼のつぎの世代によって崇拝されるようになっていったが、時として事の運びが迅速にすぎると、その同胞たち、知人、友人たちが香炉を提げては賛歌を奉ずることとなった。神のごとき性質という考えをめぐるあれら人々の盲目はその名を増大させた。よりよく物識るわれわれはこのような愚鈍を容れることはできない。しかしながら、この行き過ぎと、われわれが英雄たちの記憶を論ずる際の忘恩とのあいだには、大いなる懸隔が横たわっている。近代の国家はその傑物たちのために建立された記念碑を数多くは持たない。もしそのことが先人の輝きによって自らの栄光の翳ることを恐れる、今日彼らの座を占めるものたちの嫉妬によっているなら、彼らを超越することこそを熱望するべきだろう。その願いが強固であればそれだけで、ほかのものたちの長所に居並ぶに十分だろう。

今日隆盛する国ぐにの内で、イギリスだけが唯一この規律を受け入れているように見える。彼らはその英雄たちに捧げる記念碑を王たちの霊廟である当の教会の中に拵《こしら》える。[71]そのやり方の徹底は、時にその同胞の栄光を弥増さんがために敵方の英雄の遺灰にも変わることのない敬意を払うほどである。ほかの国ぐにには、それらの誉れとなり、楯となったものたちの記憶に対して恩義を欠いている。これが今日の将校たちに蔓延る怠慢、そして情熱の欠如の一因である。もはや愛国心は存在しない、なぜなら祖国が存在しないのだから。

異教のローマの祭壇でわたしが夥しい数を目にしたそれ以上に、フランスとスペインの両国は名高い英雄たちに溢れている。フランソワ一世、アンリ四世、そしてルイ十四世はフランスの年代記を栄光で埋め尽くした。にもかかわらず、わたしが望むように、そして彼らがそれに値するほどに、整然とした自分たちの英雄の歴史をフランス人は有していない。というのも、わたしはムッシュ・ペロー[72]の作品についてしか知らないが、これはさきに名を挙げた三人の王のうち最後の方の治世における偉人しか扱っていない。ここ数年のうちに何千とあらわれたような愚にもつかぬ作品で全ヨーロッパを埋め尽くすかわりに、その名に値しない大勢の物書きたちのあいだにいまだある、優れた人物の筆になるこの種の作品をわたしたちに与えてくれるならば、書き手自身その名を高からしめようものを！

「これは以前わたしが取り組んでいたものの一つさ」[73]とヌーニョは続けました。「現在のわたしを占めている平穏や休息の思想と真逆の考えを持っていた頃にね。スペインの英雄たちの歴史を著そうと試みたのだよ。ドン・ペラーヨ以来、この国が生んだあらゆる偉大な人物たちの一覧をね。この作品の土台を固めるためにわたしは細心の注意を払ってわれわれの歴史を、全般的なものから特殊なものまで、読まねばならなかった。誓って言うが、その一冊一冊がわたしを得意な気持ちにさせるゆたかな鉱脈だった。数の多いことは計画にとって大きな障害となった。というのも、すべての人物を収めれば並外れた大冊となろうし、かといって選別は困難であった。数多くの傑物の中から選択されるものたちの名誉を傷つけることのない優先順位があるとすれば、わたしが目星をつけたのは祖国の解放者ドン・ペラーヨ以降の特筆に値するものたちとして、臣下たちの父ドン・ラミーロ、[74] モーロ人たちにとっての鞭ペラエス・デ・コレア、[75] 忠誠心の鑑アロンソ・ペレス・デ・グスマン、[76] バレンシアの再興者シッド・ルイ・ディアス、[77] セビーリャの征服者フェルナンド三世、[78] 羨むべき家臣ゴンサロ・フェルナンデス・デ・コルドバ、[79] 物語の英雄たちよりも偉大な英雄エルナン・コルテス、パヴィーアの勝利者レイバにペスカラ、そしてバスト、[80] 運命の寵児アルバロ・デ・バサン。[81] これらの傑物のために立像、記念碑、柱を建立し、彼らの勲功の歴史から引いた賛辞の銘を添え、首都の人通りの多い場所に据えるならば、それはなんとすばらしい計画となろう！　宮廷にとって最高の賛美だ！　幼少よりその誉むるべき遺影を目にして育つ我が国の若者にとって、これ以上の鼓舞があろうか！　世界を掌握したローマは多くをこのような秘密の教育に負っていたのだ」[82]

第十七の手紙

今日までに受け取ったすべての手紙から、ヨーロッパの楽しみに慣れ親しんでしまったおまえが不毛にして閉ざされた、と呼ぶアフリカでの我が隠遁生活にあって経験するものとまるで変わらぬものを、わたしはヨーロッパの喧騒とまばゆさにおいても経験するだろうと想像している。初めに見たときはわれわれを魅了した女との付き合いも、時間とともに煩わしいものになる。熱中した遊びもわれわれを倦ませ、最初は心を奪った音楽の調べも疎ましくなる。初めて食べたときには舌鼓を打った料理もわれわれをげんなりさせ、最初の日にわれわれを魅惑した宮廷には嫌悪をおぼえる。初めの週は甘美に思われた孤独も、後にはわれわれを憂鬱で苛む。美徳のみこそが、知れば知るほどに、育めば育むほどに、より愛しく思えるもの。

まっすぐな心で至高の存在を崇めるために、おまえが深奥に美徳を持つことを望む。人生の不運を寛容に受け止め、幸《さち》に自惚れることのないように。ありとあらゆるものに善をなし、なんぴとにも悪をなさぬように。友達のあいだに歓びの種を播き、その苦痛にあっては共にあってその重さを和らげてやるように。そして賢く健やかにおまえの家族の胸の内に帰ってくるのだ、おまえを抱擁したいと心から願って挨拶を送る家族のもとに。

第十八の手紙

ガセルからベン・ベレイへ

今日こそは、実に奇妙な見聞をお伝えできます。ヨーロッパの地を初めて踏んだ時より、この手紙でお知らせしようとしていることほどにわたしを驚かせたものはありません。世界のこの場所における政治的事件は、両親とその子供を含む近しい縁者同士のあいだで起こる訴訟の頻繁さに比べれば、どれほど常軌を逸したものであれ、説明が容易であるようにわたしには思われます。東西のインディアス[83]の発見も、カスティーリャとアラゴン王冠の一体化も、オランダ共和国の成立も、グレート・ブリテンの複合体制[84]も、ステュアート家の不幸も、ブラガンサ家の樹立も、ロシアにおける文明も、こうした重要性を持ついかなる出来事さえも、親と子のあいだに繰り広げられる訴訟を目にすることほどにはわたしを驚嘆させせません。一体何に基づけば、裁きの庭において息子がその父親に対して申し立てができるのでしょう？　あるいは、一体何に基づいて父親がその息子の養育を拒むことができるのでしょう？　わたしには理解できないことです。この国の識者たちはそれを説明しようとつとめますが、わたしの物事の理解はその説明に抗しようとつとめます。というのも、わたしが抱いている親の愛、子の愛についての考えがひっくり返ってしまうためです。

昨晩、この件にかんして耳にしたことで頭がいっぱいのまま床に就きました。すると幼少のころ、父親というものについて、そして子の従順について語るあなたの口から聞いたすべての教えが、奔流のようにつぎつぎとわたしに押し寄せてきました。敬愛するベン・ベレイ、両の手を天に挙げた後わたしは、父親の尊厳について無礼な調子で語る愚かな若者たちの反抗的な声を聴くのを妨げるために、この耳を塞ぎましょう。この点にかんしてわたしは心の内でかくも雄弁な自然の声、あなたが賢慮ある助言をもってわたしとともにあったときにはより大きなものであったその声よりほかのものに耳を貸しません。ヨーロッパのこの悪徳をわたしはアフリカには持ち帰りません。そんなことをしたならば、トルコからペストを祖国にもたらした場合よりも重い罪をわたしは負うことになるでしょう。帰朝の折にはごらんになりましょう、わたしを生み出したものの死ゆえに父親に代わってあなたが死に瀕した母の腕からわたしを取り上げたあのときとおなじように、[85] あなたの前でとても謙虚な、あなたの声にとても従順なわたしを。[86] もし些かでもあなたに対する敬意を欠くならば、全能なる腕が逆らい得ない雷撃を打ち震わせ、全世界の慄きとともにわたしを灰燼に帰し、世界にとってわたしの名は忌まわしき懲罰として永遠に記憶されることでしょう。

この書きつけが彼らの不敬虔なる手中に落ちたならば、ヨーロッパの若者たちはどれほどわたしを嘲ることでしょうか！ その傲慢な口吻よりどれほどの愚劣が芽吹くことでしょう！ その目にはわたしがいかほど馬鹿げたものと映ることでしょう！ それでもわたしは悪党どもの嘲弄を軽蔑し、わたしの精神を羊の乳とおなじように白いままで保つために彼らから遠ざかるでしょう。

第十九の手紙

ベン・ベレイからガセルへ、前の手紙への返事

ヨーロッパの若者たちに見られるその親たちへの軽侮を嫌悪する手紙がわたしに運んできたおまえの従順の言葉を、花の芳香が天にのぼり、鳥たちの囀りが天井の歌声と融けあうように、わたしは受け取った。岩山が波の努力に抗うように、そんなにも悲惨な主義に屈することなく耐え抜くのだ。そして信じるのだ、敬意を持ってその父母に接する子供たちを、アラーは善き心を持ってその玉座よりごらんになっている、と。[87] 創造物に輝く叡智あるはたらきの確立にさえ公然と逆らうものたちもあるものなれば。

第二十の手紙

ベン・ベレイからヌーニョへ

ガセルがあなたの国を旅し、あなたの助言を受けて賦性の才能を開花させていること、この上ない喜びをもって見ております。あなたのご指導がなければ彼の物事の理解はあれにとって有益であるどころか、あれを惑わすばかりであったでしょう。運命がこの若者のゆく道にあなたを授けて下さらなかったならば、ガセルは時間を浪費するばかりだったでしょう。その旅から一体何を望みえたでしょうか？　わ

たしのガセルは無数の物事を誤って理解し、その頭はばらばらの物事で満たされ、無知なだけでなく自惚れを抱いて祖国に帰ってきていたことでしょう。しかしそうとはいえ、ヌーニョよ、教えてほしいのですが、あなたの同胞たちの風俗と習慣について彼がわたしに書き送ってきたことの多くは本当のことなのでしょうか？　彼の書いたことのいくつかはそれ自体において相容れないのです。時に彼の若さが彼を欺き、物事をそのあるかたちではなく、彼にとってそう思われるものとしてわたしに描いてみせているのではないかと懼《おそ》れるのです。彼の送る手紙をあなたにお見せするようにしてください、彼がわたしに出来事を正確に書いているのか、それとも彼の思い込みを書いているのかが分かるように。わたしのこの困惑が、そしてまたわたしをそこから引き出してくださるように、あるいは少なくともその増大を妨げてくださるようにとあなたにお願いする執拗さが、どこから生まれるものかご存じですか。キリスト教徒の友人よ、ここに正確に書き写し、わたしがそれを繰り返し読むところの彼の手紙によれば、あなたの国は固有の性格を持たないという、持ち得る限り最もひどい性格を有するがゆえに、ほかのいかなる国とも異なっているということから生ずるのです。○88

第二十一の手紙

ヌーニョからベン・ベレイへ、前の手紙への返事ガセルの手紙からあなたがお考えになったような状態にわたしの国があるとは思えませんし、彼自身によればそれはマドリードやほかの大きな都市の風俗の観察から導き出したものです。彼が地方で目にするものをあなたに書き送るようにさせなさい。そうすればこの国は今日において、三世紀前にそうであったものとまるで変わらないとお考えになられることでしょう。服装、風俗、言語、習慣の多種多様なることは、数多の外国人の往来によってあらゆる大都市に共通しておりますが、スペインの内奥の地方は商業も慎ましく、道は悪く、それほどの人々を集める娯楽もありませんので、五代前の先祖とおなじ美徳と悪徳からなる人間を生み出しております。一般的に、スペインの性格が一方では宗教、勇気、君主への愛からなり、また一方では自惚れ、勤労への軽蔑（外国人はこれを怠惰と呼びますが）、そして恋愛への過度な傾きにあるとするならば、またこうした善悪の性質の総体が五世紀前のスペイン人の国民的性格を形成したのであれば、おなじものが現在のスペイン人の性格を形作っています。理髪師や仕立て屋の命じるところにしたがって流行に翻弄される伊達男《ペティメトレ》が一人あれば、その服装に寸毫の変化も見られない十万ものスペイン人があるでしょう。信仰に熱意のない口ぶりのスペイン人が一人あれば、そのような話題が口にされるのを耳にするや否や剣を抜く百万のスペイン人があるでしょう。手仕事にいそしむものが一人あれば、貴族証明[89]を求めてアストゥリアスや山向こうの生地へ赴くべく、店を閉めるのにやぶさかではない無数の人間があるでしょう。国民の性格の明らかな荒廃のさなかにあって、ときにほかではありえないかたちで、昔ながらの精神のしるしが垣間見られることがあります。つまり、ある国民がそれ固有の美徳のみは保ったままそれ固有の悪徳を放擲して、代わりに他所の国民の美徳をもってそれに代えるというもので、プラトンの言う国家を模倣するというやり方です。それぞれの国はそれぞれの人間のようなもので、よきにつけ悪しきにつけ、その心身に固有の性質を有しています。後者を少なくし、前者を多くあらしめんとつとめることは実に正しいことですが、その組成の一部であるものを完全に消し去ることは不可能です。諺が「素質と容姿は墓場まで」[90]と説くところは、人間にかんして正鵠を射ています。国民というものが、その数の内にそれぞれの個人の性質を含んだ人間の集まりにほかならないのであれば、なおさらです。しかしながら、国民の真の資質と、無知と怠惰によって導かれたわずかの人たちの行き過ぎや先入見とは、はっきりと区別しなければならないとわたしは考えます。この行き過ぎの実例は数多いのですが、それを検討することによってわたしは、同胞たちが熱くならずにはおられぬ事どもを大いに冷静に見るようになりました。示しうる多くのもののうちからいくつか例を挙げましょう。

人々が古式ゆかしきスペイン風と呼ぶ、とても着心地の悪いある種の服のことを、愛情と尊敬をもって話題にするのをわたしは耳にします。実際にそれは古式ゆかしきスペイン風でもなんでもなく、また新しいものでもなく、単にスペインにとってはまったく他所者の、つまりオーストリア王家によって持ち込まれた装束なのです。襟首は大変窮屈で、まるで締め上げるよう、腿はぴったりとして、ウエストは細く絞られて長短二振りの剣を提げています。腹の部分は胴着の形によって目立つようになっていて、肩はむき出し、頭部を守るものもありません。良くもなければスペイン的でもないこうしたもののすべては、スペイン的であると、そして良いものだと人々が言うというただそれだけの理由で広く崇められているのです。その誉れの度合いといったら、とある喜劇が駄作であったとしても、その登場人物がこの流儀の衣装を身に纏っているというだけで、別のよりみごとな、しかしこの装飾を欠いた作品よりも多くの入場者を数えるほどです。

すでに全ヨーロッパから放逐されたアリストテレス哲学は、その細部にいたるまでがこの片隅においてのみ避難場所を見つけ、我が老人たちの幾人かによって大層な深慮をもって擁護されておりますが、それはあたかも宗教上のシンボルであるかのように信仰をもって、と言わんばかりです。なぜでしょう？　なぜなら、それはいつもスペインにおいて擁護されてきたものであり、それを捨てることはわれわれの祖先の記憶に泥を塗ることになるからだ、と彼らは言うのです。これは大変もっともらしく聞こえますが、しかしアフリカの賢人よ、この先入見には二つの、いずれ劣らぬ不条理が隠されていることを知らねばなりません。第一に、ヨーロッパのすべての国ぐにが逍遥学派[91]をかつて支持し、後に喚《わめ》くことがより少なく、確実性がより高い別の学説に乗り換えるべくそれを放逐しましたが、フランス人もイギリス人もこのことによってその先祖を誹謗しようと望んだのではない以上、わたしたちもまたそれを捨てることでわれわれの先祖を貶めることにはなりません。第二に、細密にして精緻かつ重大なる議論の連鎖、ほかの学問にも大いに影響を及ぼした同様のスコラ主義の暇つぶしは、外からわれわれのもとへやってきたものであり、真の学術の友人にして衒学的な誇張の敵、それが本当にスペインから来たものか否かについてはっきりと分かっている博識のスペイン人は概して、このことについて不平をもらし、われわれの大学における学問が他所からやってきたスコラ主義の流儀によって腐敗させられ始めた時にはそれを書き記しました。それはセビーリャの産でアルカラ・デ・エナーレス大学の修辞学の教師であり、我が黄金時代、すなわち十六世紀に繚乱をみせた偉大なる人物たちの一人、高名なる文人アルフォンソ・ガルシア・マタモロス[92]によって書かれたスペインにおける学問の『賛美』[93]のなかに篤く論じられています。

同様に、われわれの軍隊に機動作戦、進歩、火器、プロイセン式軍規による機械的な連隊を導入しようとするときには、[94]我が国の廃兵の幾人かがこれをスペイン軍に対する明らかな侮辱であると大声を挙げるのです。曰く、スペイン軍は斜行も遅足も、並足も速足も知らずにフェリペ五世[95]をその王座に、カルロス[96]をナポリのそれに、そしてその弟[97]をパルマの君主に押し上げ、師団に将校を置かずして、オランを勝ち取りカルタヘナを防衛した。こうしたことがあってみれば、彼らは旧式のスペイン軍規で間に合っているのだと。そのようなわけで、それを奪い去るなどというのは横暴だと言うのです。しかしそのような軍規はスペイン式ではなかったということをあなたに知っていただかなくてはいけません。というのはこの世紀の初頭にはすでにカルロス五世やフェリペ二世の時代にフランドルやイタリアで活躍したスペイン軍の名高い、真に卓越した軍規はすでに記録さえも残っておらず、ナポリの大総帥[98]の無敵のそれは言うにも及びません。そしてプロイセン式同様に外国から来た、というのも、当時フランスの軍隊とわれわれの軍隊との足並みをそろえることが必要であったためですが、フランス式の軍規を採用しました。これは同盟するものが作戦をおなじように実行するためばかりでなく、今日フリードリヒ[99]の軍隊が全ヨーロッパの規準であるのと同様に、当時ルイ十四世の軍勢がそうだったからです。

こうしたことすべてからもたらされる哀れな結果をご存じですか。それはほかでもなく、美徳となる代わりに馬鹿げた欠点となり、多くの場合祖国そのものにとって有害な、誤って理解された愛国心です。

そうなのです、ベン・ベレイよ、人間の知性はこんなにもちっぽけで、極端に走ろうとすれば物事のよき性質を、それがどんなに優れていたとしても、悪いものに変えてしまうのです。極端な倹約は貪欲であり、行き過ぎた慎重さは臆病であり、向こう見ずな勇気は軽率です。

世界の喧騒から離れ、その時間を純真な生業に過ごし、人を動かす様々な動機の内でなにが悪徳でなにが美徳であるか、もはや賢人でさえ分からぬ人間の内に溢れるこれほどの譫妄、悪徳、弱さを知らずにいられるあなたこそ幸いなるかな。[100]

第二十二の手紙

ガセルからベン・ベレイへ

財産、性質、生まれにおいて等しい人々のあいだでなされるのでない婚姻ではいつも、その祝宴をその家の縁者や友人に告げ知らせる招待状の文面は、この世界に誇張がより少なければ、つぎのように要約することができるものと思われます。「我が家は貧しくも貴族の家である事由により、富豪にして平民であるクラッスス[101]の家に娘を嫁がせます」あるいは「われわれの息子が愚鈍で育ちが悪くも金持ちである事由により、思慮があって育ちがよくも貧しきエヌ嬢をこれと妻合《めあ》わせたく」もしくは「一つ屋根の下に娘三人では堪えがたくあるという事由により、彼女らを知りもしなければ彼女らも知らぬ三人の男性のもとに愛人として送り出します」という具合に。あるいは似たようなほかの言い回しによりましょうが、例外なしに「貴殿のご承認賜わりたく、万障繰り合わせてご臨席のほどお願い申し上げます」というお決まりの結詞をもって終わるのは、これこそが最も重要な条項だからです。[102]

第二十三の手紙

同上

この国には議論することを生業とするものたちがいます。近頃、「公開討論」[103]と呼び習わされる識者たちの集まりに幾度か出席しました。それが何であるのか、彼らが何を言っていたのか、彼らは互いに理解できていたのか、後に和解したのか、それとも大勢の人々の前でむき出しにした怒りはなお燻《くすぶ》っているのか、わたしには分かりませんが、今にも殴り合いに発展しそうな危険と飛び交う怒号にもかかわらず、その場でそのものたちを宥めようと立ち上がるものは誰ひとりありませんでした。それどころか、無関心を決め込んだ人たちは落ち着いて眺め、それどころか対立するもの同士の争いを楽しんでさえおりました。彼らのうちの一人は身長二バーラ[104]以上、横幅もおなじくらいで、強靭な肺と巨人の声、狂人のような手振り身振りで午前のうちはあるものを黒いと言い、その午後には白いと主張したのです。賢人のうちには稀にもみられぬ柔軟さであると思われて、わたしは大いに賛嘆しました。しかしそれが間違いだと分かったのは、午前中にはひとかたならぬ意気込みでそれを白いと彼に反対していたおなじ連中が、そのおなじものを午後には変わらぬ調子で黒いと反論するのを見たからです。これが任意の問題の理屈による擁護であると、わたしの隣に座っていた厳粛な様子の男が教えてくれました。理屈を並べ立ててその機知を閃かせている男は才能豊かで大いに期待される人物だといいます。しかしこれが彼の、こういってよければ初陣で、対する敵方はこの手の苦しい戦いを五十年も続けてきた老獪にして百戦錬磨の戦士たちなのだそうです。

「七十年の歳月を」と彼は言いました。「費やして、わたしはこれらの白髪を養ってきましたが」黒い小さなターバン[105]のようなものを脱ぎながら彼は付け加えました。「こうした問題をめぐって今日ほど白熱した議論がなされたことは一度としてございませんよ」

こうした一切をわたしは理解できません。ある一つのことがらについて、それを明らかにするつもりも、またその希望さえもなく七十年ものあいだ議論をし続けることから何の益が引き出せるのか、理解できません。この出来事をヌーニョに伝えると彼は、その生涯に二分と続けて議論をしたことはない、と言いました。というのも、論証の不可能な人間のよしなしごとについて激しい議論を戦わせることは無意味であり、人間の虚栄心、その無知と先入見にあっては、問題を理解もしていなければ、敗北を認めることも望まない相手を説き伏せようとする論者を残して、すべての議論は決着のつかぬままに終わるからだ、と言いました。わたしもヌーニョとおなじ意見です、そしてスペインの学術的な論争を耳にしたならあなたもおなじ意見をお持ちになるだろうことを疑いません。

第二十四の手紙

同上

スペインにおける職業の荒廃の原因のひとつは疑いもなく、すべての息子がその父親たちの仕事を継ぐことに対して有する嫌悪にあります。たとえば、ロンドンでは五代、六代と続く靴屋の店があり、その父が残した財産にそれぞれの店主が積み増して、田舎に屋敷を構え、地方にかなりの荘園を有し、これらの領地は、首都にある店で小僧たちを統括する椅子の上から彼自身によって支配されているのです。しかしこの国では、父親たちはその息子により高い地位を望み、さもなくば息子たちは父親をもっと低い場所に置こうと躍起なのです。誰しもが信じられない熱望に突き動かされ、あれこれの方法で貴族階級に身を落ち着けようとして、働いていたならば国家にもたらしたであろうものを損なうこの調子では、いかなる家族とて産業、商業、労働によって国家の益に貢献しようとつとめるどんな同業組合にもとどまりません。その野望が貴族となって安楽に、幸福にすごしたいというだけであったならば、この政治的欠陥には倫理的な言い訳が立ったでしょう。しかし彼らは貴族となった後にますます働きがちです。

わたしの宿に、相当な財産を拵えてインディアス[106]より帰朝したばかりの紳士がいます。この世界におけるあらゆる安息の方途である金を手にしたのですから、新大陸帰りの成金は何千レグアも遠い場所で様々な方法で手に入れたものを愉しむよりほかのことは思うまい、理性ある人間ならば誰しもそう考えるでしょう。しかしそうではないのですよ、親愛なる方。たとえ二百年要しようとも、という生涯の計画を彼が話してくれました。

「つぎにわたしは」彼は言いました。「騎士団員の称号を手に入れるつもりだ。それからカスティーリャの貴族の称号、そして宮廷での仕事。それでもって娘のために有利な結婚を見つけるのだ。息子の一人はこちらに、もう一人はあちらに。娘の一人は侯爵に、もう一人は伯爵に嫁がせよう。それから従兄弟に対して、ビスカヤで崩れかけている四軒の家をめぐる訴訟を起こそう。[107]それから遠縁の伯父に対して、わたしの祖父の遠縁の従兄弟が残した金をめぐる訴訟を起こすのだ」[108]

わたしはつぎのように言って、一連の計画を語る彼の話の腰を折りました。

「あなた、もし金なり銀なりで六十万ペソドゥロ[109]もお持ちなら、五十歳には手が届いているでしょうし、相次ぐ旅や仕事によって健康も損なわれていることでしょう。この世界の健康な地方を選んでそこに身を落ち着け、生活の快適を追い求め、余生を安楽のうちに送り、貧しい親類には寛容を、隣人には善をなすことのほうが、そしてたくさんの計画、すべての野望、強欲によって死を招くよりも、残された日々の終わりを静かに待つことのほうが、より思慮深い助言であるとはいえませんか？」

「違いますぞ、あなた」彼は怒りをもってわたしに答えました。「ほかの連中もわたしがやったように稼げばよいでしょう。金持ちどものあいだで突出し、貴族の家に連なるためにどこぞの貧乏ながら高貴な家庭の不幸を利用し、一家をなすこと、これらがわたしのような人間が達成しなければいけない三つの目的なのです」

こう言うと彼は、公証人、訴訟代理人、代理人の一団と話をするために去りましたが、これらの人々が彼に挨拶をする様は、大公たちが王令の示すところに拠ってする待遇のそれでした。当然ながら、彼の旅と苦難、そしてその希望と愚かさの土台であったものの帰結は阿諛追従に落ち着くことでしょう。

第二十五の手紙

同上

スペインのさまざまな地方への旅のなかで、今はその名を思い出すことのできないある鄙《ひな》びた村[110]を何度も通る機会を持ちました。そこでわたしはあるおなじ人物が最初の時にはペドロ・フェルナンデスと呼ばれ、二度目にはペドロ・フェルナンデスの旦那と呼ばれ、三度目にはドン・ペドロ・フェルナンデスと呼ばれるのを耳にしました。おなじ一人の男のかくも異なる待遇はわたしに奇異の念を生じせしめました。

「どうということはないさ」とヌーニョは言いました。「ペドロ・フェルナンデスなのだから」[111]

第二十六の手紙

同上

あなたの最後の手紙から、この王国を形作る各地方ごとの多様性がいかにあなたに奇異に映ったかが分かります。それらを訪れた後では、この多様性についてヌーニョがわたしにもたらした情報は実に正しかったと理解します。

実際、カンタブリア人[112]、とはビスカヤの言語を話すすべてのものたちと理解してのことですが、彼らは素朴であまねく知られた誠実さの持ち主です。彼らはヨーロッパ最初の船乗りであり、卓越せる海の男たちという名声を守ってきました。じつに過酷な土地であるにもかかわらずその国は大きな人口を有しており、アメリカ大陸につぎつぎと送りこむ植民団にもかかわらず、その数は減じるともみえません。[113]ビスカヤ人は、たとえその故郷を離れようとも、あたかも同胞とともにそこにいるように感じます。彼らのあいだにはそのような団結があり、人が誰かに対して持ちうる最大の推薦状とは、ビスカヤ人であるというただその事実のみにほかならず、彼らのうちにどのような違いがあろうとも、権力者の好意に達するにはそれぞれの出身地の距離ほどの違いはないのです。ビスカヤ、ギプスコア、アラバの所領、そしてナバーラ王国はそれらのあいだでこのような協定を有しており、ある人たちはこれらの国ぐにをスペインにおける団結した地方と呼びます。

アストゥリアス人とその山々はその家系図と、われわれの祖先を追放したスペイン全土のレコンキスタを生み出した地であるという記憶を大いに誇りにしています。その貧しく狭い土地には多すぎる人口は、彼らの内から大層な数のものが絶えずしてスペインの首都において最も地位の低い召使いとして従事することを余儀なくします。ですので、わたしがその地方の出身でかつマドリードに馬車でも持っていようものなら、御者や従僕の書類を大変真剣に吟味することでしょう。ある日、ラバに大麦をやっているのがわたしの従兄弟であるとか、靴を磨いているのが伯父の一人であるのを目にするという苦渋を味わうことのないように。こうしたすべてのことにもかかわらず、その地方のいくつかの立派な家門はしかるべき栄光を保っており、最上の敬意に値するとともに、陸海軍において抜群のはたらきをする将校を絶えず生み出すのです。

ガリシア人はその痩せた土地にあって頑健です。辛い労働の代価として得る幾許かの稼ぎを家に持ち帰るべく、半島中に散らばって最も過酷な仕事に就いています。その兵士はほかの民のあの輝かしい外見こそ欠いていますが、その服従、肉体の頑強さと、飢えや乾き、疲労を耐え忍ぶ習性ゆえに、最良の歩兵となります。

カスティーリャ人は世界中のすべての民のうちで、忠誠心においてはその筆頭を占めるに相応しい民です。フランスの王家より出た最初のスペイン王[114]の軍隊がサラゴサの戦いで壊滅の憂き目を見た時、ただソリア一州のみが戦場へ赴くべき新しい軍勢をその王に与え、その軍勢こそがオーストリア派とその軍隊を撃破する勝利を勝ち取ったのです。この世紀初頭の混乱に言及するにあたって著名な歴史家は、作り話から歴史を区別するのに要するまったき厳格さと真実をもってこれらの民の忠実さを特筆し、彼らは歴代の王の記憶に永久にとどまるだろうと言っています。この地方は、今日では町々の廃墟とその住民の正直さをおいてほかには名残をとどめない、かつての偉大さから生ずる何がしかの誇りを保っています。

エストレマドゥラは新世界の征服者たちを生み出し[115]、卓越せる戦士たちの母であり続けています。その民は文藝に親しくはありませんが、彼らのうちでもそれを磨いたものたちは、同胞が武器において成し遂げたのに引けを取らない成功を収めています。

豊饒にして魅力溢れ、燃えるような土地に生まれ育ったアンダルシア人はどこかしら尊大であるという評判を得ています。しかしこの欠点が事実であるとすれば、それは肉体が精神に及ぼす影響がよく知られているとおり、その気候が申し開きの用をなすでしょう。自然があれらの州に恵み与えた利点は、彼らをしてガリシアの貧困、ビスカヤの粗野、カスティーリャの素朴を軽蔑せしめるのです。こうしたことが皆どうであるにせよ、スペイン全体に大きな名誉をもたらす卓越した人物たちが彼らの内にありました。古くはトラヤヌス、セネカほか、彼らが生まれたということをその国に得意がらせるようなものたちがありました。精彩、機転、そしてその魅力がアンダルシアの女性たちをほかとは比べようのないものにしています。その女一人で、男たちがことごとく相争うこととなりモロッコの帝国を混乱に陥れるには十分であると請け合うことができます。

ムルシア人はアンダルシア人とバレンシア人の性質を帯びています。後者はその気候と土地に帰される過分に浮薄な人々として通っており、自分たち自身の料理についても、どこそこの国の、例のソースが足りぬと言い立てるものさえあるほどといいます。わたしの不偏不党は、それがいかに広まっていようと、こうした先入見に従うことを許しません。まずは今世紀のバレンシア人が実証科学と古代の言語の領域で最も大きな進歩をもたらしたスペイン人であることを認めねばなりますまい。

　カタルーニャ人はスペインで最も如才ない民です。手工業、漁業、航行、商業、利権の確保といったことは、カタルーニャを除いては半島のほかの人々にほとんど知られるところのないものです。これらは平時のみならず戦時においてもこの上なく有益なものです。砲身の鋳造、軍隊の武具、衣料、馬具の製造、大砲の操縦、弾薬に糧食、すばらしい質の軽装兵の教育、こうしたすべてはカタルーニャから生じるのです。土地は耕作され、人口は増加し、富は弥増す、ようするにあの地方は、[116] ガリシアやアンダルシア、カスティーリャからまるで千レグアも隔たっているかのようなのです。しかしその人柄は付き合いがしづらく、彼らはその稼ぎと利益のみに身を捧げているのです。ある人々は彼らをスペインのオランダ人と呼びます。[117] 我が友ヌーニョは個人の奢侈と、職人が貴族になろうとする偏執がこの州に入り込まないうちは、繁栄するだろうといっています。この二つは、これまで彼らを富ませてきた気質に逆らうものなのです。

　アラゴン人は勇気と才気の人々で、正直にして自分の意見には頑固であり、その土地を愛し、とりわけその同胞への便宜を重んじます。別の時代には学問の推進に秀で、ナポリにあってはフランス人に対して、スペインにあってはわれわれの先祖に対して、[118] それはもう巧みに武器を操ったものです。その国は、半島の残りとおなじように古代にあって多くの人口を抱えていたので、彼らの広く知られた伝承では、そしてわたしもまた歴史の一齣であると考えるのですが、その王族の一人の結婚の際には一万もの郷士がそれぞれの従者をしたがえ、二万頭もの土地の馬に跨ってサラゴサに入城したといいます。[119]

何世紀にも渡って幾久しくこれらの民が分断され、互いに争い、異なる言語を操り、異なる法によって治められ、相異なる衣服を纏い、そしてようするに別々の民族であったことにより、[120]彼らのあいだでは、薄らいでは消し去られようとしているとはいえ、多少の憎悪が保たれ、遠く隔たった土地のあいだには何がしかの無関心が残されています。平時においては、これが完全なる統合にとって由々しき障害となるとすれば、戦時にあっては相互の競合によって大変有益ともなるでしょう。すべてアラゴン人からなる連隊は、悉皆カスティーリャ人からなる軍隊によって得られた栄光に無関心ではおられず、ビスカヤ人の乗り組んだ船は、カタルーニャ人で満たされた船がよく守るのを横目に、敵に降伏することはないでしょう。

第二十七の手紙

同上

昨晩はずっと、死後の名声と呼ばれるものについて我が友ヌーニョが話してくれました。これは多くの国民を混乱させ、たくさんの人間の安眠を乱し、頭脳を干からびさせ、正気を失わせているほどです。[121]

それが何であるのかを理解するのに幾分苦労しましたが、いまだに合点がいかないのは、そんな名声を望むものたちがいるなどということです。わたしが愉しむべきでないもの、どうしてそれを望むのかも分からないものなのです！　もしも高き評判を得て死んだ後にわたしが第二の生に舞い戻り、前世の行いに相応しい名声の果実を得るというのであれば、来世のために今生を立派に生きることは理に適っているでしょう。それはある種の貯蓄であって、老年のためにそれを守ることよりもよほど偉大で誉むるべきことでしょう。しかし、ベン・ベレイよ、わたしにとって何の意味があるというのでしょう。これほど無益な利を得ようとかくも執拗な人々の内に認めるこの望みとは何でしょうか？　われわれの教え、そしてキリスト教の教えにおいては、人間は死ねばもはや生者たちとの時間的なつながりを持ちません。建立した宮殿の数々ももはや宿とすることは望めず、彼が植えて残した樹の果実も口にすることはできず、遺児たちを抱きしめることも叶いません。とするならば、子供も、果樹園も、宮殿も何の役に立つというのでしょうか？　もしかすると後世に名を残したいというこの欲望はわれわれの自己愛の精髄なのでしょうか？　さもありなんとわたしは疑うのです。その国や世紀の名声を勝ち得たものは、どれほどすばらしい香炉の煙をも息を引き取った瞬間に失ってしまうことを知っているのです。彼の奴隷のうちで最もつまらないものと同類になってしまうことを知っているのです。彼の自惚れはその瞬間に、名誉を得ていたあいだに受けたありとあらゆる追従を寄せ集めたのとおなじくらいの落胆に見舞われるのです。なぜわたしは永遠に生きられないのか、と彼は自分自身に問いかけます。まさしく失わんとしている称賛を浴びながら、と。これほどにも心地よい声は、この耳を再び楽しませることはないのだろうか、と。数多くの人間がわたしの前にひざまずく愉楽の光景は、この眼を再び喜ばせることはないのだろうか、と。あれほどわたしを必要とする人の群れはわたしに背を向けるのか、と。激高にあっては慄き、慈悲深いといっては称賛した、彼らにとっての守護神であったものを早くも厭悪と恐怖の対象とするというのか、と。このような考えを巡らせることは、死に際して彼を苛みます。しかし彼の自己愛は最後の努力をして、つぎのように言って彼を欺くのです。汝の勲《いさおし》は世紀をまたいで遠い後世にその名を伝えよう。名誉は篝火の煙によって隠れもしなければ、墓地の塵芥に朽ちることもないであろう。死は人としての汝を抱きすくめるが、汝は英雄としてそれを打ち負かそう。死、彼女こそ汝が勝利の最初の奴隷となり、その大鎌は最初の分捕り品となろう。汝がごとき半神にとって墓所は新たなる揺り籠、その丸天井には後世のものたちが汝を讃える声が響き渡ろう。汝の影は、その父親たちにとって汝の存在がそうであったように、彼らの息子たちによって敬われよう。ヘラクレスが、アレクサンダーが、そしてその他のものたちが生きていないというのか。まさかその名が忘れられることもあるまい、と。これらや似たようなそのほかの譫妄でもって人は滅び、この類のたくさんのものによってすべての人類が毒され、生前においてさえ知られることもなかった幾人かが不滅を希求するのです。

第二十八の手紙

ベン・ベレイからガセルへ、前の手紙への返事死後の名声と人が呼ぶあの種の狂気についておまえの書いた報告を幾度となく読み返している。おまえが行き過ぎた自己愛と呼び、それより生ずる人が自分自身の死を超えて生き残りたいという愚かな欲望を目にする。おまえと同様に、死後の名声が死者にとって何の役に立つものでもないとわたしも思うが、物故したものが遺す模範が生者たちの刺激となって役立つことはあろう。おそらくこれが、それの得る賞賛の由縁であろう。

そうであるなら、誠実な人間が残すものを除いては、好ましい死後の名声などというものはない。一人の戦士が襲撃した町々、火にかけた船の数々、荒廃させた戦場、人も住まわぬようにした数々の地方のモニュメントによってその征服者としての名声を後世に伝えたとて、彼の名が一体どんな利点をもたらすだろう？　後続する世紀は五十万もの同胞たちを殲滅した男がいたことを知るばかりで、それだけのことに過ぎない。この非人間的な事実からさらに何がしかのものを引き出せるとしたら、それはきっと若い君主の柔らかな胸を燃え立たせ、その頭を野望で、その心を冷酷さで満たし、その民の統治を放棄せしめ、正義の支配をないがしろにさせ、近隣のあらゆる国ぐにで阿鼻叫喚を引き起こすべく十万の人々の先頭に立たせることだろう。一人の賢人が科学といわれる領域でなんらかの新発見をしたことにより何世紀にも渡って尊敬を受けその名を高くしたところで、人々はどのような果実を得るというのだろう？　彼が当然のこととしたものが誤謬であったことを示す後世の賢人たちに嘲笑の種をもたらすばかりである。ここからさらに分かることといえば、人間はどれほど多くのことを知らずにいるかを考えることなしに、彼らの知るわずかなものについて自惚れるか、ということに過ぎない。

公正で善良な人の死後の名声はより大きく、より良い影響を人々の心に持つし、人類にとってさらに優れた影響をもたらし得るだろう。もしわたしたちが武器や文藝と同様に美徳を磨くことに心を砕き、戦士や文人の歴史の代わりによき人間の精確な人生を書いていたならば、そうした作品はどれほど実り多いものだっただろう！　学校の子供、法廷の裁判官、宮廷の王、そして親たちは家庭にあってその中でこのような書物のわずかなページを手繰りながら自身と他者との善良さを増し、おなじ手でもって自身と他者との悪を根絶やしにすることができるだろう。

残虐な行いに手を染めようとするそのときに暴君は、なんらかの善良さによって傑出するのでなければその統治はなかったものと考えた君主たちを思い起こして立ち止まることだろう。どんな母親が娘たちに春を鬻《ひさ》がせよう？　どんな夫がその妻の処刑人となろう？　いかなる傲慢が純真な乙女の弱さに付け込むというのか？　どこの父親が息子にひどい扱いをしよう？　どこの息子が父親を敬わないことがあろう？　どこの妻が夫婦の寝台を汚すだろう？　そして最後には、それほどの善良なる行いを目にすることに慣れ親しんだ末に、誰が悪人となろう？　世にありふれた書物は、わたしたちを大いに驚かせる英雄たちの死後の名声に謳われる事績すなわち復讐や遺恨、残酷さやその他同様の短所よりほかのことを扱うことが稀である。もしもわたしが幾世紀も昔にこうした著名な人間の一人であり、今日復活して自らが残しなお称えられる名の果実を摘もうとするなら、つぎのような言葉や似たようなそれを耳にして心を痛めることだろう。「ベン・ベレイはタリフとともに海をわたった主要な征服者たちの一人であった。その新月刀はキリスト教の軍勢を刈り入れ後の小麦の野とおなじに薙ぎ払った。グアダレテ河の水は彼一人がまき散らすゴート人の血により赤く染まった。征服した何レグアもの土地が彼のものとなり、それを何千ものスペイン人を使役して耕した。多くの仕事の中でも、豪奢な二つの王城の建設が命じられた。一つはコルドバの肥沃な野に、もう一つは麗しのグラナダに、それらを分配された戦利品の金と銀をもって飾り立てた。卓越した美貌のスペイン女たちがその愉しみと奉仕につとめた。栄光に満ちた老年が訪れると、かような父の手に口づけするに相応しい数多くの子供たちが彼を慰めた。彼に教えを受けた子らは、我らの軍旗をピレネーの山裾までもたらし、その父親を夥しい孫たちの祖父としたが、それは生み増えることによってスペイン人の名をすっかり失わせようと天が望んでいるようであった。これらの紙葉に、石に、ブロンズ像に、ベン・ベレイのはたらきは刻まれている。この槍をもってアタナギルドを貫き通し、この剣をもってエンデカの首を切り落とし、その短剣でヴァリアの命を奪い[122]、云々」こうしたものは何一つわたしの耳を喜ばせはしなかっただろう。そういった声はわたしの心臓を震え上がらせたであろう。我が胸は稲妻を閃かせる雲のように裂けたことだろう。「よき息子、よき父、よき夫にしてよき友、よき市民であったベン・ベレイここに眠る。悲惨のうちにある彼らを慰めたことから、貧者たちは彼を愛した。競うことをしなかったせいで、世の実力者たちもまた彼を愛した。しかるべきもてなしを彼に見出したので、異邦のものたちは彼を愛した。美徳の生ける見本を失ったせいで、身内のものは涙した。善をなすことにすっかり捧げられた長い人生の後、静けさのみならず歓喜に満ちて、息子たち、孫たち、友人たちに見守られながら彼は息を引き取った。この悪辣な世界に生きるには相応しからぬ人であった、その死は栄光に満ちて輝き渡り、隠れては後に輝く星々を残す太陽が沈むようであった、とこれらのものたちは涙ながらに繰り返した」このような言葉を耳にすることでおぼえるのとはどれほど異なる効果であっただろうか！

そうだ、ガセルよ、真の栄光と知識は美徳に存するということを人類が知るその日、人々は今日彼らを驚かせるそうしたものをうんざりとした思いで目にすることだろう。アキレスたち、キュロスたち、[123]アレクサンダーたち、その他の武勇轟く英雄たちや、文藝におけるその同類たちの名が頻りと口に上ることもなくなるであろう。賢人たち（その時こそこの名に相応しくなるのだが）は、人を幸福にする美徳を培った人々の名を苦心を重ねて尋ね歩くことだろう。もしもおまえの旅が美徳を磨きあげるのでなければ、もしもおまえが目にし、耳にするものによって若々しい花の色彩のごとく幼少よりその心に輝いた美徳が育つのでなければ、きっとおまえはヨーロッパ人どもの学問に長け、あるいは戦士の激情と高揚に満ちて帰ることになろう。しかしおまえの不在だった時間を失われたものとしてわたしは見よう。もし逆に、わたしがアラーにお祈りしているように、故郷に近づくにつれ、海にいたる道筋において水量を大いに増す川のようにおまえの美徳が大きくなるのであれば、おまえが旅に費やした年月を我が老境にさらに多く与えられた歳月のように感じるだろう。

第二十九の手紙

ガセルからベン・ベレイへ

はじめてヨーロッパを旅した時、わたしはピレネーの山々のさらなる彼方にあるフランスと呼ばれる国のことをお知らせしました。イギリスから立ち寄った逗留は簡素で短いものでした。わたしはその北の地方を探訪し、その首都に到着しましたが、思うようにそれを調べることができなかったのは、その折に費やすことのできた時間が短く、また実りある調査を行うのに必要とされることはあまりに多かったためです。カタルーニャからスペインを発って、往路にリヨンまで足を伸ばし、復路はボルドーを経て、ギプスコアから戻った今では、わたしはフランスの南の地方をも目にしました。[124]

フランス人たちは、前世紀においてスペイン人がそうであったように、今世紀においてひどく嫌われていますが、これは当然ながらそれぞれの世紀が、カルロス一世のスペイン、ルイ十四世のフランスといった両国の栄華に満ちた時代に後続するためです。後者はより最近のことであったため、結果としての嫌悪もより強いですが、原因をよく精査してみるならば、すべてのヨーロッパ人がフランス人に対して持っている先入見を見出すことができると思います。その若者たちの無節操、他所の国を旅行しながらフランスならざるものをすっかり軽蔑するものたちの不品行をわたしは存じております。ヨーロッパを腐敗させた贅沢やその他同様の原因が、節度ある隣国、すなわち敬虔なスペイン、洗練されたイタリア、尊大なるイギリス、強欲なオランダ、粗野なドイツといった国ぐにすべてに不快な思いをさせるのです。しかし幾許かの人々のせいでその国全体が悪評を蒙らねばならないという法はありません。フランスを巡るいずれの旅程にあっても、その首都よりはるかに純粋な習慣をつねに保っている地方において人間らしく、礼儀正しい、外国人への愛情に満ちた振舞いを目にしたのですが、それはパリにおいてそうあるような、人々が彼らを訪ねまた称賛することによる虚栄から生ずるものではなく、見知らぬ人を世話してやることに歓びを見出すおおらかで素朴な心から真に発するものでした。すべての無秩序、混乱、奢侈の中心であるかのように描く人たちもあるその首都の内にあってさえ、心からの尊敬に値する人々はあるものです。ある一定の年齢に達すれば誰しも、疑いもなくこの世界で最も社交的な人間となります。といいますのも、若さの嵐が掻き消えた後には、イタリア人の狡知やイギリス人の高慢、ドイツ人の粗野やスペイン人の冷淡とは無縁の誠実な性格と、この国ではよく見られる幅広い教養、好ましい外見が残るからです。齢四十にいたってフランス人は二十歳の頃にそうであったものとはまったくの別人となります。軍人はこの上ない洗練をもって、裁判官は気取りなく、私人はくつろいで市民生活に参加します。そして紹介者によって、身分によって、才能によって、あるいは別の理由によって程々に受け入れられた外国人を誰しもがもてなします。こうしたすべては、ありふれた普通の人々のあいだにあって、外国人であるというただその事実が、旅するものにとって何にも優る推薦状であることによって理解されます。

若者たちのこの奔放さは、赤の他人にとっては堪えがたいものでありながら、何かしら彼らを好ましくさせるものを持っています。これによって怨恨や狡知、邪悪な意志の入りこむ余地なき、人間の内面すべてがさらけ出されます。物事の真の性質を正確に吟味し、ほとんどいつも欺くことになる外見によってそれを計ることのないようにつとめている以上、すでに述べてきたような騒々しさと厚顔無恥はわたしにとってそれほど不愉快なものとは思われません。我が友ヌーニョも意見をおなじくしておりますが、フランス人がスペイン人について語る時にはおなじようには公平ではないと不平をもらしております。過日わたしたちは公の集まりで、コーヒーやチョコレートを商うある店を訪ねましたが、[125]そこにいたフランスの若者は先ほどわたしが描き出したところの連中のひとりで、確かにその肖像に誤ったところはまるでありませんでした。その若さによくある欠点にわたしが目を留めておりますと、ヌーニョが言いました。

「ごらんよ、あの騒ぎぶりを、飛び跳ね、叫び、罵り、スペインに対して渋面を作り、スペイン人に罵詈雑言を差し向け、ここにいるわれわれ皆をやりこめてしまうその手並みを。賭けてもいいが、もしわれわれのうちの誰かが立ちあがって、彼が持っている最後の一ペセタを恵んでくれと頼んだら、千回も抱擁したうえでそいつをくれるだろうね。わたしたち自身にとってもまさに欠点と思われることについてでさえこの国を高く称揚してくれるもう一人の男よりも、あいつはどれほど優しい心を持っているだろうか。われわれの街道、宿、馬車、演劇その他についてその男が鮮やかに述べ立てるところに耳を傾けてごらん。[126]挙句の果てには、スペインに来て死ぬことができて幸せだ、その外で過ごした彼の人生のすべての年月は無駄であった、と口にするだろう。昨日奴《やっこ》さんは『驚異の黒人』[127]という喜劇を観に来ていたのだが、どれほどそいつを称賛したことか。今朝は扱い方もよく弁えぬカパ[128]に包まれて階段を上から下まで転がり落ちていたが、陶酔して曰く、カパはとても快適にして優美で、彼の気質にぴったりだそうだ。そいつよりは昨夜、千四百ものスペイン演劇を読んだが、一場面として規則に従った作品[129]はなかったと言い放ったフランス人の方が好きだね。

「親愛なるガセルよ、これは知っておいてほしい」とヌーニョは付け加えました。「軽佻浮薄と軽挙妄
動のうちにあるあの若さこそ、驚くべき勇敢さで国王と祖国の防衛に奉仕してきたものなのさ。君が目
にしているような風体の軍人たち皆がフランス軍の根幹を成している。信じがたいことだが、ペルシア
人のあらゆる贅沢とあわせて、彼らがマケドニア人のまったき勇敢さを有しているということは揺るぎ
のない事実なのだ。数々の出来事においてそれを示しているが、特筆に値する名誉はフォントノワの戦
130 いのそれで、争いに長けた屈強な民族が構成する恐るべき歩兵隊の中へ剣を片手に身を投じるや、それを
完膚なきまでに打ち破るという、誉れ高い将校や兵士に満ち満ちたその全軍をもってしても叶わなかっ
た偉業を成し遂げたのだ。

「ここから君は理解するだろう、それぞれの国がそれぞれの性質を有し、それが悪徳と美徳の混じり合ったものであることを。そして悪徳も現実にあってすぐれた効果を生み出す場合にはそのように呼ぶのが相応しくないことや、そうした効果は実践的な出来事においてのみ形に現れるのであって、思索のみにおいて期待されるものよりも多様であることを」

第三十の手紙

同上

わたしの気がついたところでは、ある人たちは、あたかも巫者が愚鈍にして欺かれた大衆に語るように、無知蒙昧であると彼らが信じる人々の前で話すことにほかでは得られぬ喜びをおぼえています。わたしがおしゃべりな性質であったとしても、愚鈍なふりをすることで自分自身を賢いと信じる人の長広舌に耳を傾ける方がわたしにとっては大いに愉快でしょうし、また時にはたわごとをまき散らすことで彼の自惚れとわたしの愉しみを増してくれることでしょう。

第三十一の手紙

ベン・ベレイからガセルへ

おまえがスペインに行ってから受け取る手紙、そしてほかの旅の折に書いてくれた手紙からわたしは、スペイン人の内に、すべてのヨーロッパ人に共通する、大いなる矛盾があるものと想像する。社交的な市民生活から生ずる自由を日々称賛してはそれを誇示して自惚れている。しかし同時に彼らは最も過酷な隷属に自分自身を押し込めているのだ。自然はすべての人間に対すると同様彼らにその法則を課し、宗教もまた別の規則を加える。祖国もさらに別のものをもたらし、功名の道や運命も然り。これらすべての鎖が彼らを奴隷にするのに十分でなければ、彼らは日々の社会生活の中で、服の着こなし、食事の時間、娯楽の種類、暇つぶしの部類、恋愛や友情にいたるまで、絶え間ない決まり事を自分自身に課すのである。しかしそれらを遵守する彼らの几帳面さといったらどうだろう。ほかの決まりごとを守るよりも熱心なほどではないか。

第三十二の手紙

同上

ヨーロッパを巡ったいくつかの旅でおまえが送ってくれた本の最後のものを読み終えたところだ。これでヨーロッパの様々な時代、国ぐにの作品を数百ばかり読んだことになる。ガセルよ、ガセル、わたしが今から言わんとすることは疑いもなく滑稽の極みとおまえに思われようし、おまえがこのわたしの見解を公表するならば、わたしを粗野なアフリカ人と呼ばぬものはあるまい。しかしわたしがおまえに示す友情はかくも大きいので、おまえの意見に自分のそれをもって応じずにはおれない。そしてまたわたしの誠実さがかくも大きいために、この舌がわたしの心臓を裏切ることは決してできないのだ。その上で言うが、さきに述べた書物についてわたしはつぎのような振り分けを行った。四冊は数学の本で、それらの内にわたしは、人間の悟性が正しく導かれているときに持っている広がりと正しさを称賛する。その他の数多あるスコラ哲学の書においては、人間が確実で明らかな原理から出発しない場合に示す突飛な考えの数々に驚かされる。一冊は医学の本で、そこにはアフリカでは数千倍もよく知られている薬理成分の完全なる総覧が欠けている。もう一つは解剖学のそれで、間違いなくこれを読んだことが自分自身をびいどろのように壊れやすいと信じ込んだ男の狂気の原因だろう。[131] 風俗を改めるという二冊の書物にあっては、改めるべき数多くのことが目に付いた。四冊は自然についての知識、すなわち人々が科学と呼ぶ学問のもので、その中でわれわれの先祖たちの知らなかった数多くのこと、われわれの子孫が学ばなければならないさらに多くのことを目にした。いくつかは精神の甘美な慰めである詩の本で、これを嫌悪すれば人は残酷となり、生涯に渡って信奉すれば幼稚となり、しばしそれを嗜めば柔和となることを証明している。人間の学問にまつわるその他すべての作品は、打ち捨てたり人にやったりしてしまったが、それというのも、すでに言われもし、千と一度に渡って繰り返された事柄の不完全な写しであり、不備の多い梗概であり、役にも立たぬ要約と思われたからである。

第三十三の手紙

ガセルからベン・ベレイへ

半島を旅するあいだ、わたしは時々マドリードにとどまっている友ヌーニョからの手紙を受け取ります。それらより、いくつかの写しをあなたに送りますが、まずはあなたを知らないながらもあなたについて書いているつぎのものから始めましょう。

写し

親愛なるガセル。君が立派に半島内の旅を続けているものと想像する。君のグラナダ逗留は驚くべくもない。君の先祖たちの時代からの古い遺産に満ち満ちた街なのだから。その土地は魅力に溢れ、人々は親切ときている。わたしは君もご存じの生活を続け、君の知っているテルトゥリアに足を運んでいる。ほかのところにも顔を出せるかもしれないが、しかし何のために？　わたしはあらゆる階級、年齢、性格の人々と付き合ってきた。長きに渡って取り組み、また付き合い続けることになる話題は、わたしの年齢、性質、経歴がそれと定めてきた。すなわち軍事、訴訟、大望や恋愛といった話題が、わたしをこの世界に出入りさせてきた。時に幕間《まくあい》の人物として、時に観客として、目撃してきた数々の場面における出来事は、わたしが人々の騒々しさのうちにあって倦怠を、共和国の低層にあっては危険を、そして物事の中庸にあっては甘美さを見出すように仕向けてきた。

人間の価値をそのものが有している金銀の重さによって量る連中のおしゃべりより不愉快なものがあるだろうか？　それが金持ちという連中だ。人間をそのありようではなしに、その祖先が誰であったかによってしか評価しないものたちと一緒にいることよりうんざりすることがあるだろうか？　それが貴族という連中だ。代数計算やカルデア語[132]を知らないものをまず理性ある人間呼ばわりすることのない連中の集いほど自惚れたものがあろうか？　それが学者という連中だ。メダルのコレクションをしたり、『ウェヌスの夜番（*Pervigilium Veneris*）』[133]をカトゥルスが、もしそれが彼のものであるならば、書いた時に彼が何歳であったか、またそれが彼のものでないならば、誰の手になるものかを知ることに悟性のすべてを駆使する輩の集まりほど堪えがたいものがあるだろうか？　それが賢人という連中だ。これらいかなる集まりにも自然は人間の幸福を置きはしなかった。たくさんの人間の胸の内で妬み、恨み、虚栄があまりに多くを占めているので、まことの喜び、快活な会話、無邪気なふざけ合い、お互いに対する善意、心からのもてなし、そして社交におけるあらゆる善の母たる友情のための場所は残されていない。友情とは、互いに相争うことない人々のあいだでのみ見出されるものなのだ。

カディスにかんする主題について君が委ねていった手紙は、ベン・ベレイに転送してくれるように君が頼んでおいた人物に宛てて、先週その街へと送っておいた。それから君が言い置いていったとおりに、わたしもまたあの老人に手紙をしたためよう。最大の希求とともに彼の返事を待とう、君が話してくれたばかりでなく、君という人物の中に見ることのできる彼の美徳、その源泉が多くのところ彼の助言と育て方に求められよう美徳について、わたしが思うところに確証を得るために。

第三十四の手紙

ガセルからベン・ベレイへ[134]

我らの預言者マホメットの法がアフリカとアジアに広まった時よりも迅速に、プロジェクト屋と呼ばれる奇妙な人間たちの一党派がその国ぐにに勢力を広げているのを、今世紀のキリスト教徒たちは目にしています。風変わりな連中で、自分の財産は持たぬくせに、彼らがいまある国を、同胞として、または他所者として、富ませようとします。その住民が、古くからの風習を守ることに時としてあまりにも頑冥であり続けているスペインにおいてさえ、これら職業的な刷新者たちが幾人《いくたり》も見られます。我が友ヌーニョがこの党派について話すところでは、その時々の気分次第によっては涙を流すことなしに、あるいは失笑を洩らすことなしに、連中の一人として見ることができないと言います。

「もちろん」昨日、我が友はあるプロジェクト屋に言いました。「十六世紀からこっち他所の国ぐにが様々な科学芸術の領域で見せた進歩にわれわれスペイン人が後れをとっていることはよく存じておりますよ。長きに渡った戦争、遠隔の地における征服活動、ハプスブルクの最初の王たちの切迫した必要[135]、最後の王たち[136]の怠惰、世紀初めのスペインの分裂[137]、アメリカ大陸への絶え間ない人材流出、そしてその他の原因が、国王フェルナンド五世とイサベル妃[138]が遺したこの王国の進歩隆盛に歯止めをかけてきたということを。そのようなわけで、両王がかくも賢明な政府と手塩にかけた大貴族たちを残していくことを視野に入れて期待していた状況とは隔たること遠く、フェリペ五世はこの上もなく不幸な状態にあるその遺産を目にしたこと、すなわち、軍隊も海軍も持たず、商業も地代も農業も持たず、戦争以外のことは考えることを放棄しなければならないという悲痛が四十六年に及ぶその統治のあいだ、絶えることなく続いたということを。よく存じておりますよ、われわれの祖国をほかの国ぐにと同等とするには、この尊い幹からたくさんの腐った枝を切り落とし、新しい枝を接いで、じっくりと手をかけてやらねばならないということを。しかし、だからといって真ん中から真っ二つにしたり、その根を切る必要はないのだし、その在りし日の威厳を取り戻すには偽物の葉をあしらって作り物の果実を提げてやれば十分という御説には納得できませんね。住居となる建物を作るには、物資や人手が豊富であるだけでは十分ではなく、土台の地盤を吟味し、住まう人間の性格、近隣の状況を把握し、建物正面の美しさばかりを望まぬことや生活の快適さといった何千という条件を知る必要があるのですから」

「運河は」プロジェクト屋はヌーニョの言葉を遮って言いました。「大変有用なものでして、それを否定するだけでその人間は愚鈍の烙印を押されたも同様です。わたしはスペインにひとつそいつを作るプロジェクトを持っていますが、それは聖アンドレスの運河と呼ばれるべきもので、それというのはかの神聖な殉教者のX字型十字架の形をしているからです。[○139] それはラ・コルーニャからカルタヘナにいたり、またロサス岬からサン・ビセンテ岬にまで及ぶものです。[○140] これら二つの線を新カスティーリャ《カスティーリャ・ラ・ヌエバ》地方に引くこととなり、できあがる島には大プロジェクト屋の名を永遠のものとするためにわたしの名が冠されることでしょう。わたしが死んだときにはモニュメントが建立され、世界中のプロジェクト屋というプロジェクト屋が天恵を求めて巡礼に訪れることでしょう（死後の名声に汲々とする男の脱線をお許しあれ）。これでわれわれはこの大運河の民事的かつ政治的利点に加え、東西南北に大変みごとになされたスペインの地理的分割も成し遂げるのです。島からジブラルタルにかけての地方を南、そこからポルトガルとガリシアの海岸に向かう地方を西、カタルーニャを東、残りの地方を北と呼びます。ここまでがわたしのプロジェクトの物質的な部分です。ここからが物事の最良の解決に向けられた、我が深慮の崇高なる部分ですが、より容易な法の執行とより大きな公共の福祉の話となります。これらの部分で各々ひとつの言語を話し、ひとつの装束を纏うようにします。北部では由緒正しいビスカヤ語[141]、南部では典型的なアンダルシア語、東ではカタルーニャ語、そして西ではガリシア語です。北部の衣服はマラガテリア[142]のもので、それ以外のものであってはなりません。二つ目の地方では背の高い毛織の頭巾に、両脇が開いた袖付きのマントとスエードの胴着を身につけます。三番目の地方では脛まである袖付きマントに赤い縁なし帽を、四番目の地方では白いズボンにガリシアの刈り入れ人たちが持つあらゆる道具を持たせます。同様にして、半島を形成する以上の、[143]前述にして上記の、言及されし四つの地方においては、大聖堂、大学、軍管区司令部、最高裁判所、行政府、通商院、貴族学院、救貧院、海軍部、財務局、造幣局、羊毛や絹と織物の工場、税関を置こうと思います。さらに、宮廷は四季に合わせて四つの地方を移動し、冬は南部に、夏は北部に、以下同様とします *(et sic de caeteris)*」

　彼がそのプロジェクトについて述べたてるところはかくも多く、乾いたその唇はひどくひび割れが生じ、唇はねじれ、体は痙攣し、眼球はひっくり返り、舌の動きやその身ぶりはまさしく狂人のものでした。哀れな錯乱者の熱狂をこれ以上助長することのないよう、ヌーニョは立ち上がり、ただこう言って立ち去りました。「あなたの四つに分割されたスペインに欠けているものが何かご存じですか？　東西南北それぞれにプロジェクト屋を閉じ込めておく建物ですよ」

「このことの問題が分かるかい？」彼は相手に背を向けてわたしに言いました。「それは、こんなにも馬鹿げたプロジェクトにうんざりさせられた人々が有益な改革を警戒し、反発をもって受け容れられたそれらが、温和な人々が多くあったならば生み出したであろうよき効果をもたらさないということだよ」
「あなたの言うとおりです、ヌーニョ」とわたしは答えました「テレピン油で顔を洗い、それから油、ついでインク、最後に松脂で顔を洗うように強いられた後では、澄んだ清水で顔を洗えと言われてもすがすがしいどころか不快な気持になったでしょうからね」

第三十五の手紙

同上

スペインでは、ほかのすべての場所とおなじように、習慣とともに言語が変わります。声が考えをあらわす発明品であるからには、新しく取り入れられた習慣が作り出す印象を説明するために新しい言葉が発明されることが必要となります。今世紀のスペイン人は、二十四時間の一分ごとを、彼の曾祖父がおなじ時間を過ごしたのとはまったく違うことをして過ごすのです。ですから先祖の身に起こっていたことについては一言も申しません。

「もしも今日わたしが」ヌーニョが言いました。「エンリケ病王[144]の時代のある情夫が、その恋人の不在を嘆いて書き綴った紙片を読んだとして、彼が最良の貧民学校の出身であれ、また筆跡が現代のみごとなそれであれ、一語として理解できはしないだろう。だがその代わりに、わたしの曽祖父のそのまた親たちは、わたしも先日経験したことなのだが、ブルゴスに住んでいるという友人からわたしの妹が受け取った手紙を目にしたら、どれほど面食らうことだろうか。モーロの友よ、読むから聞いてほしい。もし君がそれを理解できるなら、わたしのことを風変わりな人間だと思ってくれて結構。わたし自身は、どこを切っても生粋のスペイン人であるし、自分の祖国の言語を知っているなどと鼻にかけてはならないとするならば、少なくともそれを注意深く学んできたということは確かだと請け合えるのだが、そのわたしにしたところで内容の半分も理解できないのだ。甲斐なくもその手紙の写しを貰って、好奇心に駆られながらその要約を作ろうと気を急かした。中でも目を引く単語や言い回しをメモしながら、新しい語彙を尋ね歩き、友人という友人と頭を突き合わせ、それを説明するというこの大変な仕事に助力を請うた。わたしの熱意も彼らの親切も何かをもたらすことはなかった。彼らは皆わたしとおなじようにまごつき、古今の辞書をひっくり返す時間が長ければなおのこと混迷は深まるばかりだった。わたしの甥っ子、そいつは二十歳で、女から生まれたどんな人間よりも優雅な仕草でウサギの肉を切り分け、メヌエットを踊り、シャンパンの栓を抜くんだが、ただひとり彼だけがわたしにいくつかの言葉の意味を説明しおおせた。そうして分かったことには、日付は今年のものだということだ」

こうした話を聞いて、わたしはとてもその写しが見てみたい気持ちになりヌーニョにそれを頼みました。彼は紙挟みからそれを取り出して、眼鏡をかけると言いました。

「友よ、これを君に読むことでわたしの妹の愚かさや家庭の秘密が暴かれるとしたところでどうということがあろう。君にはこの内容が理解できないだろうという慰めが残されているのだから。こう書いてある。『今日はあたしの部屋で半日と半分まで日ではありませんでした。[145]お茶を二杯いただいて、デザビエと夜のボンネットを身につけました。[146]お庭を一回転して、[147]『サイーラ』[148]の第二幕の八行ばかりを読みました。ラバンダさん[149]がいらしたので、トアレタ[150]を始めました。神父様はいらっしゃらなかったわ。モード屋に支払うよう命じました。応接間へまいりましたけれど、とっても一人でしたわ。それから皆さんがすこしばかりいらして、トランプ遊びをして、カードを引いて、またひと勝負。食堂長《メトル・ドテル》が知らせに来ましたわ。あたしの新しい料理長《シェフ》は神がかっていてよ。彼はパリから着いたばかりなの。ヒキガエルちゃん[151]があたしのお気に入りなのですけれど、おいしかったわ。コーヒーとリキュールもいただきました。それからまたひと勝負。すっかり負けましたわ。それからお芝居。かかっていた作品のひどかったこと。つぎの月曜日から始まるという小品はとってもすばらしいのですけれど、その役者たちの悲惨なこと。衣装もお粗末、舞台装置も残念ですの。ラ・マジョリータ[152]のカヴァティーナはまずまずでしたわ。召使い役の役者はちょっとばかりやり過ぎでしょうけれど。恋人役の演技は悪くないでしょうが、見た目がどうもね。忍耐が必要ですわね、時間を殺さねばなりませんから。[153]第三幕のところで出て家に帰り、レモネードをいただきました。お部屋に戻ってこのお手紙を書いています、だってあたし、あなたの心からのお友達ですもの。お兄様は変わり者《ミザントロプ》[154]の性質をお捨てになりませんわ。彼はまだもってひどく前世紀風ですの。もう決して人前で目立つようにはさせられませんし、彼は田舎にこもりたがっているんですの。従兄弟はお付き合いなさっていた若い人と別れられました。伯父様は信仰に身を任せておいでです。

道理をお教えしようとしたのですけれど無駄でしたわね。さようなら、大好きなお友達、またつぎのお手紙まで。これでおしまいにしますわ、だって仮面舞踏会用の新しい衣装を試すようにといっておりますから』」

　読み終えると、ヌーニョはわたしに言いました。

「正直なところ、ここから何を理解したかね？　わたしといえば、これらの文章の意味を恥を忍んで友人たちに尋ねるに先だってそれを勉強しようとさえしたのだよ。四か月ものあいだ、午前に四時間、午後に四時間かけてね。その『半日と半分』に『日ではありません』だがね、正午まで何だというのか、まったく訳が分からなくて、かの星が何か新しい現象でも生み出すものかと太陽をじっと見つめていたものさ。『デザビエ』にも苦しんだが、衣類のことだろうと見当をつけた。『夜のボンネット』だろうが、昼のボンネットだろうが、女性の頭にどういう流行があるのかは分からなかった。『庭を一回転』はおそらく健康によい大変結構なことなんだと思うが、それが何であるか分かるまで判断は控えておこう。『サイーラ』を八行ばかり読んだと書いている。それは構わんのだが、『サイーラ』とは一体何だろうね。『ラバンダ氏が来た』と書いている。ようこそ、と言いたいところだがわたしは面識がないのだよ。『トアレタを始めた』とある。これは甥が説明してくれたおかげでわたしの足りない脳味噌でもどうにか理解できたのだが、伯父さんはトアレタさえ知らないのだとからかわれたよ。モード屋やトランプ遊び、食堂長《メトル・ドテル》、その他の似たような言葉も彼が説明してくれた。彼の説明で腑に落ちなかったもの、つまりわたしが真剣に考えなければならなかったのは『料理長《シェフ》は神がかっていて』のところ。それから『時間を殺す』のくだり、時間はわれわれ皆を一様に殺すもので、わたしの通訳はこの件についてたくさん説明してくれる、間違いなくよい通訳なのだが、これもまたすんなりとは分からなかった。別の友人、ギリシア語を知っている、あるいは少なくとも知っていると言っている友人が『変わり者《ミザントロプ》』が何であるかを教えてくれたのだが、これはわたしに個人的にかかわりのあることだからその意味を必死に調べたものだ。正直なところ二つに一つで、友人がそれが何であるかを正しく説明しなかったか、妹がそれを正しく理解していないかだが、どうにもこうにも、どちらの場合も極めてありそうなものだから、それを知るためのよりよい情報が手に入るまで現時点ではこれを判断することを諦めるほかないのだろう。残りは自分で工夫を凝らし、忍耐をもってたゆまず調査することによって理解できた。

「フェルナン・ゴンサロ[155]がこの手紙を読んだら」ヌーニョは続けました。「一体どう理解したことだろうね。彼の時代には紅茶もデザビエも夜のボンネットもない、『サイーラ』もバンダさん[156]もトアレタもモード屋もいないときている。神がかった料理人もいなければヒキガエルちゃんもコーヒーもリキュールもない、あるものといえば飲み物は水とワインばかりだったのだからね」

こうしてヌーニョは話を切り上げました。親愛なるベン・ベレイ、誓って申しますが、このような習慣の変化は、自然がわれわれに与えてくれた最高の贈り物の一つである言葉の使用にいたるまで、大変居心地が悪いものです。このような変化が頻繁で、かつ気まぐれなものですから、たとえ今月のところはその言語を話すことができたとしても、スペイン人は誰一人として「来月もわたしは隣人が、友人が、親族が、召使いたちが話す言葉を話せるだろう」と口にすることはできません。「そのようなわけだから」とヌーニョは言います。「もしほかによい方法がないのであれば、わたしの意見としては毎年、つぎの一年のための習慣を定めるとよいと思う。そうすれば三百六十五日のあいだは話す言葉が固定できるのだからね。しかしながらこの変化はほとんど、あるいはすべて、仕立て屋や靴屋、従僕、モード屋、菓子職人、料理人、髪結い、その他それぞれの国家の威厳と栄光に等しく有用な個人の気まぐれや発明、強欲から生まれるものなのだから、それぞれの職業組合に応じた数の人間が会議を開いてこの問題を解決するのがよいかもしれないな。その尊ぶべき会合の結果に基づいて一年の終わりに、暦や占い付きの日めくり、農事暦とおなじ時期に、街の通りで盲人たちが大体こんな感じの表題の書き物を売るのさ。『一七××年、モードに則した人々と話し、理解しあうための新しい語彙集、高名なる紳士たちの組合による増補改訂版、主要な方々の肖像画付き』」

第三十六の手紙

同上

習慣の堕落に付随する言語の乱れを別にすれば、われわれの時代に最も普遍的な話法における悪徳は、前の世紀にあって曖昧話法がそうであったように、対照表現がそれにあたるでしょう。当時にあって弁論家は、幼稚で馬鹿げた語呂合わせを盛り込むためであれば、どんなにか馬鹿げたことをいうのにさえ躊躇がありませんでした。今日では対照表現を、多くの場合には間違ったそれを、用いんとしておなじような有様が見られます。たとえば、一六七〇年であったならば、偶然にしてビボ某[157]という男の弔辞で能弁家は言ったことでしょう、『世のために命を落としたビボ氏の死を生き生きと語らんがために、また名声を論じる人々の下に生きる故人の生を息も絶えなんとばかりに語らんがために、罷り越しました』と。しかし一七七〇年にあっては、スペイン人がアメリカ大陸で成し遂げた探検について書かんとする売文屋は、つぎのように言うことを一分たりとて我慢できますまい。『これらのスペイン人はコルテスの兵士たちが成し遂げたのとおなじ偉業を、彼らがやりおおせた残酷さを犯すことなしに達成した』と」

第三十七の手紙

同上

我が友ヌーニョが上梓したいと願う辞書[158]の性質について考えていると、本当にヨーロッパの言語は曖昧で不明瞭になってしまったのだと思います。スペイン語はもはや理解不可能です。何と言っても奇妙なことは、「良い」、「悪い」という二つの形容詞がもはや使われないということです。その代わりに、同義であるには程遠く、人々の生活に大きな混乱をもたらしかねないたくさんの言葉がその位置を占めています。

ある日わたしは旗を掲げ、将校たちが先頭に立って示威行進を行っている連隊と行き合いましたが、その様相は恐怖を掻き立てるものでした。気品があり経験も豊かな将校たち、練達の兵士たち、よく手入れされた装備、それが受けた銃弾の痕を示す戦旗、その他これに付随した真に戦闘に関わるすべてが、これを従える人物の権力のいと高きことを告げ知らせておりました。こんなにも良き連隊が示す力強さにわたしは驚嘆しましたが、通りすがる人々はそれを別の言葉で誉めたたえるのでした。

「なんて立派な将校さんたちかしら」馬車の中からある婦人が言いました。

「みごとな連隊だなあ」馬を早駆けさせて、戦旗の前を通り過ぎながら一人の将軍が言いました。

「まばゆい部隊であることよ」とある人たちは言っていました。

「大した軍隊だ」と別の人々が言いました。しかし誰一人として「良い連隊だ」とは口にしませんでした。

先日とある集まりの席で、色々な家族に不幸の種を播き、隣人たちのあいだに訴訟を引き起こし、無垢な乙女の純潔を踏みにじり、ありとあらゆる悪徳を助長しては愉しんでいる男の話を皆がしていました。

ある人たちはこう言いました。

「あの男は最低だ」

別の人々はこう言いました。「こんなことがあるなんて、なんと嘆かわしい」

しかし誰も「あれは悪い男だ」と言うものはありません。

さて、ベン・ベレイ、「良い」と「悪い」という言葉が取り去られた言語についてあなたはどうお考えになりますか？　言語にこのような変革をもたらした習慣について、あなたはどう思われるでしょうか？

第三十八の手紙

同上

スペイン国民の持つ欠点のひとつは、それ以外のヨーロッパ人の感じるところによれば、その自惚れです。これが本当であれば、奇妙なことはその悪徳がスペイン人のあいだで見受けられるその割合にあります。というのは、その人物の性質が低くなればなるほどその悪徳が大きくなる様は、あたかも科学者たちが言うとおり、物体が地球の中心に近づくにつれてその落下速度が大きくなるかのようで、低ければ低い程、その傾向は大きくなります。[159]王は一年の決まった日に、子供たちに付き添われながら、十二人の貧者の足を洗ってやりますが、その謙虚さはこの儀式の宗教的な意味が分からないながらもそれに参加したわたしの心を慈愛で満たし、涙が溢れ出るほどでした。[160]最高序列の大物や貴族たちは、時にその先祖たちの話をすることがあるとはいえ、その最も卑しい召使いたちとさえ親しく交流します。より低い地位の貴族たちはもっとしばしばその血縁や、つながり、関係の話をします。地方都市の紳士連はもはや、その身分にかんして鬱陶しいほどです。見知らぬ人を訪ねるとき、または彼を家に迎えるとき、その人物の六代前の先祖が誰であったかを調べ上げ、学識深く人品高潔な裁判官に対するのであれ、満身が傷と奉仕とに満ち満ちた軍人に対するのであれ、この礼儀に一点として悖ることがないように入念な注意を払います。その最たるものは、誰にせよ、その他所者がどれほど名高い出自を有していたとしても、偶々今通りがかった場所で生を享けたのではないということが癒しがたい欠点とされます。といいますのは、王国広しといえども自身の家系ほどの貴族はどこにでもあるわけではない、ということが当然視されているからです。

以上のことは村に住む郷士の自惚れと比べてみるならば、取るに足らぬことです。彼はみすぼらしいマントに身を包み、自身の半ば朽ちた屋敷の門を覆う盾形紋章を眺めやり、彼を何某とせしめた神の摂理に感謝を捧げながら、その貧しい土地のさびしい広場を威風堂々と闊歩します。マントで隠れている以上、顔をすっかりあらわにすることはせずに済むというのに、帽子を脱ぐことはせず、居酒屋に立ち寄った他所者には、それがその地方の長官であれ、最高判事であれ、挨拶することはありません。彼にとって最も大事なことは、その他所者が『カスティーリャ法典《フエロ・デ・カスティーリャ》』[161]に記載された名家の出であるか、その盾形紋章は何であるか、近郊で知られた場所に類縁があるかを尋ねる、ということなのです。

しかしあなたが驚かずにはいられないだろうことは、哀れな物乞いたちが持つこの悪徳の度合いです。彼らは施しを求めますが、もしつっけんどんに断ろうものなら、ついさっきまで懇願していた相手に向かって罵詈を浴びせます。当地にはつぎのような諺があります。「施しを求めるのにドイツ人は歌い、フランス人は涙を流す。スペイン人は怒鳴り散らす」

第三十九の手紙

同上

数日前のある朝、我が友ヌーニョが目を覚ます前にわたしは彼の部屋を訪れました。彼の机は書き物に覆われており、わたしはわれわれの友情が許す気やすさでもってそれらに近づくと、『徒然なる観察と思索』と題されたノートを開きました。ありふれたものを見出すだろうと思っておりましたが、そこには相互に結び付きのない主題群の迷宮がありました。魂の不死をめぐっての真剣な省察とともにフランスのダンスにかんする意見があり、親権をめぐる二つの見解のあいだにマグロ漁にかんするものがありました。この無秩序には面食らうほかなく、それをヌーニョに申しますと、彼は何を気にするでもない様子で靴下を引き上げる動作をしばし中断したばかりで、というのも、ちょうど彼がそうしているときにわたしがそう言ったものですから、答えました。

「ごらん、ガセル、わたしが世界の物事について観察し、それらから生じる思索を書きとめようと思った時、それらを宗教や政治、倫理や哲学、批評と言ったもろもろの秩序に配するのがよかろうと思った。しかし世の物事にそんな作法がないのであれば、それを検討することが有益とは思われなかったのだ。[162]世界では神聖なるものと冒瀆的なものが混在し、枢要なものから軽薄なものに移り、悪は善と混同されており、ひとつのことに取り組むのに別のことを放り出し、後退しては前進し、熱中したかと思えば疎《おろそ》かにもし、堅固であるかと思えば軽佻浮薄な姿も見せるのであってみれば、わたしもおなじような無秩序に則って筆を執りたいと思ったのだ」

こう言いながら彼は着替えを続け、わたしは手稿をざっと見ていきました。彼ほど祖国を愛する男が、その政府についてはほとんど何も書いていないことにわたしは驚きました。それについて彼が言うことには、「様々な王国の政府についてはたくさんのことが、ありとあらゆる種類のことが、諸々の時代に、それぞれに異なった目的で書かれてきたので、国家にとって有益であり、書き手にとっても確かなことというのはもはやほとんど何も言えない」[163]とのことでした。

第四十の手紙

同上

ある午後、首都の目抜き通りをヌーニョと散歩しながら、彼に話しかける人、そして彼が応じる人の様々なることを大変楽しく観察しておりました。

「知っている人たちは皆わたしの友達なのだよ」と彼は言いました「というのも、彼らはわたしがどれほど彼らを好きか知っているし、彼らも応えてくれるからね。彼らはしばしば描かれるような、そしてほかでもないよからぬ人たちが見出すような悪い種類の人間ではないのだ。もしある人がどんな隣人を売り払ってでも偉く、また金持ちになりたいと願い、強く望むならば、仲間である連中に人間らしさの片鱗でも求めることができようか？　何が起こるというのか？　相手の心に不和の種を播かなかったのであれば、善良さの収穫をふんだんにもたらしてくれたであろうおなじ人々のあいだでも不義理の応酬しかあるまい。彼は当然のことに苛立ちをおぼえ、彼自身が引き起こしたことに不平を言うのだ。ここから本来臆病で、社交的で、悩み多き生き物に過ぎない人間に対するたくさんの罵倒が生ずるのさ」

歩いていたり、車に乗っているたくさんの人に、帽子を挙げて、あるいは手で挨拶することによって会話の糸が中断されることなしに、わたしたちはおしゃべりと散歩を続けました。ヌーニョにとってはもはや信奉するところともいえるその社交性ゆえに、われわれのすぐ脇を通り過ぎた立派な身なりの老人に対する彼の関心の欠如が奇異に思われました。その外見に相応しいにもかかわらず我が友は挨拶もしなければ、敬意を示すでもなかったのです。八十歳は越え、豊かな白髪が彼の立派な頭と皺の寄った額を覆っていました。贅沢な杖に体を預け、みごとなお仕着せの従僕が恭しく彼を支えており、人々からの敬意を受け、そのすべてが彼の尊い人物であることを理解させていました。

「老人たちにわたしたちが向ける尊敬は」ヌーニョが言いました。「あるべきものとしてよりは、しばしば迷信になりがちなのだ。もし祖国のために有用ななんらかの道に人生を賭した老人を見るならば、疑いもなくわたしは彼に尊敬のまなざしを向けるだろう。しかしああいった何の役にも立ったためしのない老いた人間に対して、その白髪に尊敬を示すなどということは間違ってもないのだよ」

第四十一の手紙

同上

わたしたちは二千年前にわれわれの先祖がそうしていたように身を装います。家具も衣類とおなじ古さを有しています。食卓も、召使いたちの衣装も、そのほかすべてのものがおなじ日付のものです。ですから、「贅沢」という言葉の意味をあなたに説明することは不可能かもしれません。しかし、衣類が古くなるより前に打ち遣られ、共和国にとって最も無益な職人が最も尊敬を集める立法者であるヨーロッパという場所においては、この言葉は大変よく使われているものです。話の内容が何であるのか分からぬまま幾葉もの紙片を読まずに済むように、「贅沢」とは生活において不必要な物が多岐に渡り、かつ過剰にあることとお考えください。

この多様性と過剰が有益か否か、ヨーロッパの書き手たちの意見は分かれております。どちらの陣営もその論拠として目も眩むほどの論理を持ち出します。人々はその創意工夫の才、機械産業、人口の過剰によって隣人の習慣に影響を与え、贅沢を認めるばかりでなく、それを公に訴え、隣人を貧しくするとともに、彼らを文無しにするものの有用性を説きます。生まれながらにこの性質を持たない国ぐには、外面においてはその簡素さと身なりに変化をもたらしつつも内面を貧しくするものの流入に声を大きくして反対します。

困ったことには、あることで目立つのが好きな人間たちは、ほかのことでもそのように振舞うのです。贅沢によって目立ち、よしとするのです。それぞれの民が自分たちの国より生ずる贅沢を培うのであれば、他所の民にとって害はないでしょう。進歩や変化の結果からなんらかの成果を得ない国などないのですから。この変化から多様性が生じ、そこから虚栄が招かれることとなり、これが産業を育て、ここから民にとって有益な贅沢が生まれ、その真の目的を達成します。とはつまり、実体を伴う金銭が金満家や権力者の櫃《ひつ》に滞ることなしに、職人や貧しきものたちのあいだに出回るのです。

この種の贅沢は国家間の大きな商業を損なうでしょう。しかし今日の諸国間の取引は、必要なものよりもむしろ過剰なものを商っているのです。一ファネガ[164]の小麦、一バーラの布や毛織物がスペインに入ってくるあいだに、時計の鎖、レースの襟飾り、楊枝入れ、扇、ベルト、香水、その他これに類するものがどれほど売れることでしょう。スペイン人の性質はこうした生産に向いてはおりませんし、スペインの人口は十分な人手を供給することができませんので、スペイン人がこの商いにおいて外国人と張り合うことは不可能なのです。そうであってみれば、この商業はスペインにとって有害です。というのも、これを貧しくし、外国の産業の気まぐれの奴隷にするからです。モードの流入における唯一の対価は金銀ですが、外国の産業はとめどなしにこれらを引き出すための拍車を得るのですから、その稼ぎは日毎に甘美なものとなり、結果としてスペイン人が持っている金銀を汲みつくすのに長けることとなります。この結果、洗練されかつ入念な贅沢品の魅力はそれが害であることを知っている人々をも欺くのであり、さきに挙げた理由とともにその被害に終わりはありません。

贅沢がこの国の完全な荒廃をもたらすのを避けるには、二つの道しか残されてはおりません。外国の産業を凌駕するか、あるいはその消費を戒めることです。そうして、外国のものに負けず劣らず有力者たちの虚栄心を満足させ、貧しきものが彼らの富の分け前に与れるような自前の贅沢を作り上げることです。

最初の道は不可能と思われます。なぜなら、外国の産業がスペインのそれに対して有する優位は相当なもので、前者がその地位を後者に明け渡す可能性はありません。後発の産業は、既存の産業の振興と相俟って王国に大きな投資を強いるものです。これらは国内で生産された品物によってしか弁済できず、それらはつねに国外で生産されたものよりも相対的に高くなります。ここから海外のものはより有利となります、というのも、購買者はつねに質か量、あるいはその双方においておなじ金がより多くの利点を見出す場所へと向かうからです。もし思いもかけぬ出来事によってこちらの産業が最初の年に国外からのものとおなじ種類でおなじ価格のものを提供できたとしても、外国の産業はこれまでに稼いだ利益によって長らく栄華を極めてきたことに鑑み、また築き上げた地歩を踏まえて、その商品を大いに安売りして、何年かに渡って価格を押し下げることでしょう。この場合、われわれの側に対抗する術はありません。

第二の道は自前の贅沢品の発明ですが、第一の道と同様に、大いに不可能と思われます。というのも、模倣の疫病が蔓延して随分時間が経ち、人々は自分の頭を使うことなしに他人の悟性によって思考することに安穏としているからです。とはいえ、歴史を二世紀も振り返るならば、今日発明と思われているものもまた模倣に過ぎないことが分かるでしょう。

夥しさ、新奇さ、優美さがあれば、贅沢を生み出すには十分である以上、二世紀前には自前の贅沢がありました。それどころか、今だってそれがあってもおかしくはありません。このことはつぎのとおりにはっきりと証明できるでしょう。

アメリカ大陸の征服直後には、今日かの地の鉱山から製品を取り出す外国の産業はまだありませんでした。というのは、そうした産業の樹立はそれよりもっと後の時代のことだからです。しかしながら、贅沢は存在しました。なぜなら過剰、豊富、優美さが存在したからです(もしも贅沢が当時存在しなかったならば、必要を超えた浪費がなされることはなかったでしょう)。よってあの時代にもふんだんに、まごうことなき自前の贅沢が存在しました。これらはピレネーを越えることなしに自然がもたらしたものです。では当時存在したそれが、なぜ今日にはないのでしょうか。そもそも、それは何だったのでしょう。

そのころの大立物や一級の貴族と言った御大尽の絢爛豪華がどのようなものであったか、研究されんことを。スペイン人たちがその古い時代のことを恥じることがないように。というのも、かの世紀はたしかに敬うべきものなのですから。そして彼らがその時代の良き部分を復興させますように。そうすれば簡単ながら称賛に値する方法によって、年ごとに蕩尽されるたくさんの富をどうにかすることができるでしょう。その損失の挽回とともに、父祖がたくさんの血と艱難によって勝ち取った鉱山の単なる門番に過ぎないというその汚名が返上されますように。

アメリカ大陸の運命の不思議なこと! あたかもその主に一切利益をもたらさないように定められているかのようです! ヨーロッパ人の到達する前までは、その住民は人肉を食し、裸で歩き、地球上で最大の金銀の所有者たちは生活を快適にするものなど何一つ持っておりませんでした。征服の後では、その新しい主たち、つまりスペイン人ですが、彼らはその豊かさから何一つ成果を挙げることができずにおります。

外国の贅沢と自前のそれについて話を戻しますと、後者はさきに述べた古い時代においては、今日では忘れられた様々な品物に加えて、すばらしい武具や、最高の馬を多く持つこと、その邸宅の絢爛たること、食事の度に数え切れないほどの料理が並ぶ食卓、セゴビアやコルドバの産物、君主に対する身をもっての奉仕、私設の図書室などでありました。これらはすべてスペインの産物であり、スペイン人の手によって生産されたものでした。これらのことどもが再び振興され、贅沢の持つ政治的意義が達成されますように（とはつまり、すでに申し上げたように富めるものから貧しきものへの、過剰な富の還元です）。そうなれば遠からずして、その人口は増大し、困窮するものの悲惨より抜け出て、土地を耕し、都市を装飾によって引き立たせ、若者たちは勉学にいそしみ、国が在りし日の力強さを取り戻すのを目にするでしょう。これがかつての贅沢の姿です。現代の贅沢は、それをどのように描きましょうか? 媚びることも、貶めることもせずに、目に映るがままを写し取ることにしましょう。今世紀の権力者（その金が、贅沢の向かう的となる金満家のことですが）は、その地代を何に費やすのでしょう? 朝には、みごとに髪を撫でつけ、きれいに身を装った二人の従僕が彼を起こすことでしょう。支那からロンドンを経由して運ばれてきたカップで最高級のモカのコーヒーを飲み、オランダ製の最高級のシャツに袖を通し、それからフランスはリヨンで織られた実に品のよいガウンを羽織ります。パリで装丁された本を読み、フランス人の仕立て屋、鬘屋のところで身支度をととのえます。彼の本が装丁されたのとおなじところで仕上げられた馬車に乗って外出し、パリかロンドンで作られた食器で温かい料理を食し、ザクセンか支那の皿でフルーツとデザートをとります。音楽の教師とダンスの教師に月謝を支払いますが、どちらも外国人です。内容がよかろうが悪かろうが、イタリア・オペラに足を運び、正しく訳されていようがいまいが、フランスの悲劇を観に行きます。床に就く時間には、つぎのような祈りを口にするでしょう。「今日という日、わたしのすべての行いによって、手の内にあるだけの金と銀を祖国の外に放出できたことを天に感謝します」

ここまでわたしは政治との関連について述べてまいりました。というのも、習慣について考えるならば、とはつまり統計学者風ではなく哲学者風に言うなれば、つぎのようになってしまいますから。「すべての贅沢は害悪である、というのも、生活における必要なものを増し、人間の悟性を軽佻浮薄な物事に賭し、悪徳にメッキを施し、真の善とよき趣味をもたらすただひとつのものである美徳を軽蔑の対象にするのだから」と。

第四十二の手紙
ヌーニョからベン・ベレイへ

ガセルから聞くところによって、あなたがアフリカに住まう誠実な人であることを知っておりますし、彼が告げるところによって、あなたにはわたしがヨーロッパに住まう誠実な人間であることをご存じいただいていることでしょう。わたしたちが互いによい印象を抱くのに、これ以上の要件は必要ないことと思います。わたしたちは面識がないものの、互いに敬意を払っており、わずかでも言葉を交わすならば友人になれることでしょう。

この若者との付き合いや、あなたが手ほどきをなさった彼の教養は、ヨーロッパを捨ててあなたのいるアフリカへと移り住むようわたしを駆り立てます。アフリカの賢人との交わりをわたしは望みます。というのも、誓って申しますが、ヨーロッパにありながらアフリカにいるかのようなわずかな人たちを除いて、わたしはヨーロッパの賢人たちすべてに嫌気がさしているからです。ガセルの教育にあたってどのような方法を用い、どのような目的をお持ちだったか、ご教示いただきたく存じます。彼の悟性は、正直にいえば、まだまだ研鑽が必要ではありますが、しかし善を志向する心が彼にはあります。美徳と比べるならば、世のあらゆる学識なぞは取るに足らぬものと考えておりますので、アフリカよりあなたのような家庭教師が一ダースあまりやってきて、ヨーロッパ人に代わって我が国の若者の教育を担ってほしいものだと思います。ヨーロッパ人の家庭教師ときたら、彼らの心の教育はないがしろにして、紋章学だの、フランス式のマナーだの、スペイン式の虚栄だの、イタリアのアリアや、その他この手の重要な事柄とその完成にまつわる物事で生徒の頭をいっぱいにしてしまうのですから。大事なことではありましょうが、その教育に大変な費用がかかることですし、ガセルがそれを実践する格言の数々に比べれば劣っているものとわたしには思われます。

このわずかばかりの行数によって、その目的とわたしの希望とを果たすことができます。これらは大変容易なことでありますが、おなじことを一人のヨーロッパ人に対して行うとすれば、どれほど難しいことでありましょうか。書簡の迅速と安全性によって、ある男が他人のことを知るのが簡便であるこの世界のうちの一国において、ある人が他の人のことを知ることがより難しいのです。あなたはわたしに会ったこともなければ、わたしもあなたに会ったことがなく、わたしの家から二百レグアも隔たったところにいるモーロ人のあなたとわたしとはまったく異なりますが、もしあなたがキリスト教徒のヨーロッパ人で、わたしのところから十レグアのところに住んでいたとしても、あなたに最初に手紙をしたためることは大変難しいことであったでしょう。何をさておいて、わたしは手紙の余白の大きさについて考えなければならなかったでしょう。続いて考慮に値するのは、最初の一行を始める位置のことです。第三に、手紙を書き始めるにあたっての挨拶語について熟慮せねばならなかったことでしょう。第四に、これに対応する結語もまたおなじだけの考慮に値したことでしょう。そして、あなた一人に対して書いているのか、それとも大勢に対して書いているのか、第三者もそこにあるのか、どこぞの高貴な人々に宛てて書くのか、あなたのご存じの高貴な人々の君主に向けて書くのか、それ以外の方に向けて書くのか、それはあなたが誰であるかにかかわらず、おなじように考えなければならないことです。これだけのこと、そしてこれほどひどい混迷を経ねばならぬとすれば、スペイン人は誰かに手紙を書くことを放棄してしまうのです。

わたしたちが神と呼び、あなた方がアラーと呼ぶ至上の存在、つまりアフリカとヨーロッパとアメリカとアジアを創った方が、長きに渡って、そしてわたしが望むようにあなたを、アメリカの民を、アフリカの民を、アジアの民を、そしてヨーロッパの民をお守りくださいますように。

第四十三の手紙

ガセルからヌーニョへ

わたしが今日ある街はこれまでに目にしてきた数多くのものの中で唯一、あなたがわたしに何度となく描いてみせたとおりの古きスペインと思われるものです。人々の身なりは物悲しく、人々の集まりは少なく、男と女は決して交わることがありません。女たちは引きこもり、男たちは嫉妬深く、老人たちは極めて深刻で、若者たちは血気盛んです。そのほかのことどもは、千五百年でもなければ多くて千六百年でもなく、あなた方が一七六八年と呼ぶ年のことであるのかと、幾度も暦を見返したほどです。○165 彼らの会話は彼らの習慣に呼応しています。ここでは今日の事件、今日生きている人々については話されず、その代わりにすでに起こった出来事、かつてあった人々について話されます。いずこかの魔術師がその技によってわたしに在りし時代のことを見せているのではないかと訝《いぶか》しんだほどです。もしそうであるなら、その叡智が、来《きた》るべき時代をも見せてくれたらよいのに。しかしわたしたちが再会した時のためにこの件はとっておくとして、この手紙にわざわざ書くのはよしますが、これらの住民が変わることなく先祖たちの遺灰に払い続けている尊敬の念は、特筆に値する美点であると感銘を受けたことはあなたにはっきりと申し上げておきましょう。それは言うなれば、彼らより受け取った生命に対する果てることなき感謝の念です。しかし、これについても行き過ぎがあるだろうことは、人間のあらゆる美点がその性質として、美徳そのものまでをも損ねるのとおなじです。このことについてあなたの意見を聞かせてください。

第四十四の手紙

ヌーニョからガセルへ、前の手紙への返事

君が筆を擱《お》いたところから、前の手紙への返答を始めよう。確信を持ってほしいのは、人間の性質は腐敗しており、君自身の表現を使わせてもらうならば、美徳そのものまでをも損ねてしまうということだ。倹約は疑うべくもなく倫理的美徳であるが、行き過ぎれば、それは強欲という悪徳になり変わる。気前のよさは浪費癖となり、万事がこの調子だ。祖国愛はほかのすべての愛とおなじように盲目で、悟性がその手綱を締めなければ容易に悪を称揚し、善を放逐し、軽薄を崇めては尊きを蔑むこととなろう。ここから、盲目の愛情をもって古い時代のことを語るスペイン人が、つぎに述べる区分をしない場合にはいつも、数多くの過ちに身を晒すということが生ずるのだ。自身の国の古い時代のことを情熱をもって話すスペイン人たちをわたしはつぎの二つの種類に分けよう。古い時代を前世紀と解するものたちと、それ以前のもっと古い時代と解するものたちとに。

前世紀は、われわれが得意になれるようなものを何一つ残さなかった。一五〇〇年代の終わりからのスペインは、壮大にして堅固な、しかし時が経つにしたがって崩れ始め、住人を下敷きにする、巨大な邸宅のように思える。ここに崩れ落ちた天井の残骸が、向こうに二枚の壁が倒れ、もっと向こうでは二本の柱が崩れている。ここには土台がなく、あちらでは噴水の水が流れ込んでおり、そっちでは床が抜けている。住人たちはどこに身を寄せてよいか分からず呻吟している。ここでは誠実な婚姻の甘き果実である揺り籠が水に浸かり、あちらではこの悲惨な光景にさらなる苦悩を加えて、崩落した破片に当たり、年老いた家長が死んでいる。向こうでは不幸につけ込んで泥棒たちが入り込んでいる。遠くない場所ではほかでもなく召使いたちが勝手を知ったるがゆえ、泥棒たちの気がつかぬものを盗み出している。

もしこの光景が真実というよりは詩的であると考えるならば、歴史を紐解くがよい。その絵がどれほど正しいかを知ることになろう。この世紀の始まりに、二つのアメリカ大陸と、イタリアの半分、フランドルよりなる全スペイン王国は、二万の兵士さえをも養うことができず、彼らは給料も低ければ、規律もなってはいなかった。ガレオン船[166]と呼ばれるみすぼらしい造船の六隻の船舶は、海賊や私掠船のあいだを逃れてインディアスから金を運んできた。六隻のガレー船[167]がカルタヘナの港に遊ばされており、その他火急の用でスペインとイタリア間の輸送のために借り上げられるいくつかの船が王国海軍のすべてであったのだ。王冠を保つのに十分でなかった国王の地代は、その徴収と配分に来たす混乱によって臣下を意気阻喪《そそう》させるには十分であった。農業は完全に荒廃しており、商業はただただ活気もなく、産業は立ち行かず、いずれも王国にとっては無用のものであった。学問は日毎に衰退の道を辿っていた。哲学と呼ばれる、連綿と続けられる退屈で無益な議論が入り込み、詩においては幼稚で馬鹿げた曖昧な言葉遊びが受け入れられ、占星術の戯言で満たされた占い日めくりと一緒くたにされる予言が、これまでに知られる数学のすべてを成していた。大げさで誇張された表現、歪曲された文体、芝居がかった身ぶりが雄弁術の実践と思索において我が物顔をしている。かの時代が生み出した偉大なる人物たちでさえ、その世紀の悪趣味に溺れ、醜悪な君主に仕える麗しき奴隷のようなものだった。一体、誰がそんな世紀を誉めたたえることができるだろう?

しかし、すべてのスペイン人が尊敬に値する兵士であった、さらにひとつ前の世紀のことを話すのに、得意にならぬものがあるだろうか? 我が軍は二つのアメリカ大陸とアジアの島々を征服し、アフリカを脅かし、数にしては小さいながらもその栄光は偉大なる軍勢でもってヨーロッパ全土を震え上がらせた。その軍勢はイタリア、ドイツ、フランス、フランドルに駐屯し、大艦、ガレオン船、ガレー船の艦隊でいくつもの海を埋め尽くしたのだ。その世紀にあってサラマンカの学院[168]は世界中の大学のうちで第一級の地位を占めていた。われわれの言語はヨーロッパ中のすべての賢人と貴族とによって話されていたのだ。この国がまるで別の二つのものに見えるほど異なる両時代を混同するような人間が、批評にかかわる仕事を標榜することなどできようか? 人並の悟性の持ち主が、カルロス一世の指揮の下チュニスに対峙する歩兵隊と、カルロス二世の矛槍隊とを混同することがあろうか? ガルシラソ[169]とビジャメディアナ[170]とを混同することがあろうか? ブロセンセ[171]をフェリペ四世時代の人文主義者と間違うことがあり得ようか?

おなじドン・フアン・デ・アウストリアであるからといって、フェリペ二世の弟とフェリペ四世の息子[172]とを混同することがあろうか？「古き時代」とは、軽佻浮薄な人間が口にする大部分の言葉と同様に、あまりにも広範に過ぎる語彙なのだ。

批評的区別もなしに、何につけ古いものの話をしたがる性向は、それらのものに対する愛情ばかりでなしに、我らが同時代人に対する憎悪の産物である。同世代の人間のいかなる美徳もわれわれを不快にさせる。というのも、それがわれわれの欠点に対する強力な告発と思われるからだ。そしてわれわれは兄弟たちの美質を告白せぬがために、先祖のそれを探し、寝台より起き上がることなく死んだ先祖と、つねに武具を身につけて戦場で死んだ先祖とを区別せぬことをいつまでも続けている。そしてわれわれは地理緯度が何レグアであるかも知らない先祖を、アラバ[173]のような学者や、一世紀の後にその領域でより優れた才能のある人間によってなされる数学的発見を主張した人々と混同することをやめない。彼らを好きになるのには、面識を持たなかったことだけで十分で、もし同時代の人々と交流を持つならば、彼らが嫉妬と軽蔑の対象となるのには十分なのだ。

古い時代に対する無分別な情熱はかくも盲目にして馬鹿げており、わたしのある友人は、間違いなく大変愉快な奴なのだが、この病を患う一人の男を相手に途方もない悪戯をやってのけた。エルナンド・デ・エレーラ[174]の最も美しいソネットの一つを見せて、彼の学友が書き上げたばかりだと言ったのだ。公平なる批評家先生はそれを地面に投げ打ち、あまりにも弱々しく味気ないので、読むに堪えないと言った。それから何日もせぬうちにおなじ男は、味があるにしても味気ない八行詩を書き上げて大先生のもとへ持って行き、メキシコの修道女[175]の筆になる手稿の内にその詩を見つけたと言った。それを聞くなり相手は叫んで言った。「これこそが詩、創意、言語、調和、甘美、流麗、優美、昇華というものだ！」と、そのほかわたしが忘れてしまった数多くのことを口にした。ところがわたしの甥っ子はそれを忘れもせずにすっかり暗記して、かの時代の熱烈な信奉者の前で前世紀の不幸を目にしたり耳にしたりすると、信じがたい皮肉な情熱をこめていつも大きな声で言うのだ。「これこそが詩、創意、言語、調和、甘美、流麗、優美、昇華というものだ！」と。

わたしはベン・ベレイからの便りを待っている。君もこのヌーニョに便りを寄越してくれたまえ。

第四十五の手紙

ガセルからベン・ベレイへ

バルセロナに到着したところです。それについて目にしたわずかばかりのことは、ヌーニョの説明、彼の教えてくれたところによってわたしがカタルーニャ人の気質、あの公国[176]の有用性について判断したところが正しかったことを保証してくれるものです。これと似たような二つの地方とであれば、キリスト教徒たちの王は二つのアメリカを交換したことでしょう。その民の勤勉さは、何百万というインディオたちの貧しさよりも、より多くの利益をその王国にもたらすでしょう。もしもわたしが全スペインの領主であったならば、そのいくつかの民を選んで自分の召使いとする必要があるでしょうが、カタルーニャ人を執事とすることでしょう。

　当地は半島で最も重要な場所の一つであり、それゆえに駐屯軍も数が多く立派ですが、とりわけそれらの内にスペイン歩兵隊と呼ばれる部隊があるせいでしょう。この部隊の人が一人、おなじ宿にわたしが到着した前の晩からおり、その鷹揚にして礼儀正しい人柄からわたしとはすっかり打ち解けております。彼は大変若く、身なりは兵卒のそれですが、その礼儀作法によって粗野な兵士連中から容易に彼を見分けることができます。不思議に思ったのはこの矛盾です。昨夜、これらの宿では円卓と呼ばれる、席次の優劣を持たないテーブルにあって、部隊のより年長の、大いに尊敬される将校たちと親しく交わり、また快く迎えられているその姿を目にし、彼の階級が何であるのか、わたしの好奇心はいてもたってもおられず、一体何者であるのか尋ねました。

「わたしは」彼は言いました。「我が軍の、そしてあちらの紳士の中隊の士官候補生です」そう言って彼は頭が白髪で覆われ、その体に無数の傷を負った、戦士の風貌を持つ立派な老人を指しました。

「さよう、このものは我が中隊の士官候補生です」と老人が答えました。「これはカンポ・サントの戦い[177]にあって、わたしのすぐ隣で命を落としたある戦友の甥であり相続人です。年は二十歳、軍務の奉仕について五年になります。大隊のすべての擲弾《てきだん》兵よりみごとな腕前を見せます。おなじ階級、おなじ年配のものたちと同様に若干腕白ではありますが、われわれ老兵はそれを厭いません。というのは、かつてわれわれもそうでしたし、彼らもまたわたしたちのようになるでしょうからな」

「その士官候補生という階級が何であるか分からないのですが」わたしは言いました。

「ようするに」別の将校が言いました。「良家の若者が志願して、十二年か十四年ほど一兵卒の役務を果たしながら奉仕し、立派にやり遂げた後に、その生まれを示して王の武具と連隊の記章を身に纏って旗手となる名誉に昇進を遂げるのがつねであるのです。この間ずっと、欠くべからざる品位ある振舞いのために、またこの優雅で快適な都市や首都に居を定めている以上嵩む出費の機会に際して、その財産を蕩尽するのですよ」

「結構な給料を受け取っていることでしょうね」わたしが言いました。「そんなにも長いあいだ、将校の地位にあるわけでもなく、出費が多いとなれば」

「一兵卒の給金、それだけですよ」と最初の将校が言いました。「なんら特別扱いはされませんし、給金を受け取らないばかりか、それに若干の心付けを加えて武器や装備をととのえようとしている兵士にくれてさえやるのです」

「その青春と愛国心を」わたしはさらに言葉を接ぎました。「そのように犠牲にする方たちは少ないでしょうね」

「少ないですって?」若者が驚きの声を上げました。「わたしたちは二百にも上ろうくらいで、なりたいというものが皆なれるのであれば、二千人にも膨れ上がるでしょう。空いているポストは少なく士官候補生の数が多いのであってみれば、昇進するためにお互いの足を引っ張り合うことになりますが、この上着《カザック》を脱ぎ捨てるよりも、こいつを着て歩哨の任務に就きながら、昇進を待つ方がわれわれは好きなのです。われわれの何人かがよくすることは、機会に恵まれて、もう待ちきれないというのであれば、騎兵隊や竜騎兵の中隊に装備品を寄贈して昇進することですが、[178]それでもなお連隊の内にとどまっているかのように強い愛着を保っているのです」

「輝かしい軍隊です」わたしは叫びました。「二百人の貴族が、祖国の名誉以上の報いもなしに数多の一般の兵卒の穴を埋めているとは。すばらしい国です、その王をこんなにも愛する貴族たちを育むとは。偉大なる王です、階級も褒美もお構いなしに彼に奉仕することよりほかに何も望まぬ高貴なる臣民を有する国を統べようとは」

第四十六の手紙

ベン・ベレイからヌーニョへ

あなたと我が弟子ガセルの友情が続いているという知らせに、日毎心を躍らせています。そこからあなた方は二人とも誠実な人間であるのだと考えます。悪人どもは友人になることができません。いたずらに幾度となくお互いの友情と堅い絆を誓い、行いをおなじくし、なんらかの共通の目的のために共に働きますが、彼らがお互いに親愛の情を持っているとは思われません。富にまつわる相互の利害や、それへの期待によって、一方は他方をだまし、逆もまた然りなのです。疑いもなくそのために、彼らは顕著な信頼を伴う堅固この上ない友情を誇示する必要があるのです。しかしお互いが隠そうとしない限りは、一方は他方の欺瞞を知っているので、誰に対するよりも相手に対して用心深くなります。その場合、鷹揚さの入り込む余地がなく、結果として、わずかばかりの友情もまたそこにはありません。第三者に害をなすためであれば、彼らが真の連帯をみせることは間違いないでしょう。しかし、その人物がいなくなれば、被害者の手から奪い取った獲物を一人占めするため、二人はたちまちにして相争うのです。街道の追い剥ぎ二人は旅人から盗むのに協力しますが、獲物の分け前をめぐってすぐさま傷つけあうのとおなじことです。そうして、かくも純粋で堅固に思われた友情が憎悪に変わるのと見るとき、無知な人間は驚くというようなことになります。「アラーよ、アラー！」と彼らは言います。「あれほど長い年月の末に彼ら二人が離ればなれになるなんて、誰が思ったことでしょう。人間の心とは何という代物でしょう。なんと不実なのでしょう。聖なる友情よ、あなたは一体どこへ身をくらませてしまったのか。どこにいけばあなたを見出せよう？　両人のどちらの胸もあなたの住処だと思っていたが、二人が二人ともあなたを追い出そうとは！」しかし、この場合における状況を考えてみるならば、こうした言葉は皆一様に人間の心に向けられた非難であり侮辱なのです。もしも大衆（ガセルがその作品をわたしに送ってくれたラテン詩人哲学者は、かくも賢明に俗物と呼びましたが）[179]が、もしもその俗物たる大衆が、あれこれの驚異の真実の鍵を知っていたなら、それらに慄くこともなかったでしょう。かの友情は友情ではなく、相応しい時が来るまで双方によって了解されながら保たれてきた裏切りと呼ぶほかないということを理解したでしょう。

反対に、友情は真直ぐな二つの心のあいだの交わりを通じて育ちます。時が経つにつれ姿を見せるお互いの美質を知ることが、相手に対する尊敬を高めます。友の善良さの果実が育つのを見ながらよき人間が得る慰めは、彼自身のそれをますます育む励みとなります。有徳の人をますます高めるこの歓びを、悪人は決して味わうこともなければ、知ることさえもありません。誤って導かれたその才智をもって彼が作り出さんと試みる邪《よこしま》な満足と引き換えに、自然は無垢で純粋な喜びの多くのものを彼に拒むのです。結局のところ、罪を重ねて幸福になった二人の悪人は互いを妬み、一方の繁栄は他方にとっての拷問なのです。しかし正しい二人の人間は、喜ばしい状況において、それぞれが自分の幸福を愉しむばかりでなく、相手の幸福をも愉しむのです。そこから分かることは、悪はどんなにその栄華の極みにあろうとも、疑念と恐れの種であり、逆に善は不幸と見えるときにも、楽しみや喜び、平穏さの泉だということです。

これが善人と悪人の友情にかんするわたしの意見です。わたしには正しいと思われる思索のみならず、世に溢れる数々の事例にもまたその論拠を置くものです。

第四十七の手紙

ヌーニョからベン・ベレイへ、前の手紙への返事180

美徳、友情、そして悪徳にかんする考えについてわれわれが多く意見をおなじくするばかりか、我らの時代に人間というものが苦しむ全世界的な誹謗中傷の中にあって、人間の心についての判断もまたひとしくすることを理解しました。あなたの手紙がそれをみごとに証明してくれますが、しかしそれが公にされたとしても、理解する人はほとんどないでしょう。読者の大部分はそれを倫理の書の抜粋に過ぎず、人間の交わりには何の役にも立たないと考えるでしょう。このような教義を守らなかったがゆえに幾度かは泣くことになる当人たちが、それを笑うことでしょう。これがまたわれわれの弱さ、そして最も古くからある弱さでもあって、「我最良ノ道ヲ知リナガラ最低ノ道ヲ歩ム」[181]と口にする運びとなったのは、アウグストゥスの世紀が最初ではありませんでしたし、それから多くの時間が過ぎ去ったにもかかわらず、わたしたちは何も変わるところがありません。

第四十八の手紙

ヌーニョからベン・ベレイへ[182]

ガセルがあなたに宛てたある手紙の中で、今世紀のおぞましい肖像と、うわべばかりの無知な人間が行ったその滑稽な擁護について記しているのを目にしました。[183]二つの意見の相違をわれわれは分かつこととしましょう。そしてこの時代が、言われているほどには良いものでも、また悪いものでもないことをつねに念頭に置いて、この世紀が持つ最大の欠点とは、それ自身のものを弁護士よろしく擁護することにあるのだと告白します。件《くだん》の手紙におけるガセルの批判の過ぎたる苛烈さに異を唱えるものは、最も確かな大義を失うことになるのです。そのものは、多くの人と同様に、最も脆くて愚かな側面の擁護を行うのです。もしもそれらの狂気を支持する代わりに真に称賛に値することの擁護を行ったとするならば、疑いもなく、アフリカ人に対して、彼がヨーロッパを訪れたこの時代について、よりよい意見を持たせることができたでしょう。習慣の優美さ、戦乱における人間らしさ、勝利における高貴な振舞い、統治の寛大、数学と科学の領域における進歩、いずれかの言語における卓抜した作品はすべての言語に翻訳され、それを通じてなされる才能相互の交流、そうしたことどもについて述べたのであれば、また違う結果をもたらしたでしょう。これらすべての利点が思われるほどに有効でなかったとしても、すくなくともガセルが列挙する不幸との均衡を成すことくらいはできたでしょう。善と悪、罪と美徳がつねにおなじ天秤の上にあるのであってみれば、歴史がわれわれに夥しく見せつける悲惨と恐怖に満ち満ちた数々の世紀に比べて、このような平等の見られる世紀をそれほど不幸な世紀と呼ぶことはできないでしょうし[184]、さもなくば人類にとって慰めとなるような時代など一つとしてないことになるでしょう。

第四十九の手紙

ガセルからベン・ベレイへ

二世紀前には、生きた言語の内で最も美しいものと全世界に謳われていた言語が、今日では最も珍重されないものの一つになっていようとは誰が想像したでしょうか？　それほどの迅速さでもってスペイン人たちは、その言語を打ち捨てようとしているのです。こう言ってよければ、その柔軟さ、前世紀の数多くの作家たちにおける言葉の綾や表現の濫費、今世紀の翻訳家たちがそれぞれ弄する他所の言語への隷属は、この言語から簡明、豊饒、活力といったその生まれ持っての美しさを奪ってしまいました。スペイン人たちがそれを歪めているあいだに、フランス人たちは彼らの言語を美しく仕立て上げました。モンテスキューやその同時代人の文章の一節は、フランス語には収まりきらないと思われた先述の美しさをふんだんに有しています。一世紀とわずかばかり先んじた書き手たちが正しいスペイン語で書いたというのに、今日のスペイン人たちは父祖たちの言語を貶めることを礼儀作法のひとつに変えてしまった観がありいます。外国の書き手の翻訳者や模倣者たちはこの企てにあって最も活躍しています。それを学ぶ労を取ったことがないせいで、自前の言語をよく知らぬ彼らは、フランス語やイタリア語、あるいは英語で書かれたある本に何がしかの美しさを見出すと、フランス語法、イタリア語法、英語法を山と積むのですが、そこからもたらされる結果はつぎに示す通りです。

その一、原書に見られる真の美点を裏切ります。というのも、翻訳において、その真の概念を伝えないためです。その二、スペイン語に数多くの型破りな表現を付け加えます。その三、スペイン語はほかの言語より格下であると信じ込ませて、外国の作家に阿《おもね》ります。その四、スペインの多くの若者たちの目を眩ませて、必要不可欠な母語の勉強から逸脱させます。

こうした問題について、ヌーニョはしばしばこう言うのです。「若いころには時々、外国の文学の断片をいくらか翻訳したことがあった。というのは、かつてわれわれの作品にそれだけの価値があった時には他所の国ぐにはそれを翻訳するよりほかなかったように、今日においてわれわれはかつての彼らとおなじようにするべきだろうから。わたしの従った方法はこのようなものであった。原著の一節を注意深く読む。その精確な意味を捉えようとつとめる。頭の中でそれについて熟考し、それから自分自身に問うてみる。今読んだばかりの事柄がわたしの中に生み出す考えを、スペイン語で表現するにはどうすればよいか、と。それから、誰かスペインの古い書き手がそれに似たようなことを言っていないかとじっくり考える。もしあれば、それを読んでみて、望んでいるものに近いと思われるものをすべて取りだしてくる。十六世紀の作家たち、そして十七世紀の何人かの作家たちを知悉していたことが何度となくわたしを窮地から救ってくれたし、その助けがなかったならば、今日広く見られる文体の過ちを犯すことなしに、そこから脱することは不可能だっただろう。

「さらに言うと、熱心なピタゴラス信者が魂の転生を信じたように、芸術の転生を堅く信じていたものだから、ルイス・ビベス[185]、アロンソ・マタモロス、ペドロ・シルエロ[186]、ブロセンセの名で呼ばれるフランシスコ・サンチェス、ウルタド・デ・メンドーサ[187]、エルシーリャ[188]、フライ・ルイス・デ・グラナダ[189]、フライ・ルイス・デ・レオン[190]、ガルシラソ、アルヘンソラ[191]、エレーラ、アラバ、セルバンテス、その他の書き手のスペイン語やラテン語の内に、前世紀の後半フランス人たちが首尾よく育て上げ、今世紀の作家たちが収穫している果実の種を見出したのだ。宗教と政治の主題にかんして、スペイン人の筆がつねに逸脱することのなかったしかるべき敬意の中にあって、先ほど名を挙げた書き手たちにわたしは、思想のみならず表現のすばらしい断片を見出した。面白おかしい、気晴らしの滑稽な主題の中にさえ。また軽薄さと厳粛さとを自由闊達に綯《な》い交ぜに、現代の外国の作家にとってはまさしく最も魅力的なジャンルである批評を繰り広げる書き手の筆致に、それが印刷されたものであれ、されずにいるものであれ、我が国の古いものを見出すのだ。結局わたしの思うところは、さきに述べた巨匠たちが使いこなしたとおりに、われわれの言語をよく知り、またそれを用いるならば、善かれ悪しかれヨーロッパのほかの場所で書かれているものの翻訳において、スペイン語を失うに任せる必要はないだろうということだ。そして実際のところ、科学と数学が遂げた発展のそれを別にすれば、ほかのことでは翻訳などまったく必要ではないのだ」

これが、この問題について真剣に話す際に、ヌーニョがいつも口にするところです。

第五十の手紙

ガセルからベン・ベレイへ[192]

印刷の手軽さ、活発な商活動、君主同士の同盟やその他の理由によって、それぞれの国の産物はヨーロッパ全体に広範に行き渡っております。しかしながら、ヨーロッパの賢人たちをほかの国ぐにと最も強く結びつけているものは、ある言語からほかの言語になされる翻訳の数の多さです。しかしその便利さといったら、今あなたが思い描いただろうものの比ではないのです。実証科学においては、それほどではないと思います。というのも、そこで扱われる語彙や表現はすべての国ぐにおいて共通であり、こちらでは語順が、あちらでは述語が、あるいはおそらく、その発音がほんのわずかに違う、というぐらいのことです。しかし純粋に倫理、批評、歴史、娯楽といった主題においては、それぞれの言語の性質によって翻訳には数えきれないほどの誤りがあるものです。一つの言い回しがおなじように見えながら、その実大いに違うということはよくあり、それというのも、ある言語においては崇高で、別の言語では低俗で、また別の言語では中庸であるためです。ここから、文字通り訳してもある言語における真の意味を伝えないことがあるばかりか、翻訳者がそれを理解しておらず、結果としてその国の読者に、ある外国の書き手について誤った印象を与えることとなります。この弊が極端に及びますと、聞こえがよければすすんで翻訳に取り組んだであろう人に悪い印象を与えるがために、多くの書物が翻訳されないまま打ち遣られます。それは翻訳という、この愉快ならざる苦行にたくさんの必要なことが付いて回るようなもので、それはすなわち、母国語、外国語、扱われている内容、双方の国の習慣の知悉です。ここに、いくつかの作品の翻訳にかんする明らかな不可能性が生じます。『ヒューディブラス』と題されたイギリス人たちの滑稽詩はヨーロッパ大陸のいかなる言語にも移すことができません○193。同様にゴンゴラの皮肉に満ちた短詩はピレネー山脈を越えることがないでしょうし、モリエールの多くの喜劇は、いずれの作品も原作にあっては完全なものでありながら、フランスの外では観客を喜ばせないでしょう。

一見不幸と思われるこのことを、わたしはいつも幸運とみなしてきました。人間は科学と有益な技術から得る果実の分け前に与《あずか》ることができれば十分なのであって、その奇矯な振舞いまで共有する必要はないのです。フランス貴族はある種の虚栄心を持っています。それは喜劇『ル・グロリユ』[194]の滑稽な公証人が表現すればいいのであって、その愚かさがスペイン貴族に伝播される必要はありません。なぜならこちらもまた、あちらに負けず劣らず虚栄心を有し、その流行に対するおなじ短所は『ドミネ・ルカス』[195]と題された作品中の貴族証明書において大いに非難されているからで、フランス流の狂気に感染する必要はないのです。外国のそれを真似するまでもなく、それぞれの国がうんざりするほどの愚かさを持っています。人間社会のすばらしい能力が今日なお不完全な状態にあることは、文化の有用性を知るすべての国ぐにの連帯した努力が必要であることを証明しています。

第五十一の手紙

ガセルからベン・ベレイへ[196]

我が友ヌーニョの辞書[197]の中で最も多くの紙幅をその説明に費やす言葉のひとつは「政治（política）」であり、また派生語である「政治家（político）」です。その項の全体を写してあなたにお送りします。

「政治とは都市を意味するギリシア語に由来し、[198]そこからその真の意味は民衆を治める技術を意味すると推測され、政治的人間すなわち政治家とは同様の役割を担うものか、あるいは少なくとも、それへといたる途上にあるもののことと推測される。そうであるならば、わたしがその性格を尊敬するがゆえに、本項はここで終わるのだろう。しかしこの言葉は、そのような状況からも程遠く、そのような尊敬に相応しからぬほかのものたちによって簒奪されている。そのような連中によって占有されているこの言葉の腐敗から、わたしがもう少し説明を広げる必要が生ずるのである。

「後者の類の政治家とは、夜は夢も見ず、昼には与えられるありとあらゆる方法で成功を収めるよりほかの事は考えない連中である。そうした人々にあって、理性的な魂の三つの能力[199]と人間の肉体の五つの感覚は途方もない野心のみに化すのである。彼らはこの目的にそぐわないものを、望みもせず、理解もせず、記憶さえしない。彼らの魂のうちにあって、自然はその美しさをことごとく失ってしまう。庭は芳香を欠き、果実は味気なく、野は楽しからず、森の木々は茂らず、遊びは魅力を持たず、食事も彼らを満足させず、会話も喜びをもたらさず、健康も歓喜を生み出さず、友情も慰めを与えず、愛は喜びを示さず、若さも彼らに生気を吹き込まない。富への道で一歩を進めるものよりほか、この世界で、この日、この時、この瞬間の何物さえも彼らにはどうでもよいことである。ほかの人々は喜びと苦しみの様々な変動を通り過ぎるものだが、彼らはただ一つの喜び、すなわち前に進むことのみしか知らず、それゆえに人生の様々な出来事や数え切れない偶然を、苦しみとしてではなく、堪えがたい拷問として考える。彼らにとって、自分たちより格下のものは一様に奴隷であり、同格のものはすべて敵であり、格上のものは皆暴君である。笑いも涙も、このものたちにとっては険しい土地を流れてきた河の水のようなものである。それほど濁っていては、その本当の味も色も分かりはしない。長く用いすぎて、もはや第二の性質となった奸智が、彼らを自分自身にとってさえ堪えがたいものにする。彼らを導いてきた野心の亡霊を断崖絶壁を縫って追いかけるために費やすことを放棄したわずかな時間についてさえ、彼らは釈明を求める。素朴な人間を軽蔑し、思慮深い人間を嫌悪する彼らは、大衆には大先生と崇められるもののすこぶる無能で、下男がその弱さ、愚かさ、悪徳、そしておそらくは罪をもあますところなく知っている様は、実に正鵠を射たフランスの格言に『従僕の前に英雄なし』と言われるとおりである。ここから数多くの秘密が明らかにされ、たくさんの陰謀が明るみに出され、ようするに半神のように見られたいと望めば望むほど、人間はその欠点の多さが露呈することになる」

このような譫妄に突き動かされるものは、普通の人間にとって嫌悪され、またそうされるべきもので、通りで目にした男女や子供に危害を加えないように狂人よろしく鎖に繋がれてあるべきですが、その手練手管は遠くから眺める分には面白いものです。多岐に渡る狡猾さ、邪智奸佞《じゃちかんねい》は、それを恐れぬものにとっては愉快な見世物です。しかし、彼自身は人智を超えていると考えながら、彼を知るほかのすべての人にとっては愚か者でしかない、分別を欠いた間抜けが駆使する計略のすべてを目にするには、人間の忍耐は十分ではありません。彼らの多くは悪意が才能や、機知のひらめき、その他多くの書物に謳われながらも人間においてはおよそ見当たらないことどもを補うと思っているのです。

第五十二の手紙

ヌーニョからガセルへ

誠実な人間であることと、誠実な人間でないこととのあいだに、中間は存在しない。もし存在したなら、悪党の数がこれほど多いはずはないだろう。なんぴとにも悪をなさぬことの逆、あるいは悪をなさずに遅れをとることの反対とは、いとも抑えがたい横暴の道であり、なにものにも屈することなき美徳の力のみが唯一それに抵抗することができる。しかし荒廃した世界においてなんらかの魅力を持つには、美徳はあまりにも蔑ろにされている。その最大の勝利とは人類の内における最少の部分が寄せる尊敬なのである。

第五十三の手紙

ガセルからベン・ベレイへ

昨日ヌーニョとわたしの宿のバルコニーに出て、リボンと金色をした紙で飾られたステッキで遊ぶ一人の子供を眺めていました。

「すばらしいですね」わたしは感嘆の声を上げました。「心が人生の本当の苦しみも偽りの歓びも、何もまだ知らない年頃というのは！　世界の大きな出来事もあの子供には何のかかわりがあるでしょう？　彼を満足させるのにどんな高い地位を要しましょう？　悪党どもが彼にどのような害を及ぼしましょう？

幸運や逆境の転変がそのあどけない心に何の印象を与えることができましょう？ 運命の気まぐれは彼に無関心です。いつまでも子供であったら人間は幸せであるのですがね！」

「それは間違っているよ」とヌーニョはわたしに言いました。「あの遊んでいるステッキが壊れたら、友達の誰かがそれを取り上げたら、それで遊んでいるために母親に小言を言われたら、敗軍の将や失脚せる大臣のように悲嘆にくれた彼の姿を目にするだろう。いいかい、ガセル、人間の不幸はその年齢に応じたものなのだ。肉体がそれぞれの時代を通り過ぎていくのに合わせてその種類は変わっていくが、人間は揺り籠から墓場まで悲惨なものなのさ」[200]

第五十四の手紙

ガセルからベン・ベレイへ[201]

ヌーニョの辞書の中で、「成功」という語と「成功を収める」という表現[202]はわたしの気に入ったものです。それらを説明したのちに彼はこう付け加えています。

「立派な手段で幸運を勝ち取らんと欲するものが、その希望を託せるものはひとつしかない。すなわち長所である。それほど几帳面ではないものは、より多くの手段を選び取ることができる。すなわち、ありとある悪徳や、ありとある美徳の外見である。状況に応じて最も適していると思われるものを、組み合わせたり、また少なくしたり、こそこそと、または堂々と、節度をもって、またはそれをかなぐりすてて、選べばよろしい」

第五十五の手紙

同上

「どうして人間は成功を収めることを望むのだろう?」それよりほかのことは何一つ考えない男に向かって、ヌーニョが言いました。「困窮する貧者が食べ物を望むことは理解できるし、平凡な境遇にあるものがよりよい条件を得ようと望むことも理解できる。しかし要職や仕事を得るためにどれほどの苦労や努力をしたところで、それが何になるのかわたしには分からんね。自分のある平凡な状態で、わたしは平穏に、心配事もなく暮らしており、わたしの振舞いが他人の批判の的になることもなければ、わたし自身の良心の呵責の因《もと》となることもない。あなたが望むような高い地位に置かれては、わたしはもはや食べることもできず、よく眠ることもできず、友達を持つこともなければ、あらゆる人間に平等な病苦から逃れられるわけでもない。そうであってみれば、わたしが今過ごしているような好ましい生活を送ることは叶わないだろう。かつて、ただ一つの考えのみがわたしに宮廷人として成功を収め、その恩恵をほしいがままにすることを望ませたことがある。わたしは自分自身に言ったものさ、友人たちのために善を成す方法をこの手の内に収めていることはなんと喜ばしいことだろうかと。そうしてわたしの本当に愛する人たちとその長所を想起しては、わたしが政府の長であったならば彼らに与えるだろう職務について考えを巡らせたものだ。というのも、それよりほかに望むことはなかったし、世話好きなわたしの野心が満足することがなかったのだから。この若者は品行方正で、選りすぐりの学識と人当たりの良い性格の持ち主だ。彼には司教の位を与えよう。別のあるものは完璧な分別を具えた、分け隔てない人柄で、人をひきつける魅力を持っている。彼をメキシコの副王にしよう。あれは天性の戦士で、その人物の価値ははっきりとしているし、腕ばかりでなくその知性もまた戦争に適している。彼に将軍の指揮杖を委ねよう。また別のものは王国内でも大変な名家の出であるばかりか、国際法に通じ、潤沢な財産を相続し、悲しみも喜びも抑制する術《すべ》を知り、あらゆる和平条約を読むことに関心を持ち、そうした書き物についての最も立派な蔵書を有している。彼をどこか一級の大使館に送ることにしよう。そのほかの友人についてもおなじようにしよう、と考えたのだ。

「そうした人々皆の第二の創造主のように自分自身を思い描くことはどれほどわたしの慰めとなっただろう。友人たちがわたしの成功の分け前に与るだけではなく、一族のものたちや召使いたちもまた、弥増す理由によってそうなるのだ。わたしの村からどれほどの従兄弟や甥や伯父たちがやってくるだろう、どれほどの隣人たちがわたしの影に庇護を求めることだろう。わたしは、貧しい縁者に知らぬふりをする多くの権力者とは違う。それとは正反対に、自然がわたしを結びつけたいかなるつながりをも否定することなく、これら成功の新参者たちがその地位を占めるまで、わたしが公然と推挙してやろう。着任当初はわたしの助けを必要ともしようが、後に彼らはその長所と才能によって、さらにはわたしを煩わせまいという義務によって、それぞれの場所でみごとにやっていくことだろう。

「忠節と労働をもって仕え、眠れない夜を過ごし、命令に従って我が意に叶うことを知る召使いたちもまた、この慈善の恩恵を受けるにどれほど相応しいことだろう。名誉でもあれば益得もある様々な職に就けてやろう。その地位に昇って十年後には、帝国の半分はわたしの息のかかったもので占められていて、知り合ったすべての人に善意の限りを尽くしたという歓びを抱いて息を引き取ろう。

「こうしたことを考えることは、生まれつき善良で友情を求める心を持つ人間にとっては間違いなく楽しいものだ。それは最も野心を持たない男の心を動かし、世間から遠く離れた男をその隠遁から引き出して成功と権威の道に入らせることができる。しかし二つの考えが、他者に善をなしたいというこの望みによってわたしにもたらされる熱意に水を差した。最初のものは、郎党の最も恩義を受けているものにさえにみられる、ありふれてもはや普遍的な忘恩のことで、これについては各人の世界で、その例の枚挙に暇がない。第二のものは、権力の座にあるものは職分や要職をその気まぐれや意向によって配するべきではなく、志願してきたものの長所によってするのでなければならないということ。彼は職位の主《あるじ》ではなく、管理者なのであって、血縁や友情、恩義のつながりを持たずに雲の上から落ちて来た人間のように自らを考えるべきであり、それゆえに、卓越した見知らぬものに害をなさぬよう、寵愛してやまない人々への庇護を何度となく拒まねばならないのだ、と。

「その意のままにできるのは」ヌーニョは付け加えて言いました。「自らのはたらきから得られる稼ぎと自分の財産だけなのだ」

第五十六の手紙

同上

郵便や仕事のある日は食事の後でわたしのいるところから程近い、ある家を訪ねるのがつねとなっています。そこではたくさんの人が集まって愉快なテルトゥリアを作っているのです。そこでの会話の内にいつも、憂鬱を取り除き、深刻で厄介なことから気を逸らせてくれることどもを見出します。しかし今日の事件は大変愉快でした。わたしが着いた時には皆コーヒーを飲んでおしゃべりを始める頃合でした。あるご婦人はチェンバロの前に腰を下ろすところでした。年若い二人の紳士はバルコニーで、随分秘密めいた様子で何かを読んでいました。別の婦人はリボン飾りを作っていました。若い将校は暖炉に背を向けていました。ある老人は火の傍《そば》の肘掛椅子に座っていびきをかき始めています。聖職者は庭を眺めながら黒と金色の書物[203]を読んでいます。ほかの人たちはおしゃべりをしています。到着すると皆がわたしに挨拶をしましたが、三人ばかりの女性は、おなじくらいの数の若者とともに、見たところ極めて真剣な話題に夢中になっておりました。

「あなたがた」その中の一人が言いました。「あたくしたちのスペインはもはや今ある以上のものとなることはありませんことよ。天もご存じのとおり、この胸は苦しみで張り裂けそう、なぜってあたくしは祖国をとても愛しているのですもの」

「スペイン人であることが恥ずかしいわ」二人目が言いました。

「外国の方々はなんと言うでしょう」先ほどまでそこにいなかった人が言いました。

「イエス様、もしフランスの修道院に入っていたならばどれほど良かったことでしょう。そうすれば、スペインにやって来てこんな悲惨を目にすることはなかったでしょうに」それまで口を開いていなかった人が言いました。

「わたくしは幾許かの目覚ましい武勲を上げた中佐でありますが、スペインなんぞに暮らすよりは、ハンガリー軽騎兵[204]の少尉であった方がましであります」三人の夫人と一緒にいた三人の男の一人が言いました。

「だからわたしは幾度となく言ったのです」三人組の別の男が言いました。「だから言ったのです、王国はこの世紀の残すところをも存続しえないであろうと。衰退はあっという間のことです、滅亡は近い。嘆かわしいことですよ！　なんてことだ！」

「しかしあなた」残っていた男が言いました。「こんな大問題に対策が講じられないものでしょうか？　驚きですよ。読み書きのできる人間が、こうした事態にあって悲嘆をおぼえないとお考えですか？　ピレネー山脈の向こう側ではわたしたちのことをなんと言うでしょうか？」

　こうした嘆きの声を耳にして、そこにいた皆が慄《おのの》き始めました。

「一体何だ?」ある人たちは言いました。

「どうしたんだ?」別の人たちも言いました。

三組の男女は、誰しもがその激しさを競い合って、不平と苦悶を口にし続けました。わたしはほかの方たちほどこの国の出来事に興味はないとはいえ、それほど真剣な不幸の検討に心を動かされ、そのような嘆きの原因は何であるかと尋ねました。

「もしや」わたしは言いました。「アンダルシアの海岸にアルジェリア人が上陸してあれらの美しい土地を破壊したという知らせでもありましたか?」

「いいえ」と一人の婦人が言いました。「あたくしたちが涙を流しているのは、それ以上のことです」

「勇敢なインディオの一部族があらわれて、北大陸のヌエボ・メヒコ[205]に攻め入ったのでしょうか?」

「それでもありません、それ以上のことです」祖国を愛する別の婦人が言いました。

「なんらかの流行り病が」わたしはさらに尋ねました。「スペイン全体の牧羊を、その羊毛が大変珍重されているこの国の羊を壊滅させたというのでしょうか?」

「そんなことは取るに足りませんよ」熱心な市民が言いました。「今わたしたちに起こっていることに比べるならば」

わたしはもろもろの王国が直面する公然たる害悪を数々列挙し、そのうちのどれかが発生したのかと尋ねてまいりましたが、長い時間が過ぎ、涙、すすり泣き、ため息、不平、嘆き、悲鳴、挙句の果てには天空の星々への罵りまでが口にされた後で、それまで黙っていた、女たちの中で最も分別がありそうな一人が、悲痛な声で叫びました。

「信じられますか、ガセル様、目を皿にして探しても、マドリードのどこにもこの色のリボンが見つからないなんてことを？」

第五十七の手紙
ガセルからベン・ベレイへ[206]

歴史著述におけるヨーロッパの方法に共通の悪徳がかくも根源的であることは、お知らせしたところですが、[207]世界史と呼ばれるもののより大きく、より広範に行きわたった悪徳はあなたを驚かせるでしょう。長大なものであれ、簡潔なものであれ、世界史の書き手を生み出さなかった国は、まずもってヨーロッパにはありません。しかし、いかにして世界の歴史、であるのでしょうか？　個別の歴史家たちにとっての障害と共通する、筆を導く先入見とその手を縛る尊敬に加えて、これら世界史の書き手たちは特別で固有な困難を有しており、それは各人がその個性をもってその国の年代記を、その王たちや将軍たちの輝かしい年代記を、その賢人たちによる科学の進歩発展を、現実にはどうでもよい細部とともに語り、ほかの国ぐにについては、四つか五つの目覚ましい時代を扱い、四人か五人の偉人の名を、それが歪められていようとも、挙げたならば事足れりと堅く信じているのです。イギリス人の世界史家は、その私掠船に多くの紙幅を費やすでしょうし、この世界にあってテュレンヌ[208]などという人があったとはまずもって口にしないでしょう。それがフランス人であれば、その劇場にあって英雄役の帽子をモリオン兜に変えた最初の俳優が誰であったかについて、同様な正確さでもって、喜んで伝えるでしょうが、マールバラ公爵[209]が誰であるかについては、失念しかねません。

「なんて失敗作を引き当てたものだろう」数日前、ヌーニョが言いました。「期待はずれもいいところ、著者が世界中の偉大な人物の生涯と謳う書名に騙されて、尊敬する高名な人々の名前をいくらか探してみても、一つとして見つけられないとはね！　索引を見てもオルドーニョたち、サンチョたち、カスティーリャのフェルナンドたち、アラゴンのハイメたち、その誰一人として扱われていないのだから。[210]

「君たちの先祖による枷を払いのけて祖国を救おうと、八世紀にも渡ってその血を流し続けた偉大な人物たちが数多ある中、ほんの二、三の名さえこの歴史家の注意を引くものはなかったのだ。これらよりほかの歴史を読まないとすれば、アカデミー・フランセーズより一世紀、場合によっては二世紀も先んじた著名な植物学者、人文主義者、政治家、詩人、雄弁家たちは、忘却のうちに葬られてしまうだろう。バスクやアンダルシア、ポルトガルの船乗りたちは、その豊富な経験と大胆不敵さをもって航海し、その船帆に包まれて大いなる栄誉に浴している。両シチリアとその海で一二八〇年にかけてかくも名高かったカタルーニャとアラゴンの戦士たちは、それらの書き手たちにとって死後の名声に値しないと思われたようだ。スペインが血で血を洗う戦乱に燃え上がっているあいだ、学問の命脈を保ったコルドバに住む君の宗教の賢人や、君の国の子孫たちもまた、そうした作品の一頁として占めてはいないのだ。

「同様の不注意については、著者の国を除いて、ほかの国ぐにもまた不平を洩らすだろう。世界史と呼ぶ美点が一体どこにあるだろうか？　シャムの賢人がもしヨーロッパのいずれかの言語を理解するにいたって、こうした歴史書を紐解き、その内容を報告するようにその君主からより命じられたとしたなら、その所見はこれらわずかな行数に要約されるだろう。『その検討を委嘱された世界史を一読し、そこから推察するに、ヨーロッパと呼ばれる世界のかの小さな部分ではたったひとつの先進国、つまり著者の祖国よりほかにはないようで、ほかの国ぐには無知蒙昧であるか、それ以下のものであり、各々の国には半ダース程の著名な人間すらありません。たとえ代々伝わる我らが伝承によれば、何百年も昔、我が国の岸辺にヨーロッパの人間たちがいくつかの船を寄せ、在りし日に彼らの国ぐには後世の賞賛に値する立派な人物を生み出した、と伝えるとしてもです。彼らの祖国や同胞について語るそうした旅人たちは、真実の観点から疑わしいものとされるでしょう。というのも、この世界史、その著者はそのすべてについて語っているのですから、ヨーロッパの学問にすっかり精通したものと考えねばなりませんが、この書物においては、そうした国ぐにについても、その子孫についても何も書かれておりませんので』とね」

実際のところ、親愛なるベン・ベレイ、たった一人の人間や、おなじ一国出身の大勢がそれを書くという方法を続ける限り、完全なる世界史が日の目を見ることはありますまい。

太陽面を金星が横切るのを観測するのに、ありとあらゆる国の天文学者が集ったのではなかったでしょうか？[211]　ヨーロッパのすべてのアカデミーがその天文観測を、科学実験を、あらゆる学問における進歩をお互いに伝えるのではないでしょうか？　それぞれの国が先入見を捨てて、四人か五人、その国の活発で勤勉な、卓越した人間の名を挙げて、彼らがその祖国にかかわる年代記に取り組み、それからそれぞれの国の人の刻苦の成果である作品を集めれば、ここに真の世界史、人類の偉業がそれに値する名声に相応しい世界史が完成するでしょう。

第五十八の手紙
ガセルからベン・ベレイへ[212]

文藝の共和国には、易々《やすやす》となれる賢人たちの一派があります。それは批評家という連中です。人類の学問で何がしかの事を修めるには、来る日も来る日も、そして何十年もの時間を必要とします。しかし批評にあっては、それを修めるものは最初の一日目から大御所となるのです。数学的思考、科学の実験、歴史の迷路、法学の混乱において、悟性の緩やかな発展に身を賭することは、われわれの人生の短さ、大抵は六十年を超えず、さらに幼年期の脆さ、青年期の放縦、老年期の病苦によってさらに減ずる、その短さを認めないことです。学ぶのに必要な時間に比すれば、「わたしの生きられる時間など、時間と呼ぶに値しない」という考えによって、われわれの自尊心は大いに打ちひしがれるでしょう。つぎの決断はどれほどわたしたちに阿《おもね》ることでしょう。この理由により何の知識をも身につけられないのであれば、わたしはすべての知識を有していると世界と自分自身に言い聞かせよう、そして聞く人、見る人、読む人に向けて「三脚机より」(*ex tripode*)[213]語りかけよう。

ですが、本物の批評家がこの連中に含まれると考えてはいけません。あらゆる尊敬に値する批評家たちもまたあるのです。両者はどこが違っていて、どのように見分けられるか、とあなたはお尋ねになるでしょう。間違いようのない確実な法則はつぎのとおりです。よき批評家は、なんらかの問題について、節度をもって、わずかしか話しません。その他の批評家は闘牛のようなもので、決心を固めるや目を閉じ、前にいるもの、人であれ、馬であれ、犬であれ、それに向かって、たとえその心臓に剣を刺されるとしても、突進していきます。理性ある人間と獣との比較が下劣に思われるかもしれませんが、実際はそれほどでもありません。というのも、理性を育むことをせず、わずかに残されたある種の本能のままに、敵であれ味方であれ、弱かろうと強かろうと、罪があろうとなかろうと、目の前に現れたありとあるものに害をなさんとするものたちを、わたしは人間と呼ぶことはできないからです。

第五十九の手紙

同上

ヨーロッパでは、歴史は王たちの書物と言われます。これが正しく、歴史が今日までのように書き続けられてきたとするならば、王たちは彼らが耳にする以上に数多くの嘘を読むよう運命づけられているものと確信いたします。人々のあいだに起こった事件にかんする精確な報告、諸国家の成立と、その頂点、そして衰退の記録が、ほかのものたちが行ったところから得られる何事をなすべきかの教訓を、わずかな紙数で君主に授けるだろうことは疑いを容れません。しかし、どこにこうした報告や記録が見出されるでしょう？　ベン・ベレイよ、それはありもせず、またありえもしないのです。このように述べたことについてあなたは驚愕されるでしょうが、一考くださるならば容易に信じていただけるはずです。ある出来事については、それが起こった時代には書くことができず、それが起こった後の時代にしか記述することができません。事件の当時にあっては、それを書こうとする筆が、なんらかの国是や先入見に押しとどめられないことがあるでしょうか？　事件の後となっては、それを後世に伝える歴史家は、今述べたような筆が残したものよりほかに、どのような資料に拠ってその仕事ができるでしょうか？

「わたしは喜んで命じたでしょうね」数日前の晩、テルトゥリアでわたしはヌーニョに言いました。

「今世紀のものを除いて歴史書のことごとくを焼却するようにと。批評精神と、公平性と、公正な判断に満ちただれかにそれを書く任を負わせたことでしょう。読者の胸中に、歴史の重みよりも歴史家の美質の方をより重要に思わせることがつねである、そうした考察は抜きで、ただ事実だけが作品全体を形作るようにさせたことでしょう」

「で、それはどこで印刷されえただろうか？」ヌーニョが言いました。「そして誰が読んだだろう？　どのような効果をもたらしただろう？　作者はどのような報酬を受けとったのだろう？　そんな歴史書は」彼はおかしそうに付け加えました。「ホーン岬と喜望峰で印刷せねばならないだろうし、ホッテントットとパタゴニア人に読んで聞かせねばならないだろうね[214]それでも、わたしたちが野蛮人と呼ぶ彼らの内にも間違いなくあるだろう賢人が、彼らに読み聞かせるたくさんの出来事を聞いて『どうか、野蛮さと幼稚さとに満ちたその話を読むのをやめてくれ』と言うのじゃないかとわたしは思うよ。そしてわれわれの知るこの世界でそんな事件が起こるような場所があるなどということは信じもせず、若者たちはその踊りを、狩猟を、漁を続けることだろう。今日なされているような歴史書は、書き続けられればいい。われわれの世紀、われわれの英雄、われわれの先祖について、ヘラクレスの試練や黄金の羊毛[215]を探す冒険について語るのとあまり変わることのない権威をもって、後代に伝えられるといい。前者が散文で、後者が韻文で綴られているということよりほかに何の違いもなく、歴史と物語が混同されればいい。調子は違えど、真実は真実だ、そしてわれわれがアイネイアスの世紀の出来事について無知であるように、われわれの子孫もこの世紀に起こったことについておなじくらい無知であればいいのさ」

テルトゥリアの一人が、ヌーニョの皮肉な計画と、さきに述べられたこととに区別を与えようとしました。その意見によれば、それぞれの世紀に三種類の歴史が書かれるとのことです。一つは民衆のためのもので、その中では人間と武器で満たされた馬や、敵味方に分かれた神々、驚くべき出来事が扱われていま す[216]もう一つはより真正ですが、それほど誠実ではないもので、大きな機械を動かしている仕掛けをすっかり明らかにするものです。これは中庸の人々の用途に向けられます。最後のものは政治的ならびに倫理的考察を含んだもので、印刷部数も僅少で、ただ「君主たちの使用に」(*ad usum Principum*)限られます。

政治的見地よりこの案は悪くはないと思いますが、スペインの歴史家には、それをもう実践したものたちがあるように思えます。すなわち、ガリバイは第一の、マリアナが第二の、ソリスは第三の意図をもってその歴史書を著しました。[217] しかしわたしは政治家でもなければ、それになりたいとも思いません。わたしはただ賢い人間になりたいだけなのです。その思いからわたしは申しましょう、真実だけが時間を埋めるに相応しく、すべての人間の注意を引き付けるに値すると。それがとりわけ人々を統べるものたちにとってであるとしても。

第六十の手紙

同上

もし人間が礼儀作法と行き過ぎとを、事実と権利とを区別できるならば、家庭内の会話における争乱がこれほど多く、執拗にして、堪えがたくはならないことでしょう。その逆、というのが現に行われているところですが、それは社会の甘美なるものに多くの苦みを加えて、長々しい混乱を引き起こします。各人の偏見は闇をなお濃くし、目を閉じれば閉じるほどにより判然と見えるものに、人々は固執します。

しかしこの行いの行き過ぎが最も痛感されるのは、その性質についてであれ、その習慣についてであれ、その言語についてであれ、国ぐにについての会話の中です。

「わたしの父親が口にするのを聞いたことを覚えているが」このことについて語りながら、ヌーニョは言いました。「前世紀の末、カルロス二世がご病気の時代に、ルイ十四世はその孫をスペインの玉座に就かせる最重要の足掛かりとして、スペイン人たちの歓心を得るためにありとある手段を用いたのだが、全フランス艦隊は半島のどこかの港に入港する際にはいつも、できる限りスペイン人の習慣に従うものという命令を受けていた。これは分隊、艦艇、ガレー船の指揮官たちの規律の中で最も重要な項目となっていた。それは優れた政策に沿うものであり、将来の計画に大いに道を開くこととなった。しかし、この賢明な予防策の行き過ぎは、カルタヘナで起こったある事件に悪い作用をもたらした。というのは、その港町にわずかなるフランスの艦隊が到着したのだが、その指揮官はある将校を小舟に乗せ、領主の前に推参しその表敬の意を伝えるように派遣した。その際、その国の習慣にできる限り従うという目的で、また上陸に先んじてそれを実践するべく、埠頭に船を着ける前にスペイン人たちの服装の中に、フランスの士官たちが模倣できそうな特徴があればそれを観察するように命じた。その将校は昼の十二時、七月の昼寝時の最も暑い時間に埠頭に到着した。彼は波止場にどのような人々が集っているかを見た。しかし季節の厳しさは波止場を閑散とさせていて、そこにはほんの偶々《たまたま》、眼鏡をかけた厳めしい修道士と、程近いところにこちらもまた眼鏡をかけた年老いた騎士があるばかりだった。フランス人の将校は無鉄砲な若者で、住民の習慣にまつわる倫理的考察を行うよりも、火船を操って艦隊を焼き払ったり、敵の艦船に突撃したりする方に向いていたので、スペイン王のすべての臣民は、老若男女、身分を問わず、議会で決定されたなんらかの法律によって、あるいは法とおなじ効力を持つ勅令によって、昼といい夜といい、少なくともひとつの眼鏡を着用するように定められているものと考えた。指揮官の船に戻ると、目にしてきたところを報告した。すべての将校たちが、そのありったけの鼻に載せるための眼鏡を見つけようとした窮状は、説明できない。ある将校の召使いのひとりは、主人の旅の最中ある種の商売をしていたのだが、そいつが偶然何十という眼鏡を持ち合わせていたので、その将校や仲間たち、波止場に戻っていく小舟の乗組員たちはすぐさま、それをかけた。入港の際、フランスの艦隊が着いたという知らせで埠頭は人でいっぱいになっていたが、そんな知らせのもたらす驚きなど、フランスの将校たち、その大半は優美に制服を纏い、その振舞いは陽気でにこやかに会話をする彼らが、かくも場違いな道具を身につけて上陸するのを目にしたときの驚きとは比べ物にならない。駐屯軍を構成する、ガレー船を指揮する兵士の中隊が二つ三つばかり、住民とともに艦艇の視察に訪れた。海と陸とを行き来するこの手の軍人たちはスペインでもたちの悪い連中からなっているので、笑いを抑えることができなかった。気の短いフランス人たちは、尋ねるというよりは罰を与えたいという思いで、その嘲笑の理由を問いただした。するとスペイン人たちの笑いはさらに大きくなり、事は粗野な軍人連中のあいだで起こるだろう所に落ち着いたのだ。騒ぎを聞きつけ、当地の総督と艦隊の指揮官がやってきた。こちらはフランス語を、あちらはスペイン語を理解しなかったので、お互いの意思疎通を図ることができなかったために、騒乱の出どころとなった原因とその辿った末路を調査するふたりの首領は、その慎重さゆえに、人々を落ち着かせるのに多少骨を折った。それどころか、艦隊付きの司祭と現地の聖職者も通訳としての務めを果たそうとしてラテン語で話し始めたが、お互いのやり取りを何一つ理解できなかった。というのはその発音が多様であったせい、そして前者が後者のｊの発音の品の無さを、後者は前者が二重母音のアウ（ａｕ）をオ（ｏ）であるかのように発音するのを笑うのに費やした時間が長かったせいだ。[218] そうしているあいだにも兵士たちと水兵たちはお互いをぶちのめし合った」

第六十一の手紙

同上

この国にはそのほかの国ぐにによってひじょうに高く称賛されている一冊の本があります。わたしはそれを読み、当然にしてそれを気に入りました。しかし、文字通りの意味とは別に、その真の意味はまるで違うものなのではないかという疑いがわたしを苛んでやみません。これ以上に、ヌーニョの辞書を必要とする作品はないでしょう。書かれているものは、巨人や魔法使い等々が存在すると信じるひとりの狂人による一連の奇行であり、とある愚鈍な男の口に発せられる警句であり、鋭く批判された生活の場面です。しかしこの外見の下にあるものは、わたしの考えるに、深淵で重大な問題の集合です。[219]

各国の古典[220]のことを言えば、ヨーロッパの作家それぞれの特徴はつぎのようなものと思料します。スペイン人は想像したことの半分を書き、フランス人はその文体の力によって考える以上のことを書き、ドイツ人は何もかもを書きますが、それは半分も理解されず、イギリス人はただただ自分自身のために書くのです。

第六十二の手紙

ベン・ベレイから、第四十二の手紙への返事

先ほど受け取ったあなたの手紙[221]は、ガセルがあなたについて何度となく書き知らせてきたことが真実であることをわたしに証明してくれました。あなたがたのあいだに誠実な人間があろうことをわたしは疑ったことがありません。誠実と正直があれやこれの風土に特有のものであると考えたことはありません。それでも、ガセルがあなたという人と出会えたことはこの上ない幸運であったと思います。あなたを頻繁に訪ねるように彼に命じましょう。またあなたは、ご自身の生活についてわたしに知らせてください。わたしも自分のそれを詳細に綴ってあなたに送ることを約束しましょう。われわれはともにこういう人間ですから、お互いのことをすっかりとよく知る価値があるでしょう。アラーがあなたをお守りくださいますように。[222]

第六十三の手紙

ガセルからベン・ベレイへ

我が友ヌーニョによる「政治（política）」とそこから派生する「政治家（político）」の定義に従えば、[223] この名の栄誉に浴したいと望む多くの人間を目にします。彼らは真実も嘘もおなじ調子で口にします。神、父、母、息子、兄弟、友人、真実、責務、義務、正義といった言葉になんら価値を認めませんし、わたしたちのようなものはそれほど高い響きを持つ、崇高な方々と肩を並べることを望まないがゆえに大いなる尊敬をもって見、注意深く口にするほかの言葉にも価値を認めません。彼らは服を着替えるよりも頻繁に顔色を変えます。賛辞や祝辞や弔辞の蓄えを持っています。曖昧な言葉を豊富に有し、華麗でありながら空疎な表現を知悉しています。大変な努力によってしかめっ面や微笑、笑い、涙、嗚咽、ため息から（人間の悟性の可能性を見せるものとして）失神や体調の急変までを数え切れないほどに取り揃えています。その魂の住まう肉体は柔らかで思いのままになり、話し、聞き、称賛し、見下し、許可し、非難するのに何十という姿勢を有しており、最も重要な動きから、最もささいな身のこなしにいたるまで、この深遠な論理と実践の知識は行き届いています。ようするに、彼らは風向きを示す風見鶏であり、日時計であり、可塑性のある石であり、宮廷の偉大なる書物の総目録といったものです。では、こうした人々はなぜ成功を収めないのでしょうか？　それはその知識の無益な演習とくだらない実験にその人生を費やしてしまうからです。その労苦から実りを得ないのはどうしたわけでしょうか？　彼らにはひとつのものが足りない、とヌーニョは言います。それは一体何か、とわたしは尋ねます。ささいなものさ、とヌーニョは言います。彼らには頭のはたらきが足りないのだよ、と。

第六十四の手紙

ガセルからベン・ベレイへ[224]

この宮廷のいくつかの家々に出入りするようになって日の浅い頃、つぎの三つの請願書がわたしのところにやってきました。その頃はちょうどキリスト教徒たちが謝肉祭と呼ぶ時期にあたり、そういう行事に慣れ親しんだものによる冗談であるかと思ったのですが、それというのも、かような請願が書かれようとはわたしは夢にも思わなかったのです。しかしヌーニョはそれを見て、それを書いたものの真剣さは疑いを容れないと言いました。目を通してくれるようにと送ったそれに、彼はそうするのが当然とばかりに好意的な報告を添えたのみならず、友人としてわたしにその報告と請願を受諾させようと大変熱心につとめたのです。

あなたがヌーニョとおなじように好意的にそれらを受け取るのであれば、きっとその内容をお認めになるでしょう。信じられないとはお考えになりませんように。というのも、わたしはさらにもっと馬鹿げたことを目にしているので、これらが通常のことであると請け合うことができます。三つの請願書を手元に届いた順にお送りします。

第一の請願書

モーロの殿方。一七四八年よりマドリードに居を定める帽子の縫子、フアナ・コルドンシーリョとマグダレーナ・デ・ラ・セダとその仲間たちは、[225]組合の名と権利のもとに、最大の敬意をもってあなた様に申し上げます。われわれは本宮廷内外の顧客の皆様のおつむから全般的な承認を得て、そのご注文とご依頼により、裁ち、縫い、帽子を組み立てる生業に、そこで生起する様々な流行に沿いつつ従事しておりますが、その財産を、さらに言えば、その名誉と名声をも失う深刻な危機に瀕しております。というのも、いと高き「帽子術」の技能にあって、新しい流行を創出するための時間が僅少であるがためです。

われわれの部隊がイタリアから戻りました頃は、シャンベリ[226]風の帽子が導入されましたが、その前つばは大変に鋭く、たとえメスがなくとも、いたいけな少女にさえ瀉血をさせるに役立っただろう程です。この流行は、インディアス帰りのものたちがそのように仕立てられたビーバー毛皮帽の裏打ちをおなじビーバーのフェルトで仕上げるという革新を別として、長らく続きました。

プロシア風帽子[227]の流行はわれわれの組合創設の頃でありました、というのも、その時から帽子の形は変容し、先述のつばの尖りや広さ、長さは小さくなっていったからです。

これはポルトガル戦役まで続きましたが、それが終わるとシステムが変わり、我が国の軍人たちはボーヴォ風[228]に誂えられた帽子を導入して身につけるようになりました。この変化はわたしたちの商いに新しい基盤を与えました。

マドリードである人たちがそう願っていたとおりに、帽子を脇に抱えるという流行が広まらないようにと、われわれは皆、祈祷を行う寸前でありました。[229]

この驚愕は長くは続きませんでした。優美な髪形を損ないながらも、再び頭を覆うようになりました。われわれは理髪師相手に勝利を収め、われわれの産業は隆盛を新たにしたのです。好機となった変化によって得られたこの勝利を荘厳に祝いたかったのですが、その許可は与えられませんでした。しかし書記は、我らが帽子業界の年代記にそれを記し、保存しております。

この流行が下火となり、スイス風の帽子が流行となりましたが、この製品によってたちまちにして十四の州[230]にあるのとおなじくらいたくさんのお金がわれわれのあいだに流通するだろうと考えました。しかしフランスの理髪師たちが、優れた視力か立派な顕微鏡を持っていなければ見分けられないような新たな帽子を導入して、この流行にとどめを刺しました。[231]

武器と文藝のみならず、産業においてもフランス人たちの永遠のライバルであるイギリス人たちが乗馬帽をもたらし、これによってわれわれは打つ手を無くしました。しかし天佑によってわれわれは以前の状態に戻りました。と申しますのは、「目に見えないような」造作の帽子[232]の流行は持続性と、そしてこう言ってよければ、われわれの組合の老婆たちでさえ知らぬ、前例なき不変性でもって永久に続くものへとみえるからです。この恒常性はモラルにとって大変よいものでしょうが、政治にとっては、とりわけわれわれの業種にとっては、大変悪いものです。もはやわれわれはこの仕事をあてにできません。いかなる従僕、馬丁、馬車付きの下男さえそれを作ることができるのですから、われわれは日に日に用無しとなっていきます。そうして数ある職人のあいだでもすっかり余分な存在となり、施しを請わねばならないことでしょう。そのようなわけで、もしあなた様がスペインにおいでにならなかったならば、われわれの破滅はもはや不可避となろうとしていたことをよく考慮した上で、われわれの置かれた悲しい現状をお知らせ申し上げました。そこでお願いがございます。

我が国の若者の帽子のモデルや規範、型を得られるよう、あなた様の祖国で使用されているターバンの絵が一ページごとに描かれた、あるいは印刷された帳面をお作りいただけないでしょうか。モロッコ風の帽子が彼らの気に入らぬことはないものと大いに自信を持っております。それぱかりか、あなた様のご同胞は、そのおつむと我が国の洒落者のおつむとのあいだにわずかも似たところがないことにいくらか心を痛めておいでなのではないでしょうか。あなた様のいと高き徳により、われわれが恩寵を授からんことを願い、われわれが必要とするあなた様の長久を神がお与えくださいますように。

第二の請願書

モロッコの旦那様。仕立て職人組合の代表団は最大の尊敬とともにあなた様に申し上げます。新奇なるものがわれわれの生活を今日まで支えてきたのですが、人間の悟性の豊かさも間違いなく枯渇するに及び、というのはもはや、カザック、チュパ[233]、カルソン[234]、ソブレトド[235]、レディンゴテ[236]、カプリオレ[237]、カパを仕立てることに有益な革新は見られないからですが、われわれを照らしてくださる方の出現を希求しております。最新流行のズボン、ひとつ前のもの、さらにその前のものは、もはや何も変わるところがありません。裾が太いか細いか、ボタンの数は多いか少ないか、そのボタンは大きいか小さいか、議論は煮詰まっており、ズボンにかんする限り人間の頭のはたらきは「行き止まり」(*non plus ultra*)[238]にいたったものと思われます。そこでお願いがございます。

アフリカで使用されているズボン、短いズボンや長いものの様々なるデザインをわれわれにご教示いただけないでしょうか。それらを我らが古参の仕事台の上に載せたならば、最も経験豊かで慎重な組合員たちが、ズボンの流行に取り入れるのがよいと思われる何事かを学ぶことができると思うのです。アフリカのズボンから採ったものであっても、我らヨーロッパ人のズボンに適応させうるなにかを見出すことができれば、われわれの信用と稼ぎは再びそのいと高き頂点に達することができるものと信じております。あなた様の善意を賜らんとするものに御慈悲を。そして神があなた様の命を長きに渡ってお守りくださいますように。

第三の請願書

ガセル様。カタルーニャの靴職人組合の七人の古老は最大限の尊敬をもって、その仲間たち皆、古靴屋、玄関戸口で商いをするもの、修理屋にいたるまで、あなた様の御御足《おみ》の前にひざまずいてご報告申し上げます。われわれはけしからぬことこの上ない靴製造業の破綻に瀕しております。といいますのは、靴の消費の少ないことに加えて、すこし前までは自分の足で歩き、またつねに自分の足で歩かねばならなかった多くの人が馬車で移動するようになり、裁断、縫製、染色など靴というものにかんしては変化が乏しいところから、われわれは貧しくなっているのです。

色つきヒールの流行時期は過ぎ去り、われわれにとって大いに実入りの良かった、というのは一足を仕立てるのに材料は六分の一少なく済みながらおなじ値段で売れたからですが、低い位置に留め金を締める時期もまた去りました。

すべては動きを止め、膠着したように思われます。少なくとも、今世紀われわれに残されているボタン付きの丈の高い靴は、ふくらはぎまでを覆う半長靴かサン・ミゲルの靴[239]にしか見えません。流行が変わらないことによる被害に加えて、定められた値段を上げることができないため、六分の一余分にかかる材料の損失が続いているからです。そこでお願いがございます。

ブーツ、小ブーツ、靴、バブーチャ[240]、チネラ[241]、アルパルガタ[242]その他ありとあらゆるアフリカの履物一式をわたしたちにお送りいただけないでしょうか。それらからマドリードの通りを歩くのに適していると思われる革新を知ることができると思うのです。あなた様より賜る情けを心待ちに、神と聖クリスピン[243]があなた様の人生を長きに渡ってお守りくださいますように。

請願書は以上です。ヌーニョはすでに述べたとおり、極めて速やかに仔細を伝え、その述べるところを支持し、さらにはわたしにそれらを読み聞かせるのですが、わたしの考えがどこか気力を欠くと知るときには、自らの想像から来る所見を添えたりします。

昨晩、それらを読み終えて彼が言いました。「ごらんよ、ガセル、これらの請願者たちの言うことはもっともだ。たとえば帽子のつばを作る職人たちは国家にとって有益な組合を成していると思わないかい？　我が軍の兵士の帽子が誰それの手によって裁断され、つばの尖りを立てられ、組み立てられ、飾り紐やリボンを施されているということの知識は、我が軍の名誉にとてつもなく貢献していると思わないかい？　わたしたちの時代を記す歴史家たちが、何年にどこの通りの何番に住んでいた人間は士官候補生の衛兵百人、歩兵四百人、騎兵二十八人、下級将校八百人、隊長三百人、上官百五十人分の帽子のつばを仕立てたと書き遺したとすれば、後世から大いに感謝されることにならないだろうか？　もし誰かが、近代のわれわれの頭の主要な部分にあれやこれやの革新をもたらした人間の名前と年齢、職業、生涯、習慣を書き記すならば、われわれの世紀にとってどれほど大きな名誉となるだろう。彼らはこれまでに考案されてきた製品にどれほどの嫌悪をおぼえたことだろう。この障害に打ち克つためにどれほどの術策を巡らせたことだろう。あれやこれやの栄誉を欠いた帽子職人たちをすみっこへ追いやるなどということが、どうしてできたものか。

「仕立て職人については、彼らの請願は大いに的を射ているし、靴職人の懇願もまた負けず劣らず正当だと思う。告白するがね、わたしもかつて洒落者であった時期がある。靴の留め金を低い位置で締めるのが流行っていた頃（今では馬車付きの下男か御者か伊達者のあいだでしか見られない代物だ）、わたしもすっかりこの病気にやられていたのだ。わたしの歩き方のせいか、あの頃は雨が多かったせいか、それともわたしが少しばかり流行の法則を守るのに極端かつ厳格であったためか、わたしは靴の留め金をこれ以上なく低い位置に締めていたので、道に脱ぎ落としてくることがしばしばあったのだよ。そんなある日、パルド通りの方からやってきたご婦人に話しかけるために馬車のステップに足を乗せていた。わたしが慌ただしくステップから飛び降りると、靴はそこにとどまってしまった。ラバは手綱に従って時速三レグア以上の速足で駆けだした。わたしは、片方の足は裸足のまま、ちょうど人々が太陽を浴びに出かけてもぬけの空となったマドリードの美しい冬の午後、サン・ビセンテ門から半レグアの距離に取り残された。猿のように真っ赤になって恥じ入りながら大通りとマドリードの多くの場所を、片靴で横切らねばならなかった。きまりが悪くなって寝込んでしまい、留め金を高いところで締める流行が現れるまで家の中に閉じこもっていた。しかしあの極端から現在の最新の流行まで、何年も過ぎて、長いあいだわたしは足の上を留め金がゆっくりと登って行くのを、我慢強く、また天文学者がある星を観察するのに十分な点に来るまで、地平線上の星の上昇を眺めるように注意深く、観察してきたものさ。

「そのようなわけで、これらの人々に従うべきモデルを提供してやってほしい。その中にはわたしの気に入るものもおそらくあるだろうし。ただし、君にとっては厄介なことになるだろうね。なぜと言うに、君の助言がそれを求めた組合に利をもたらしたとほかの職人たちが知れば、皆が君におなじ恩寵を求める同様の面倒を持ち込んでくるだろうからね」

第六十五の手紙

同上

「わたしはかつて」少し前にヌーニョが言いました。「人々に白痴と蔑まれるか、復讐を果たしうるがゆえに嫌悪されねばならない、という状況に陥ったことがある。自尊心にもかかわらず、わたしは膝を折る道を選択した。人々は大いにわたしを蔑んだので、わたしには繰り返し思い浮かべたつぎのような考えよりほかには慰めとなるものはなかった。それというのは、わたしが口を開けば、人々はわたしを嘲る代わりに、恐怖に慄くことになるだろう。しかしそんなことをしたところで、わたしは自分の価値を下げることになるばかり。彼らの権勢は霧消するかもしれないが、わたしの心の内の証は墓所の彼方までわたしとともにある。だから、彼らは好きにするがいい。わたしはするべきことをするだけだ、というものだ」

この教義は疑いもなくすばらしいもので、我が友ヌーニョはそれをみごとに守ります。しかし悪人が善人の忍耐と美徳に付け込むというのは、見るに堪えません。その悪辣さは、森で無防備に寝入っている旅人から泥棒が盗み、その命を奪うのと変わりありません。むしろそれ以上です。というのは、不幸な被害者は彼に対してなされている悪を知りませんが、この場合有徳の人は彼をこっぴどく傷つける手を絶えず目にするのですから。しかしながら、これは世にありふれたことと人は言います。

「それほどでもないさ」ヌーニョは答えました。「人々は過剰な誠実さにうんざりするので、可能なときにはいつでも仇を討つのだよ。あの状況にあって一番わたしを慰めたのは、自分の振舞いにおいて誰とも異なることを自覚していたことだった。もしわたしが自分の誠実さについてより厳格な検証を必要としたならば、彼らにさらにおかしみの種を与えたことだろう。彼らのこの上ない残酷さがわたしにとっては最大の慰めとなり、ほかの人々にとって過酷な拷問となりえたものが、わたしには新たなる喜びであったのだ。わたしは自分を二流のベリサリウス[244]のように思ったものさ。わたしの地位がより高く、墜落がより激しい場合にわたしの満足もまたより大きいものであったならば、それこそ一流でありえたのだろうが」

第六十六の手紙

同上

ヨーロッパには様々な種類の書き手がおります。あるものたちは筆に上ることを書き、別のものたちは命じられたことを書きます。また別のものたちは思っていることと反対のことを書き、ほかのものたちはへつらいを浮かべながら、大衆が喜ぶことを書きます。またあるものたちは、彼らの気に障ったことを非難がましく書きます。第一のグループの書き手たちは、大いに的を射たことや、大いに的を外れたことを書くため、より大きな栄誉やより大きな災厄に晒されます。二番目のグループのものたちは、その仕事にたしかな褒美を得るものと自惚れていますが、出版の後にそれを書くよう命じた人が死んでしまうか、地位を離れるかすると、流儀の異なる後任者が現れるので、報償の代わりに罰を見出すことがよくあります。三番目のグループの書き手たちは、ヌーニョに言わせると活字で印刷したように明白な嘘つきで、記録に残した上で万人の憎悪を受けるに相応しい連中です。四番目の連中には、へつらいが度を越さない限りにおいて、弁明の余地があります。最後のものたちは、その勇気によって賞賛に値するでしょう。というのも、悪徳に身を浸して安穏とするものや、それらをほしいがままにすることはすばらしい特権であると考えるものを非難するのに必要とされる勇気は小さいものではありませんから。それぞれの国は程度の差こそあれ厳格な検閲者を、あるいは複数の検閲者たちを持っています。しかし大衆の尊敬を多少なりとも受けつつこの職務を全うするには、それを行うものは検閲の対象の害から完全に免れていなければなりません。古代ローマにあって、明らかな強欲さで巨万の富を蓄えるのとおなじその手で、贅沢や豪奢に対する批判を書き連ねるセネカを、一体誰が我慢できたでしょうか？　権力者たちをその栄華において凌ぎたいと熱望するものが書き連ねる中庸の賛辞など、一体どのような効果を生み出しえたでしょうか？　行いと書いている内容が正反対であることは、大衆の純朴さを嘲笑する最も非道なやりかたであり、そしてまたその詐術が明るみに出れば、その純朴さを激高させる最も強力な方法となります。

第六十七の手紙

ヌーニョからガセルへ

君がビルバオに到着して以来、君からの手紙を受け取っていない。ほかの何者にもまるで似ていないその地の人々について君がどのような考えを抱くのか、それを知りたくて首を長くして君の手紙を待っている。首都にあって人々は、他所の国の首都のそれに似ているが、田舎や地方の人間は真に独特だ。言葉、習慣、装いはほかのものとまるでつながりを持たず、まったく特異なのだ。

君がそれほどに求める学問や教養の話題はこのところ何もない。そのかわり、すこし前にある友人とレティーロの庭園にいたときに起こったことを話そうと思う。この友人は、本物の賢人であると皆が誓って言う。というのも、二時間を寝台の内で過ごし、四時間を鏡台の前で、五時間を訪問に、そして三時間を散歩に費やすのだ。彼はこれまでに書かれたすべての本を読んだと評判で、予知によってこれから書かれる本を読んだといい、その言語もヘブライ語、シリア語、カルデア語、エジプト語、支那語、ギリシア語、ラテン語、スペイン語、イタリア語、フランス語、英語、ドイツ語、オランダ語、ポルトガル語、スイス語、プロシア語、デンマーク語、ロシア語、ポーランド語、ハンガリー語、はてはラランメンディ師のバスク語にまで及ぶというのだ。[○245] このような人が、わたしと近年出版された書物と出版物について言葉を交わしながらこう言った。

「最近の書物めいたものを随分見ましたがね」そういって彼は嗅ぎ煙草を一つまみすると、微笑んで続けた。「あるものが欠けているんですな、ええ、ひとつのものが」

「足りないものも余分なものも山ほどあるのではないですか……」わたしが言った。

「いやいや、そうじゃない」友人は応えて、嗅ぎ煙草をもう一服して再び微笑し、二、三歩進んで続けた。「ただ一つですよ、われわれの作家のよき趣味を特徴づけるものといえば。それが何かご存じですかな、ドン・ヌーニョ？」親指と人差し指とのあいだで箱を弄びながら彼は言った。

「存じませんね」わたしは簡潔に答えた。
「ご存じない?」相手は尋ね返した。「ではお教えしましょう」そして彼は嗅ぎ煙草をもう一つまみして頬笑み、また三歩ほど進んだ。「彼らに足りないものは、ですな」勿体ぶった口調で彼は言った。「彼らに足りないものは各段落の冒頭に誰かしら古典の作家からとったラテン語の一文ですよ、その引用と『我が蔵書より』(*mihi*)、と括弧に入れて典拠を示すことです。これによって作家は大衆に、彼が『質量においても、形相においても』(*materialiter et formaliter*)アウグストゥスの時代をすっかりものにしていると理解させることができるのです。いかがですかな?」そうして彼は二倍の量の煙草をつまみ、微笑み、歩を進めこちらを見やると、通りに姿をあらわした新しいガウン[246]を着た女性にその意見を奉るべく、わたしを置き去りにした。[247]
一人残されたわたしはつぎのように考えを巡らせていた。あのように神がお造りになったあの男は、知識の泉、学識の海、教養の大海原と人々に思われている。つまり彼のやり口を真似すれば、わたしも立派にそうなりおおせるだろう。さらばだ、とわたしはひとりごちた。さらばだ、一五〇〇年代のスペインの賢人たち、一六〇〇年代のフランスの賢人たち、一七〇〇年代のイギリスの知識人たちよ。アウグストゥスの時代の格言めいた断片を探すのだ、幸いにもこの年に書かれたものの冒頭に置くべき章句を見つけるのに、さらに数世紀を遡る必要はない。今年というのは、暦が間違っていなければキリスト紀元一七七四年、アラビア人のヒジュラ紀元で一一八七年、創世より六九七三年、大洪水から四七三一年、スペイン建国から四〇一八年、マドリードが建てられて三九四三年、オリンピア紀で二五四九年、グレゴリウスの改暦から一九二年、信仰厚く慈悲深い我らの君主カルロス三世、神の守りがあらんことを、その王の治世になって十六年目の年のことだ。

わたしは家に帰り、ただ一つの書物よりほかに開くことなしに、これらエピグラフの完全なコレクションに出くわした。それらを抜粋し、まさしく真剣に書きとめた。筆耕を呼んで（君もすでに知っている、とても変わった男だ）、彼に言った。

「ねえ、ドン・ホアキン、君はわたしの文書係で、散文であれ韻文であれ、わたしの書き物、書き付け、反古《ほご》の管理を立派に務めている。そこでなんだが、伊達男や貴婦人のためのモットー集にしか見えないだろうが、このリストをもって注意を払っていてほしいのだ。以後、公衆のために何か書きたいという欲求にわたしが陥ったときには、これらの章句を状況に応じてわたしの作品の一つ一つに付け加えてほしい。元々の意味から逸れてしまっても構うことはないよ」

「ようございます」我がドン・ホアキンは言った（この時間にはもう眼鏡を取り出して、新しいペン先を削り、流麗な筆跡にたくさんの飾りを添えて『親愛なるあなた様』の書き出し部分を試し書きしていた）[248]。

「こんな具合にしてほしいのだ」わたしは続けた。「もし物事の浅薄きわまることについての論述をわたしが求められたなら、求められると思うのだが、ペルシウスのそれを付け加えてほしい。

おお、人間の不安よ！　どれほどの空虚が万物に宿るのか！

(*O curas hominum! Quantum est in rebus inane!*)[249]

「もしその喪失がとても胸に堪える著名な誰かの死に際して、とても悲しい哀悼詩をわたしが寄せるときには、トロイアを陥落させた兵士たちのよく知られた冷酷こそが打ってつけであることがわかるだろう。ウェルギリウスとともにこう言うとしよう。

この話を前に、
たとえミルミドンやドロペスであっても、また手強きウリセスの兵士であっても、
誰が涙を抑えることができよう！

(*...quis talia fando*
Myrmidonum, Dolopumve, aut duri miles Ulyssei
temperet a lacrymis!)[250]

「神が恋についてわたしに書かせるようなことがありませんように。しかしこの人間の弱さに躓き、あれらの山や谷、森や岩山を彷徨《さまよ》っては、アマリリス、アミンタ、レスビア、ニエ、コリナ、デリア、ガラテア、そのほかの名前を口にして木霊《エコー》の妖精を苛むことがあれば、なにはさておいてもオウィディウスを忘れることがあってはならないよ。

愛の神がわたしに書くように命じた
（*scribere jussit Amor*）[251]

「もしわたしが、アダムの裔《すえ》なるもの皆に起こりうる数え切れない不幸ゆえに、誰か友達を、あるいは自分自身を、静かに慰めることがあれば、ホラティウスのとても美しいこの一文を使ってほしい。

困難な時にあっても、
心の平静を保つようにせよ
（*aequam memento rebus in arduis servare mentem*）[252]

「ほかの人と同様わたしもそれに縁がないために、もし文章によって富裕を非難することがあれば、驚くほど深刻で重々しく、かつ慄きをもたらす状況においてウェルギリウスが書いた章句を見逃しては大失態というものだよ！

死ぬ運命にあるものの心におまえが強いぬものがあろうか、

忌まわしき黄金の渇きよ
（*quid non mortalia pectora cogis,*
auri sacra fames）[253]

「習慣の退廃がわたしをして不品行を謳い上げる愚昧に陥らせるとしたら、心から悲しむだろう。しかしわれわれの組成はかくも脆いものである以上、平素より非難してきたものをいつの日にか称揚し、女たち、娘たち、姉妹を庇護することは甲斐なきことと謳うかもしれない。この慈悲深き産物には、ホラティウスの口より出でたこの短い佳作を置いてくれたまえよ。

その塔のブロンズ像の下に囚われのダナエ、
重厚なるその扉、また警戒を怠らぬ恐ろしき犬たち
その守りは夜の恋人たちにとって
途方もなき障害たらん
もしも…
（*inclusam Danaen turris abenea,*
robur atque fores, et vigilum canum
tristes excubiae, munierant satis

nocturnis ab adulteris
si non...)[254]

「いつの日にか我が筆を冒瀆し、考えることに反して書くようなことがあれば、前世紀の老人たちの歓心を得るために、それはたやすいことだが、何にもましてこの世紀はほかのどの世紀よりひどいと言うだろう。君は文の頭に、かの時代のことをおなじように書いた人のものを置いてくれればいい。

品位なるものは失われたと
ほとんどすべての祖先が口にしている
(*clamant perisse pudorem*
cuncti pene Patres)[255]

「もしマドリードの空がこれほど清澄で美しくはなくなり、ロンドンの空のように物悲しく濁って陰鬱になったならば(その物悲しさ、濁り、陰鬱さは、地理学者、科学者によればテムズ河の霧、石炭の煙、そのほかの原因より来るのだが)、ある友の死に際して[256]ヤング博士の書いたそれ[257]のスタイルに倣って書きあげた『鬱夜』[258]なる作品の出版に踏み切ることだろう。黒の紙に黄色のインクで印刷し、そのエピグラフとしてわたしが最も相応しいと思うものは、ほかならぬトロイアの滅亡の事績より引かねばならないとしても、つぎのものになろう。

残酷な苦しみが
恐怖と、幾千という夜の姿があらゆるところに
(*crudelis ubique*
luctus, ubique pavor et plurima noctis imago)[259]

「様々な機会に友人たちが寄越してくれた手紙のコレクションを出版しようという暁には(というのも、今日では何であれ金儲けの道具とされるからだが)、ドン・ホアキンよ、またホラティウスに一肌脱いでもらって、こう言うことにしよう。

我が健全なる判断において、楽しい友人に優るものなし
(*nil ego praetulerim jucundo sanus amico*)[260]

「数多くのごろつきやへんてこな輩、愚者や道化に詐欺師、そのほかを詩人と呼ばなくてはならないおかげで、遠い昔にすぐれた詩人を讃えた在りし日の珍重から詩というものは没落してしまった。我がドン・ホアキンよ、本物の詩というものの名誉を守り、その始源、隆盛、衰退、破綻、復活を扱う論述がい

かに時宜を得たものであるか、わかるだろう。そして、親愛なるドン・ホアキンよ、神への愛のためにホラティウスに再び少しばかりのラテン語を請うことが理に適っていることが分かるだろう。曰く、

かくして名誉と名声とが詩人と
その詩行とに訪れる
(*sic honor et nomen divinis vatibus atque carminibus venit*)[261]

「我らの時代にこれほどにも多くの紙が印刷機に悲鳴を上げさせているのを見るにつけ、誰がその筆を止めることができるだろう?　そして風刺は控えめであっても、まったくへつらうことのないユウェナリスとともにこういうことを止められようか?

癒しがたい書くことへの執着が多くの人間を支配する
(*tenet insanabilis multos scribendi cacoethes*)[262]

「一般にわたしも、そしてまたこれのように小さな書きものや、わたしがいくつか知るような巨大な書物の作者たちもことごとく、マルティアリスがつぎのように書いたことを、なにはさておいても十字架と

余白の後に記さなければならないものと思われる。

良いものも、中庸なものも、数多くの悪いものもここに君は読む。さにあらずば、アウィトゥスよ、本を作ることなどできないのだ

(sunt bona sunt quaedam mediocria, sunt mala plura, quae legis hic: aliter non fit, Avite, liber)[263]

「われわれの時代にあって、わたしの祖母の時代に使われたような混じりっけなしの流暢にして自然、流麗にして純粋なスペイン語で書かれた本が刊行されるのを目にするたびにいつも、ガルシラソやセルバンテス、マリアナ、メンドーサ、ソリスその他の故人になり代わってその著者に感謝を伝えようと誓うものだが、わたしの手紙のエピグラフとなるのはつぎのものだ。

我らの時代には類稀なる

簡潔さ

(...aevo rarissima nostro simplicitas)[264]

「ドン・ホアキン、君も知るようにわたしは大批評家フェイホー先生[265]に反駁する論文を間もなく書き上げようとしているが、それによってわたしは令名いと高き猊下の学説に反して、小鬼、魔法使い、吸血鬼、死者の蘇り、小妖精、幽霊の類はよくあるもので、それほど珍しくもない当然の結果であることを証明する。これらはすべて、乳母たちや祖母たち、土地の老女やその他の権威ある信頼に足る人々の証言によって、正真正銘のものであることを証明しよう。近いうちにそれをみごとな図版と精密な地図を添えて出版するようつとめよう。とりわけ本の扉の版画だが、それはバラオナの野[266]で魔法使いのあらゆる貴賤が大集会をしているところを表わしたものとなる。そのためには、真夜中といえどもわれわれは再びホラティウスの戸口を訪ね、必要に応じた別の文を頂戴せねばならないが、彼の手からわれわれがとるものはこれだ。

夢を、魔術の恐怖を、驚異を、魔女たちを
夜の亡霊たちを、テッサリアの寓話を、汝笑う
(*somnia, terrores magicos, miracula, sagas,*
nocturnos lemures portentaque tesala rides)[267]

「世界でこのつぎに最初に絶命する君主、それがアパッチ族のインディオの首領であれ、その死の知らせがわたしの耳に届いたならば、死を前にした人間の平等なる条件についてわたしは雄弁に長広舌を奮

う気になるだろうが、またホラティウスの家を訪ねてつぎの章句を求めるとしよう。

蒼白の死はおなじ足をもって
貧民の小屋と王たちの塔を踏みつぶす
(*pallida mors aequo pulsat pede*
pauperum tabernas regumque turres)[268]

「わたしは出入りの多い、重要な取引や、重大な秘密や、謎めいた仕事の多い人間にはなりたくはない。いずれ発狂してしまうだろうから。そうではなく、わたしが知るすべてのことを書きとめ、わたしの手稿がオランダで出版されるように送りたい。それはウェルギリウスが地獄の神々につぎのように言ったことに則《のっと》るためだ。

我耳にせるこれらのことを述べさせたまえ
(*sit mihi fas audita loqui*)[269]

「いつの日にかわたしが、アカデミアの会員になるとしよう、たとえわたしがそれに値しなくとも、いずこかのアカデミアかアカデミーア(好きなように書いてくれたまえ、親愛なるドン・ホアキンよ、音を伸ばそうと伸ばすまいと、気にすることはあるまい）[270]の会員に。何はさておき、すでに言ったとおりいつの日にかわたしがそうしたものの会員となるなら、たとえそれが遍歴の記録に名を残す勇猛果敢な騎士ドン・キホーテの時代に存在した令名高きアルガマシーリャのアカデミア[271]であったとしても、並居る誉れ高き人々のあいだに座を占めるにいたって、わたしは学問の有益性、とりわけ気性を柔和にし習慣を優美にする特質について長々しく痛ましい演説をせねばならないことであろう。わたしの演説でご同僚たちがうんざりと疲れ果てたとき、その忍耐が蒙った害を償うべくオウィディウスを引いて話を終えるだろう。

自由なる学問を学びしは
その習慣を和らげ、粗野のままにあることを許さじ
（*ingenuas didicisse fideliter artes*
emolit mores nec sinit esse feros）[272]

「ごらん、ドン・ホアキン、あそこに誰にとっても堪えがたい男たちが徒党をなして行くよ。もし誰かがちょっとスコラ哲学者の流儀で話そうものなら、彼らは大笑いをして、そいつを小突き回して黙らせてしまう。ここからわかるのは、四十年ものあいだアリストテレスやガレノス、フィンネン[273]、その他を学ぶことでわれわれがいかに堪えがたい存在となったかということだ。そうした書物を読んでいるあいだに歯は抜け落ち、白髪が生え、学問に身をやつしては胸を悪くし、視界も狭くなった、そうじゃないかね、

ドン・ホアキン？　まあごらん、奴らのことはよく知っているし、その根性を叩き直してやらずばなるまい。かつて白髪というものに対して示された尊敬を伝えるべく、ユウェナリスが彼の時代の悪ガキどもについて述べたことを、わたしも繰り返そう。

人々はこの大きな罪は死にさえ値すると考えた、
若者が老人を前にして立ち上がらないときには
(*credebant hoc grande nefas et morte piandum,*
si juvenis vetulo non adsurrexerit)[274]

「もしわたしが様々なことに用い得る潤沢な富を有していたなら、とりわけ前世紀の我が国の劇作家たちの新しい版を批評的な注、弁明的な注とともに作りたいものだが、ロペ・デ・ベガ・カルピオ師（フランス人たちは彼をロペスと呼んでいるが、それでは彼は喜劇作家の息子ということになってしまう）[275]の肖像の下には、オウィディウスのあの詩行を。

優れたものを目にして、これを認めながら
わたしは劣った道を歩む
(*video meliora proboque*

deteriora sequor)[276]

「君の知るあの村へもしわたしたちが行って、新聞を頼むのであれ、下らぬ用事を依頼するのであれ、マドリードの友人に手紙を書くときは、ホラティウスが書いていたことを忘れないでほしい。曰く、

すべての作家は田舎を愛して都会から逃れる
(*scriptorum chorus omnis amat nemus et fugit urbes*)[277]

「われわれの時代の批評が採っている方針について、文藝の共和国に有益たるべく彼らが従うべき真の方法を示す論考を公にすることも悪くはあるまい。その場合、警句はユウェナリスのものであろう。

批評は鴉を見逃しながら
鳩を攻撃する
(*dat veniam corvis, vexat censura*
Columbas...)[278]

「フェリペ五世がスペインにやってきてくださったことは、叙事詩を作り上げるのになんと相応しい出

来事かと時として考えたものだ。かの王の治世に起こった出来事からどれほどすばらしい栄光を取り出せるだろう、そして彼の遺してくれた愛すべき子孫から、どれほど幸せなスペインの将来が描けることだろう、と。わたしは作品の計画をすでに立てていたのだ。各歌の分割、主要な英雄たちの人物像、いくつかのエピソードの配置、ホメロスとウェルギリウスの模倣、様々な描写、崇高さと驚異の挿入、いくつかの戦争の記録といったことを。その韻律についてさえも、すでに考慮していた。硬い詩行には〝r〟の音を重ね、柔らかい詩行には〝l〟の音を重ね、"ible" "able" "ente" "eso" といったありがちな押韻は避ける、などといったことを考えていた。しかし、いざ着手せんとした時にわたしは、叙事詩というものは現代人にとって誰も見たことがないにもかかわらず皆がそれについて語る不死鳥のようなものだと知ったのだ。この出来事にとてもよく対応するエピグラフをもまた見つけていたにもかかわらず、それを放棄せざるを得なかったが。それはウェルギリウスからのもので、預言者が現れて、大げさな調子で力を込めて言うのだ。

新しい血筋はすでに高き天より与えられた
(jam nova progenies coelo demittitur alto)[279]

「最も古典的なわれわれの作家、あるいは外国の作家に不足や誤り、勘違いや誤謬、盲点を見つけることに時間を費やし、それらについての一見したところ謙虚でありながら、その実大変尊大な（それが当世流の謙虚さなのだ）批評を世に送り出すことも悪くはないだろう。扉には批判した作家に敬意を表して、ホラティウスの章句を置こう。すなわち、

秀でしホメロスとて時には居眠り
（*quandoque bonus dormitat homerus*）[280]

「その他提供しうるすべての主題についてかくの如しだ」この方法を目にして笑っている君の姿が目に浮かぶよ、親愛なるガセル、これは間違いなく純粋な衒学と君には映るだろう。しかしその数も知れない現代の書物には、優れたところなどなにもないのに、エピグラフだけはある、というのが実態なのだ。

第六十八の手紙

ガセルからベン・ベレイへ

あらゆる民の歴史を紐解けば、すべての国は習慣の質素なることから建てられたことを知るでしょう。この状態から力が増大し、この増大より豊饒が生まれ、豊饒より贅沢が生じ、この贅沢より柔弱が見られ、この柔弱より脆さがあらわれ、この脆さより滅亡が始まるのです。[281] このことは、ほかの人々がわたしより

以前に、わたしよりみごとに述べています。しかしだからといって真実であること、しかも有益な真実であることに変わりはありませんし、有益な真実なるものはしつこいほどに繰り返されることからは程遠く、十分に繰り返されないことが多いのです。

第六十九の手紙

ガセルからヌーニョへ

あなたの国の地方の大半において街道は大変状態が悪いので、[282] 馬車が頻繁に故障し、ラバが崖より転落し、旅行者が数日分の旅程を諦めねばならないことは驚くには値しません。わたしがマドリードで捕まえた馬車は、様々な困難を経験しました。しかしその車軸の一本が折れたことは、残念の極みとなるべきところながら、わたしに何の不幸ももたらさなかったばかりか、人生において持ちうる最大の歓びの一つを与えてくれたのです。それは何かといいますと、わたしがこれまでに見、あるいは見てきたと考える種類とは別の人間と、たとえわたしが望んだであろうほどに長い時間ではなくとも、交流することが叶った満足です。事の次第は、文字通りつぎに書くとおりですが、それというのも、わたしは旅の日誌に大変詳細にそれを書きとめたのです。

この街から数レグアの場所で大変急な坂を下っていると、車を引いていたラバは暴走、馬車は横転、前輪の車軸と天蓋を支える柱の一本が折れました。驚きから立ち直るとすぐさまわれわれは、高いところに来たままの小さな扉からどうにか這い出ました。御者たちはこの不具合を修理するには何時間もかかり、修理できる人間を連れてくるにはわたしたちのいる場所から一レグア離れたところまで行く必要があると言いました。夜の訪れが近いのをみて、召使いとともに、めいめい銃を抱え、徒歩でその場所へ向かい、そこで夜を過ごすのが良いように思われました。大変な目に遭ったわれわれは、不具合の修理が続くあいだ休息をとれるだろうと考えたのです。わたしはそのようにして、おなじ御者が教える小道に沿って、人気のない、山の峻厳さから安全とはまるで思えない土地を歩き出しました。一レグアの四分の一ほども行ったところで、わたしは決して不快ではない場所に出て、小川の岸辺の岩のところに立派な身なりの一人の男がポケットに本をしまって、立ち上がり、犬を撫で、優美というよりはがっしりとしたステッキを手にとり、野外用の帽子を被るのを目にしました。年の頃四十くらいで、穏やかな顔つき、服装は簡潔ながら注意が行き届いており、その所作は横柄さや自惚れを感じさせる気取りがまるでなく、高貴な人々との頻繁な交際から来る闊達さがありました。わたしの声を聞くと顔をこちらに向けて、挨拶をしました。挨拶を返し、彼の方に進み出て、奇妙な場所柄と従僕、そして武器ゆえに奇妙に思わないでいただきたいと伝え、わたしに起こったばかりの事件がその理由であり（わたしはそれを手短に説明しました）、これこれの村に向かう道はこれでよいのかと尋ねました。見知らぬ人は再びわたしに挨拶をし、お気の毒に、そういった不運はあの場所でよくあることなのだ、と言いました。また、何度も彼はその近郊の法務当局にそのことを報告し、時にはより上位の機関にまでそうしたこと、そして当初考えていたところへは向かわないように、というのも、彼の住む家は目と鼻の先であることを告げ、その村へは家から彼の召使いに馬を走らせて、村長がしかるべき措置を取るようにさせよう、と請け合いました。

その時わたしは、グレゴリオの親爺のお気に入りである紳士とあなたとの出会いを思い出しました。○283 ですが、この人物はどれほど違っていたことでしょう。彼はわたしについて来るように言い、しばらく歩いているあいだは大した話もしなかったのですが、突然つぎのように言いました。

「外国の紳士はわたしのような男がこんな時間にこんな場所にいることに驚いておいででしょうね。しかしこの先あなたがわたしとともにいて、我が家に過ごすあいだ耳にし、目にすることはもっと奇妙に思われることでしょう。わたしの家というのはあれです」彼はわたしたちが近づきつつある一軒を指差しました。

そうこうするあいだに彼は、その屋敷に隣接する果樹園を囲む塀の巨大な門の前で呼ばわりました。並外れて大きな犬が鳴き、二人の農夫がやってきてすぐさまそれを開けました。アヒルやカモがたくさんいる大きな池の脇の、あらゆる種類の果樹の美しい植え込みを抜けてその中を進み、あらゆる種類の鳥がいる囲い場に辿りつき、そこから小さな中庭にいたりました。屋敷からは美しい二人の男の子が飛び出してくると、彼の前にひざまずいて、その手に口づけをしました。一人がステッキを、もう一人が帽子を受け取り、走って戻りながら言いました。

「お母様、お父様がお帰りですよ」

情熱よりもむしろ尊敬を掻き立てる、あの荘重な美しさに満ち満ちた淑女が戸口に姿を見せ、その良人の首に腕を回そうとした時、同行するわれわれに目を留めました。その愛情の衝動を抑え、何か変わったことがありましたか、と彼に尋ねるにとどめました。というのも、帰りがそれほど遅くなったからです。彼はそれに愛情ある、しかし慎みある様子で答えました。わたしをその妻に紹介し、家にともなった事情を話すと、馬車が行程を続けられるべく先ほどの申し出が実現されるように命じました。わたしたちは小さいけれども快適で、華美ではないものの品の良い家具が取り揃えられた部屋をいくつか通り抜け、わたしが宿泊するために用意された部屋に落ち着きました。

夕食、そこで交わした会話、その家の主人がわたしに与えた家庭的なもてなし、子供たちと奥方、召使いが引き揚げる際に示す愛情に満ちてきちんとした様子、彼の家をわたしに提供してくれるにあたっての魅力に溢れた言葉の数々についてはお会いしたときにじっくりとお話ししますが、家を自由に使ってくださいと言って、わたしが休息できるように彼は引き上げました。わたしが眠るまで待って、それから明りを片付けるためにいた、彼の信頼を一身に受けているとみられる年老いた召使いもまた、おなじようにしてくれようとしました。しかし、こうした情景のすべてがあまりにもわたしの好奇心を動かし、あれらの人々があまりにも不思議に思われたので、それぞれの性格を尋ねないではおれませんでした。そこで彼を引きとめ、かくも長く続く謎を晴らしてほしい、と強い懇願をもって千と一度も頼み込んだのです。わたしとおなじ執拗さで彼はそれを拒みましたが、しばらく躊躇した後、立ち去ろうと手にしていた燭台をテーブルの上に置き、扉を半ば閉じた状態にして腰を下ろすと、彼の主人の性質と境遇について知りたいというわたしの願いは奇妙なものではないと言って、おおよそつぎのようなことを語ってくれました。

「もし愛しい妻の愛情、婚姻の麗しき果実、豊富にして名誉にかなう資産、頼もしい健康、そして生まれつき明敏な才能を磨くための選び抜かれた蔵書が、野心を持たない人間を幸福にすることができるとすれば、この世界にあってそうであると自惚れることができる人など我が主人、いいえ、主人というより、召使い皆にとってはむしろ父の如き存在ですが、彼をおいてほかにはありますまい。幼少時代をこの村で送り、その最初の青春を大学でお過ごしになられました。それに軍隊生活が続き、後に宮廷に過ごされ、今ではこの平安のうちに隠棲されておるのです。このように様々な生活を送られたことは、いかなる生活をも無関心をもって見るようにさせ、それどころかその大半を嫌悪するようにさせました。[284] わたしはあの方にいつもお仕えしてきましたし、いつまでも、それこそ墓場の彼方まで、お仕えするつもりです。というのも、あの方が亡くなられた後では、わたしはいくらも生きてはおれぬでしょうから。この世界で隠れた美点は軽んじられておりますし、もしあらわになれば妬みの感情やその子分たちを引き付けることでしょう。では、それを有する人間はどうするべきなのでしょうか？ 自らの危険なしに、それを有益にはたらかせることのできる場所へと隠遁するべきなのです。よき才能と誠実な心とを合わせて、わたしは美点と呼んでおります。我が主人は、彼のもとで暮らす人々のためにこれを用いるのです。

「彼がその土地を貸している農民たちは、彼がそのものたちの家の守護天使であるかのような目で見ます。家の中に入る時は親切でそれを満たす時で、しばしば彼らを訪ねます。収穫が凡庸な年は年貢の一部を免除し、悪い年にはまったく取りません。彼らのあいだで訴訟なぞというものはありません。父親は主人の名を挙げて言うことを聞かない息子を脅かし、よい息子を喜ばせます。財産の半分はこの近郊で孤児となった娘たちをおなじ村の貧しいけれども正直な若者たちと一緒にさせるために用いられます。すぐ近くに学校を作られ、毎週土曜日にはその週で最もできの良かった子供に手ずから褒美を与えるのがつねとなっています。遠い国ぐにから農機具とその使用にかんする書物を取り寄せては、自ら外国の言葉より翻訳し、農民たちにそれぞれ無償で割り当てます。この場所を通る外国人は皆、最も幸福な時代のローマにおいてなされたようなもてなしを目にします。邸宅のある部分は、看護できるような施設をもたない近郊の病人を収容するためにあてられています。この土地にはふらふらしているようなものはおりません。主人の魅力が大きいため、その領民は勤勉となり、慣れ親しんだ無為徒食を続けていたならば、少なくとも無益であっただろうものたちさえをも役に立つ人間にします。ようするに、主人がここに住むようになってからのわずかな年月のうちに、この場所はすっかり様変わりいたしました。その模範、寛容さ、分別が過酷な未開の土地を麗しく幸多き場所へと作り替えたのです。

「御子息たちの教育は主人の時間の多くの部分を占めています。お一人は十歳、もうお一人は九歳で、お生まれになり、お育ちになる様を見守らせていただいておりますが、あれほど年若くていらっしゃるのに大きな美徳と才智をお持ちであるのを目にし、耳にすることは大きな喜びです。これこそが、お父様より受け継がれる財産すべてよりも大きな宝であるといえるでしょう。完璧な結婚の最大の恵みが美しく有徳な子孫であることは、彼らの内にみごとに証明されているのです。あれはど年若くして、無邪気な喜び、自発的な勉学、善なるものすべてへの傾き、両親に対する尊敬、召使いたちに対する柔和で品位ある振舞いを示すお子様たちが成長あそばされるのに、何をか望みえぬことがありましょうか？

「主人の立派な妻であり、女という性の誉れである奥様は、並外れた資質をお持ちの女性です。実を申しますと、奥様は外国の方なのでございます。女性というものは、それ自身では素直で従順なものです。若者たちが女性を弱さの典型のように描こうとすればするほど、わたしには正反対に思われるのですよ。女は一緒に暮らす男の忠実な鏡なのです。もしも若くて裕福で美徳を具えた女性が、その夫の内に欲望の放埒を、爾余の男たちにはつっけんどんな扱いとその性別に対する悪い観念を見出すならば、そこから悪が生じたとて何の驚きがございましょう。奥様はお若く、人並外れてお美しく、極めて明敏であり、人生経験と呼ばれるものを大いにお持ちです。奥様が主人と結婚されたとき、その良人に親切で思慮深く、美徳に溢れる男性を見出しました。友人であり、恋人であり、師である人物をただ一人の男性の内に見出し、それは生まれと呼ばれる偶然に左右される状況にいたるまで彼女に等しい男性だったのです。[285]これらすべてのゆえに、彼女は善良であり、そうあり続けるようになっていたのです。これほどの善の鑑に抵抗できるほど自然は悪いものではありません。忘れもしません、そして忘れることは決してないと思うのですが、奥様は唯一にして無二の女性であるという確信をわたしに植え付けた出来事がございます。これらの土地をポルトガルへ向かう軍隊が通過したことがありました。主人は宮廷で知り合った何人かの紳士をこの家に迎えられました。その内のお一人は、突然襲った病から回復するまでのあいだ、少し長く逗留されました。立派な風貌、優美な会話、よく聞こえたお名前、荘重な旅装、宮廷人の闊達さ、恋のさや当てに夢中になる年の頃、こうしたものから彼はある日、この家をつねに支配してきた品格には相応しからざる、恋の目配せを奥様に送られました。奥様はなんと立派に振舞われたことでしょうか。若者はその自惚れを恥じました。主人はそこで起こったことに気がつくこともありませんでしたが、これによって奥様が若者の放埒を嘆いて部屋で涙を流されるのをわたしは耳にしたのです」

その主人夫妻の生活について、こうした内容の事どもをほかにも語りながら、そのよき召使いは一晩とどまりました。マドリードへの帰路に一週間彼らの家に滞在したいと言い遺して、わたしはその主人たちを煩わせぬよう明方に発ちました。

この人物の暮らしをあなたはどう思われますか? 数少ないうちの、これこそ望ましい生活です。これこそ、わたしが羨望をおぼえる生活です。

第七十の手紙

ヌーニョからガセルへ、前の手紙への返事

道中にあって馬車が故障するという、スペインでは大変ありふれた偶然によって君が厄介になることとなったご主人の生活について、君の書いてくれた知らせを読んだ。その性格と隠遁生活が君の気に入ったことはよく分かる。君が列挙したその家族の美徳と美質に、君の善良な心は疑いもなく共感をおぼえたことだろう。同類に好意を持つことはわれわれの本性に特有のことであると最近明らかにされたところで、[286]悪人同士よりも善人同士のあいだでその力は強いものとなる。別の言い方をすれば、よき人間のあいだでのみこの共感は生まれるのだ。というのも、悪人同士はお互いを大きな危惧をもって眺め、一見懇意にしていても彼らの心は、その腕や手が固く結ばれていればいるほど、つねにばらばらなのだ。それは君の友ベン・ベレイがわたしに確かであると教えてくれた教義だ。しかしガセルよ、君の言うご主人、そして地方には必ずあって、少なからずわたしの知り合いにもいる彼の同類たちのことに話を戻すが、才能と美徳を持った人たちが国のために有益である道から離れてしまうことは、国家にとって悲しむべき損失だと君は思わないだろうか？　すべての個人は、最大の配慮をもって祖国の利益に資するべき義務を持っていると君は考えないか？　役立たずや老いぼれどもは騒ぎから離れているがいい。彼らは奉仕するよりも邪魔になるばかりだから。しかし君をもてなしてくれた主人や彼の同類たちは祖国に奉仕するべき年齢にあるし、たとえどんなに酷い目に遭おうとも、その機会を探さねばならぬ。自分自身とほんの少しの他人にとって善良であっても十分ではないのだ。国全体にとって善良であること、あるいはそうあろうとすることが必要なのだ。国家における道はどれもいばらの道であるというのは真実だ。しかし勇気をもって毅然と歩く人間がそれを恐れることはない。

軍務はそのすべてが、ローマ人のあいだに敷かれた奴隷制よりも、わずかばかりましに過ぎない過酷な従属に立脚している。新米兵には肉体の、老兵には精神の労苦をもたらすばかりだ。絶えず脅かされる罰に比して、褒賞と呼べるようなものは決して約束されない。いずこかの戦場の塵のあいだや、海戦の甲板の上で死を迎えなかった兵士の老年を待っているのは無数の傷と貧困だ。その上、当の祖国にあっても爪弾《つまはじ》きにされる。彼らを人殺しと呼ぶ哲学者には事欠かないのだから。しかし、だからといって、ガセルよ、兵士は必要ないのだろうか？ それぞれの村の名士が入隊する必要はないのだろうか？ この道を貴族の揺籃として見るべきではないのだろうか？

法服《トーガ》もまた過酷さにおいて劣る生業ではあるまい。長きにわたる退屈で味気ない学問が判事の青春時代を蝕む。これに長き娯楽の誘惑とそれからの忌避が続き、それから疑わしい意味と細心の注意を要する解釈の曖昧な文言に則って、正義の天秤のもとに引き出される数多くの人間の絶え間ない悪意に身を晒しながら、死ぬときまで他人の人生や財産に裁きを与える日々の義務が訪れる。しかし、だからといって判事は必要ではないのだろうか、そしてまた、善を称え悪を罰する神の本性にあまりにもよく似た道を歩むものは必要ないのだろうか？

おなじことは、宮廷での生活がわれわれに恐れをなさせることについても言えるし、さらには宮廷人であり続けるためにはそれすらも多くの場合に十分ではない、永遠に続く策謀をめぐらせて生きることの必要性を示しもするだろう。予想もしなかった数多くの困難が人間の慎重さの最大限の努力を無に帰す。長年存在した建物が崩壊するのは一瞬のことだ。しかし、だからといってそのような生き方に身を捧げる人間が不要というわけではあるまい。

学問は甘美と善をもたらし、それを追求する人間を満足で満たすように見えるが、苦難よりほかには何も与えはしない。人々の迷妄を破り、何か新しい真実を教えるために学問から正当性を引き出す人間は、どれほどのものに身を晒さねばならないだろうか。どれほどの苦悩が彼にもたらされようか。嫉妬、または無知、あるいはその双方、もしくはそれらに力を得た横暴が、どれほどに不幸な解釈を引き起こすだろうか。大衆に阿《おもね》ることを知らない賢人はどれほどの目に遭わねばならないのだろうか。しかし、だからといって学問が放棄されてもよいのだろうか？　そしてこのような危険への恐れゆえに、人間はその理性を磨き、けだものの本能からそれを区別するものを打ち捨ててよいのだろうか？

祖国と彼を結ぶつながりの強さを知る人間は彼を怖れさせようとつとめる、たわめられた哲学によって生じたこれら幻想のすべてを軽蔑し、言うのだ。「祖国よ、我が平安を、財産を、そして人生を、そなたに捧げよう。死に帰着すると思えば、これらの犠牲はわずかなものに過ぎない。わたしは運命の気まぐれと、運命以上である人間の気まぐれとに身を晒そう。軽蔑を、横暴を、憎悪を、嫉妬を、裏切りを、心変わりを、そしてこれらの多く、またはそのすべてより生ずる無限の残酷なる組み合わせを、わたしは受けとめよう」

この主題については、たとえそうすることが極めて容易であっても、これ以上述べることはしまい。君のご主人について、より好意的でない考えを君が持つには、すでに述べたところで十分だと考えるからだ。誠実な人間ではあっても、彼が悪い市民であるということを君は知るだろう。共和国に足を踏み入れるに際し、もしそこで尊敬を受けたいのであれば、さらには異邦人と見られたくないのであれば、数多くの負うべき義務の中にあって、よき市民であることこそが真のそれである。愛国心とは、人間が困難を軽蔑し、大きな事業に携わるようにさせ、国家を維持するために知られるところの、最も高貴な情熱のうちのひとつなのだ。

第七十一の手紙

同上

今頃君は、情熱に賛成し、個人的な平穏に反対するわたしの最後の手紙をもう読んでいることだろう。君の隠棲する哲学的な精神を煩わせるとしても、先の手紙を終えた場所からこの手紙を続けなければならない。

他者とのつながりを持たない個人の自己保存は社会の公益に大いに反する。哲学者のみですっかり構成されたある国は、遠からず他所の国の奴隷とされよう。愛国心の尊き情熱こそは国家を守り、侵略を食い止め、人々の生命を守り、人類の真の誉れとなるあれらの人物を生み出してきたものなのだ。そのおなじ熱に浮かされていないひとにとっては理解不可能ながら、それによって支配されている人間にとっては模倣することが容易である英雄的なはたらきは、愛国心から生じたのだ。

（ここで書簡は破れており、この称賛すべき主題の続きは読者から奪われている）[287]

第七十二の手紙

ガセルからベン・ベレイへ

今日の午前と午後、わたしはスペイン人のまさしく国民的といえる娯楽、彼らが闘牛と呼ぶものを見物してきました。[288] 今日という日は大いに考えさせられる日でした。同時に襲いかかってきた想念の押し合いへしあいは大変なものであったので、あなたにそれらを報告するにあたって、どこから始めてよいものか分かりません。ヌーニョはこの問題にかんするわたしの混乱をより大きなものとします。この見世物について話をする時、むしろ喜んでそれに足を運ぶ国民を野蛮と呼ばぬ外国の作家はひとりとしてないと念を押すのです。今わたしが経験している動揺が収まって、わたしの心が平静な状態にある時に、この件についてあなたに長い手紙をしたためましょう。ただ言えることは、現代のあらゆる贅沢に無縁で、習慣においても禁欲的な人間がそれを引き起こしたというのであれば、クラビホ、サラド、ナバス、[289] その他の戦場で、われわれの祖先が大量に殺戮されたと彼らの歴史が語ることは、もはや奇異とは思われないということです。そしてまた、第一級の貴族に相応しい娯楽として闘牛が捉えられ、血がまき散らされるのを見るために人々が金を支払うということも奇異とは思われません。この種の残酷さは間違いなく彼らを獰猛にしました。というのも、この見世物を初めて目にしたときには、大いなる勇気を持つ男たちでさえしばしば気を失うようなものを、彼らは子供のころから愉しんでいたからです。

第七十三の手紙

同上

現在スペインの王座を占める家[290]の、王たちの系統図にみられる偉大な男たちの数の多さに、日ごと驚きを大きくしています。現在の王は、不幸な時代にすべての地方が負うこととなった負債を帳消しとし、[291]先行する国王たちがその臣下たちに払うべきであったものを支払うことによって、その治世を始めました。国家の内にあった債務を取り立てることも支払うこともせずにいたのであれば、誰しもが彼を公平と考え、その手に判事と検察の裁量を持ちながら、取れるものを取らなかったという節度によって、皆がその寛大を称賛したことでしょう。しかしながら、彼は自分自身の債務に罪を認め、他者のそれは赦免したのです。この方法によって、法とその執行にかんして出版された法典の丸々一冊よりも尊敬に値する正当さの範を示したのです。

兄であり前任者であるフェルナンドは、その平和な治世において、フェルナンドという名がいつもスペインにとって瑞祥であったという考えをその国民にみごとに立証しました。

もう一人の兄ルイスは短命であったものの、[292]多くのものがその死を嘆くには十分でした。

彼らの父フェリペは英雄であるとともに王でありましたが、後世は一方の肩書きを曇らせることなく、どちらを彼に付すべきか迷うほどです。その先祖アンリ四世[293]の生き写しで、その治世の始まりにあって、一方の手は勝利を収めるために、また他方は打ち負かしたものたちを慰めるために用いました。国民が二つに割れたとき、[294]一方を褒め讃え、また他方を許すために、彼の心もまた一つに割れました。忠実に彼に付き従った民は、彼らを喜ばせる父親の姿を、彼から離れたものたちは、彼らの過ちを正す教師の姿を見出しました。彼を愛さなかったものたちも、彼を称賛せずにはおれませんでした。忠実なものたちが彼に善良さを見るならば、それ以外のものたちは彼に偉大さを見ました。人間の本性は、称賛するものを早晩愛さずにはおれないものですから、すべての地方と同様にすべての人心を治めて身罷りましたが、その艱難辛苦の果実を味わうべき安定的な和平は手にすることがありませんでした。

彼の祖先たちはフランスを統治しました。その歴史がじっくりと読まれるならば、アンリ四世以前のフランスがどのようなものであったか、そしてかの偉大なる君主の末裔たちが治めるようになってより、かの王国がどれほど異なった役割を果たしてきたかが分かることでしょう。

第七十四の手紙

ガセルからベン・ベレイへ[295]

昨日わたしはスペインについて、その国家、宗教、政治、その現在、過去、未来のありようなどについて話される集まりに出席しました。話をする際の雄弁、長広舌、そして愛情がわたしを驚かせたのですが、一番言葉数の少ないヌーニョを除いて、そこに集っている人間が一人残らず外国人であったということを知るに及んでは、驚きがますます大きくなりました。あるものたちは半年のあいだに、陣形を組んで戦える百の艦船をこの国が配備できるというそのアイディアのすばらしい効果を人々に説いていました。

またあるものたちは、十五年もしないうちにこれらの地方における人口を倍増させるためのアイディアを、また別のものたちは両アメリカの金銀すべてを半島にとどめるためのアイディアを、そしてほかのものたちはスペインの工場がヨーロッパ全体の工場にとって代わるためのアイディアを、残りの人々も一切がこういった具合でした。

多くのものはそのアイディアを外国で起こっていることとの比較から立証していました。あるものたちはこの国がほかの国に比べて一世紀半も後れをとっていることに胸を痛めて、その発展に寄与したいという以外の目的はないと訴えました。またスペイン人の天分や才覚の無益なることをよりはっきりと示さんがため、こうした主題についての深い見識を誇示するというものにも事欠きませんでしたし、ほかのものには結局、ほかの理由があるのでした。

「フェリペ五世の時代に、その長々と続く血塗れの戦争によってうんざりしてしまったわけです」一人が言いました。

「カルロス二世の死によってそうなったのですよ」と別のものが言いました。

「大変怠惰であったのは」三番目の男が付け加えました。「フェリペ四世で、とても悲惨だったのはその宰相であったオリバーレス伯公爵ですよ」

「ああ、皆さん」ヌーニョが言いました。「スペインの立ち遅れを解決しようと口を開くときにあなたがた全員がよき意図をもっていたとしても、またこういってよければ義理の祖国への愛情をもってそれを眺めて、その立て直しのためにはたらくことに最大の関心をお持ちだとしても、あなたがたが正鵠を射ることはありますまい。病人を治療するためには、学問の全般的な知識やそれを行うものの意欲だけでは十分ではありません。彼が病人の気性にかんする個別の知識を有し、病苦の原因を知り、その増大と場合によっては合併症についても知っている必要があります。あなたがたはたった一つの薬でありとあらゆる病人と病とを克服しようとなさるが、それは医学ではない。それは単なるおしゃべりに過ぎません。そいつは、これを職業とする人にとって滑稽なばかりか、それを適用される人にとっても有害なのです。こうした一切のアイディアやプロジェクトの代わりに、あなたがたが持たない知識より生まれる別の方法がより簡単に思われるのです。それはたったこれだけのことです。スペイン王国は、カトリック王フェルナンドが身罷られた時代のように、その内において幸福であったことは決してなく、その外において尊敬を集めたことはないのだ、と。ですから、彼のすばらしい政策を作り上げた格言の数々のうち、かつての効力を失ったものが何かを知り、それを取り戻すようにすれば、わたしたちはオーストリアの王家[296]が目にしたのとおなじ状態の王国を持つことになるでしょう。あなたがたが山と積み上げるすべてのアイディアよりも、現在のヨーロッパの仕組みに合わせて微調整を行うことだけで十分なのです」

「そのカトリック王フェルナンドとは一体どなたですかな？」熱弁を奮っていた中の一人が尋ねました。

「誰です、その人は？」もう一人が訊きました。

「誰です、誰なんです？」残りの経世家が一斉に尋ねました。

「ああ、愚かなるはわたしだ！」いつもの落ち着きを失って、ヌーニョが声高に言いました。「なんという愚か者だろう、わたしは！　カトリック王フェルナンドが誰かも知らない連中とスペインについて論じるために時間を浪費してしまったとは。お暇《いとま》しよう、ガセル」

第七十五の手紙

同上

昨晩宿に戻ると、一通の手紙を見つけたのでその写しをお送りします。それはほとんど面識のないキリスト教徒の女性からのものです。その内容は大変奇妙に思われることでしょう。こう書かれています。

わたしは二十四歳になり、わずかな年月のあいだに数を重ねた結婚から、その六番目の夫の死を見送ったところです。最初の夫はわたしよりわずかに年上の若者で、風采も良く、財産もあり、生まれも良かったのですが、健康には恵まれませんでした。短いながらも十分に生きたので、わたしの腕の中にやって来た時にはもはや亡骸となっておりました。婚姻の晴れ着をこれから身に纏うという時に、わたしは喪服を纏わねばなりませんでした。二番目の夫はつねに独身主義を厳格に守ってきた老人でした。しかし親族の死や訴訟によって、潤沢で名誉ある財産を築いたので、弁護士が結婚するようにと彼に助言したのです。医者の見解はまた別のものでした。それから間もなく彼は亡くなりましたが、わたしを娘と呼び、誓って申しますが、最初の日から最後の日まで、わたしをそのように扱ったのです。三番目の夫は手榴弾兵で、彼の仲間内で誰よりの男振りでした。結婚式はバルセロナから代理人を立てて執り行われました。ですが、オペラの平土間で仲間と諍いになり、連れだって表へ出たのですが、帰ってきたのは仲間一人で、主人は空き地に取り残されました。[297] 四番目の夫は名のある裕福な男で、頑健で年若く、しかし根っからの遊び人で、婚姻の夜もわたしと過ごすことはありませんでしたが、それというのも、カード遊びに興じていたからです。この最初の夜は、続くほかの夜の大変悪い印象をわたしに植え付けました。彼のことはいつも、新しい境遇における伴侶というよりもむしろ、我が家に宿泊する客のように見ておりました。支払いはおなじかたちで行われました。というのも、それからしばらくしてのこと、わたしにはよく分かりませんが左に置くべきカードを右に置いたとかで、一人の友人が主人の頭に燭台を投げつけて、彼は命を落としました。すべてこうしたことにもかかわらず、少なくとも彼は冗談交じりの、つねにゲーム様式の会話で、わたしを最も楽しませてくれた夫でした。覚えておりますのは、ある日大勢の方々を家に招いて食事をしておりますとき、すこし近視のご婦人が最前まで近くにあった料理の皿を回してくれるように主人に頼んだのですが、彼はこう言いました。

「奥様、先ほどの手札であれば誰しも勝負に出たでしょう、懐も暖かかったですからね。しかし食事を終えてだんまりのあの紳士がこの皿に二倍の賭け金《ベット》をされまして、みごと勝利を収めたので、われわれは破産したのですよ」

「賭けごとのまあ恐ろしいこと」

わたしを手に入れた五番目の夫はおつむが足りませんで、わたしと話そうとはせず大好きなその従姉妹に話しかけておりました。従姉妹はわたしが結婚して数日の後に疱瘡で亡くなりましたが、夫の方も後を追ってしまいました。六番目の、そして最後の夫は学者でした。これらの人々は夫に適した人材とは言えません。わたしの不運は婚姻の夜に彗星か、なにかその類のものが出現するようにしました。こうした現象がこれまでに凶兆と捉えられてきたとしたら、今回のそれほど悪いものはありませんでした。夫は女と床をともにすることは二十四時間ごとの定期的な活動であると仮定し、もし彗星が周期的に戻ってくるのであれば、これこれの時間がそれにかかり、すると彼がそれを観測できない計算になってしまうのです。そのようなわけで、わたしよりそちらをとって、観測のために野原に出ていってしまいました。夜は寒く、脇腹が痛むほどで、これが原因となって彼は亡くなったのです。

こうしたことはすべて、娘の意思は婚姻にかんして考慮されるべきことではないと考える父親の意思に従う代わりに、わたしが一度でも自分の思う通りに結婚していたならばどうにかなったことでしょう。わたしに求愛してくれたのはあらゆる点においてわたしと条件が等しいと思われた若者で、わたしが未亡人となった最初の五度の機会にはその申し出を新たにしてくれたのです。ですが、ご両親の気に入るように彼もまた自身の意思に反して、わたしが天文学者と婚姻を結んだのとまさしくおなじ日に、結婚しなければなりませんでした。

ガセル様、あなた様の土地では家庭の娘を結婚させるという時にどのような習いがあるのか、どうぞ教えてくださいませ。というのは、マホメットの法は女にとってあまり好意的でなく恐ろしいということを数多く耳にしておりますが、夫の奴隷になることと父親の奴隷になることとのあいだには何の違いも見出せませんし、父親の奴隷になった日には、わたしの場合のように夫を持つことを諦めるという結果になりさえするのですから。

第七十六の手紙

ガセルからベン・ベレイへ[298]

流行の気まぐれは数え切れません。最近のものの一つは、わたしの名前しか知らない女性がわたしの話を聞くためか、わたしに話を聞かせるためか、あるいはその両方のために手紙を書き送ってくるというものです。最初の女性が書いて、わたしがあなたにその写しをお送りしたところの手紙が広まってからというもの、[299]たくさんの女性がこの風習に手を染めています。前回と同様、海を越えて、ヨーロッパの奇行がアフリカの賢人を楽しませるに値すると思うものについて、郵便を逃さぬようその写しをお送りします。敬愛するベン・ベレイ、あなたの年齢と性格から来る深刻な面持ちを、いっときのあいだ脇に置いてください。余暇に費やすわずかな時間は崇高な思索に捧げるための穏やかな精神をもたらすのだとあなたがおっしゃるのを数え切れぬほどに耳にしてきました。あなたが籠の中の鳥や庭の花の世話をしているのを見たことを覚えています。そのときほどあなたが賢人であると思われたときはありません。爾余の人間のレベルにまで降りていく、しかしそのことで我らに生気を与える崇高な存在の光が彼を昇華させる高みに再び戻れなくなることはない、そのときほど偉人が偉大であることはありません。手紙にはつぎのように書かれています。

モーロの旦那様。フランスの女性たちは媚態《コケットリー》と呼ばれる暇つぶしを持っていて、それは女性がそこにいるすべての男性を惑わせることなのです。色女《コケット》はそれを大変愉しみます、というのも、何か優れた点を持つ若い男性を皆その意のままに操り、自己愛の偶像は数多くのお追従に気を良くするのです。しかしフランスの殿方はいくつかの物事を大変軽くお考えになりますので、それはたとえば恋愛ですけれど、若者を駄目にする色女たちが何千人もあったところで、彼は物の一分も思索に耽ると、おべっかの香炉を提げて別の祭壇に行ってしまうのです。スペインの殿方はこの恋愛の件にかんしてより作法を重んじます。かつての華々しい口説き文句、打ち勝つべき困難、用心すべき問題、買収するべき召使い、こうしたすべてが雲散霧消したのち殿方たちは、スペインの色女と恋に落ちた瞬間から苦しみ始め、恋する若者がからかわれていたと気がつくと、命を絶ったり、発狂したり、より自由になるというなら、絶望のあまり行方をくらまそうとする、という次第になるのです。わたしはこの媚態の宗派で最も有名な一人なのですけれど、わたしの神殿とその崇拝のために身を捧げた生贄たちのことを誇らしく思い出さないわけにはまいりません。もしモロッコにおいていつの日にか、わたしたち女性にこのような専横が許されるのでしたら、ハレムの厳格な決まりごとはその瞬間に効力を失うでしょうし、モロッコのご婦人がたが今日までアフリカで知られることのなかったこの学問の教師として何人かスペイン女性を迎え入れるのならば、お約束いたしますけれど、わずかの期間にわたしや半ダースのお友達の講義から十分な数の弟子を育て上げて、数週間のうちにイスラムの殿方に、マホメットから始まって今日の日にいたるまで、わたしたち女性に加えてきた暴虐の代償を支払わせることになるでしょう。ピレネー山脈を越えたばかりのわずかな距離において実証された通り、気候が温暖になるにしたがって、男性に対する女性の優位が増大するのですから、モロッコの色女たちは、とりわけその帝国の南部において、人類の想像だにしない専横を期待できますでしょう。

第七十七の手紙

ガセルからベン・ベレイへ300

学問と技芸の変遷におけるよき趣味の誕生、成長、衰退、喪失、復活の過程は、これらそれぞれの段階に前の段階からの影響がみられるというように様々の影響を及ぼしています。しかしそれがより顕著なのは、悪趣味な時代の後で、よき趣味の時代が始まろうというときに、前のものからの影響が知られる場合です。それが実証科学や真剣な技芸において嘆きとともに悟られるとすれば、散文や韻文における純粋な装飾の技量においては笑いとともに認められます。

スペインにあって両者はともに、残余のあらゆることと同様、前世紀の半ばに衰退しました。どちらも今世紀において再起をはかろうとしておりますが、学問の基盤、十六世紀の優れた作家たちの復権、現代の外国の書物の翻訳、そして複数のアカデミアの設立の後にあってさえも、そして誇張や誤った言語使用のあらゆる悪徳を馬鹿にするいくらかのスペイン人の嘲弄の中にあってさえ、前世紀後半の偽りの修辞や詩がときに見受けられます。当時においてほとんど誰も逃れることができなかったペストによって、こういってよければ今もなお、才人のいくらかは命を落とします。今日の雄弁家、詩人の多くは百年前に死んだものたちの影か霊魂にほかならず、息を引き取った際に中途半端で遺していった議論を続けるために、そして生者たちを脅かすために、この世に舞い戻ってきたかのように思われます。

昨夜ヌーニョはこれとおなじことを言い、それに付け加えて言いました。

「これは明白な事実なのだが、とりわけ書物や書き物、演劇のタイトルに顕著なのだ。ここ二十年の内に実に重々しく読者に供された驚異的な題名の一覧があるが、それはわれわれの文藝にまったく何の名誉ももたらさなかった。内容が良ければまだしもだが、それも欠いている有様なのだよ」

彼は紙挟み、すでに何度も話題にしている例の紙挟みを取り出し、それから書類を掻き回して言いました。

「ほら、読んでごらんよ」

わたしはそれを受け取って読みました。このようなことが書いてありました。

「わたしに衝撃を与えた書物、書き物、演劇のタイトルのリスト。すでに誇張や衒学はすべて滅んだものと信じられた一七五七年以降に出版されたもの」[301]

一．『嫉妬は星を、愛は驚異を生み出す』余白にヌーニョの文字で、「このタイトルの前半が理解できない」とあります。

二．『剣と楯をもってご婦人たちをこますことを教える節度の精髄、増補版』余白の書き込み曰く、「駒遊び《チェッカー》[302]というのはチェスと同様に冷静沈着この上ない遊びで、部隊の馬に草を食ませにやってきた隊長が、その土地の薬剤師や公証代理人などと一緒に昼食時の十二時の鐘が鳴るころ始めるのにはうってつけの、静かな村では最高の遊びであるとわれわれは皆思っていた。しかし節度ある脳髄の持ち主である著者はこの暇つぶしについて、大変名誉ある概念をわれわれに与えるものであるとともに、わたしはこの遊びの愛好家でなかったことに大きな感謝をおぼえる。というのも、わたしは単にのどかで穏やかで沈着な娯楽に過ぎないと思っていたその勝負に、男は剣と楯とで武装して赴かねばならないというのだから、がっかりもいいところだ」

三．『上手に話す技術、舌の抑制、大人物となるための模範、役に立つ遊びと平穏に暮らす方法』余白にはつぎの一行がありました。「これはタイトルが長すぎるし、大人物になる[303]と言うのは大仕事だ」

四．『実証的で認可された新しい魔術。選ばれた花のブーケ、算術に科学、天文学、占星術、本一七六一年の手暦に散りばめられた面白い遊びの数々』このタイトルは疑いもなく我が友を立腹させました。というのも、余白には、純然たる激怒によって脈が乱れているかのように、あまりにもひどい筆跡でこう書かれているからです。「もしこのタイトルをどこかのブロンズ像に立て続けに二回読みあげて、そいつが笑いか怒りで粉々に砕けなかったなら、当のブロンズ像よりも硬いブロンズ像があったというだろう」
五.『予言の大鈴と大鈴の予言』「駄洒落で耳がわんわん鳴っている」と余白の書き込み。
六.『その芳香がミサと神の御業の謎を解き、瀕死のものに力を与え、嵐を追い払う、様々な花の小束』
七.『様々なる永遠の永遠』
八.『その帯が我らの聖母の聖なるロザリオの祈りを捧げるための熟慮と瞑想よりなる平和の虹の弓。神の愛がすべての魂に放つ五百六十の熟慮を収めた矢筒』
九.『別れの濫用に対する神聖この上なき解毒剤、言語に絶する神の御名』これと先の三つの書名の余白にありましたのは、「真に神のものなる、すなわち最も深遠なる慎重さをもって扱われるべき、宗教の神聖な物事について語るのにこれほど荒唐無稽な表現と滑稽極まりない喩えが用いられることを心から残念に思う。同様な言い回しがこれより尊敬に値しない主題について用いられたなら、それらを大いに揶揄しただろうが」
十.『未来なるものの歴史。そこでは終わりが明らかにされ、その基礎が証明される、未来なるものの全史への序説、ポルトガル語からの翻訳』書き込みに曰く、「翻訳者の刻苦に称賛を表する。あたかも種を播き、育て、刈り取り、貯蔵したわれわれ自身の収穫では十分に豊富な誇張や衒学、譫言がないかのように、善良なる翻訳者は同種の産物を、われわれのこの果実が不作の年に備えて、外国から輸入してくれたのだ」
十一.『既婚者にとっての火遊びの種からなる独身者のための松明』我が友は余白にこう書き付けていま

す。「このタイトルはこれまでのすべてを合わせた以上のものだ。これを理解できるものはスペインにはあるまい、読破するものもないのだし、その題名によって多くの読者を招き寄せる作品でもないのだから」

十二．『名詞の王ムーサと動詞の王アモルのあいだの、機知に富む文学的競演、その結末はそれぞれの王の臣下が争った熾烈で血で血を洗う戦い。対話形式』余白の書き込みに曰く、「我が国の文藝の名誉のために、わたしはこのようなタイトルがピレネー山脈を越えることをとても残念に思うだろう。とはいえ、わたしの個人的な趣味から言えば、それを称賛せずにはいられない、というのも、それを読むたびわたしの生来の心気症は二段も三段も軽くなるのだから。これらのタイトルがすべて風刺や滑稽な作品のものであるならば、それほどではないにせよ、許容することはできるかもしれない。しかしこれら作品の主題が真剣なものであるとき、こうしたやり方は堪えがたく、主題が神聖なものであれば、なおのことである。世界中のほかの国では放逐されたというのに、スペインにおいてはわれわれの世紀にこのような濫用がいまだに残っているということは残念であるし、当のスペインにおいて様々な著者によってかくも繰り返し面白おかしい批評がそれについてなされたのであってみれば、なおのことである。さらに辛辣な批評は、悟性の主題にかんするスペイン人の性質について、ヨーロッパのどこぞでは巨大な大砲のようだとするものがあることで、それはすなわち移動や向きを変えることは難しいが、一度据えられれば目標物が何であれより大きな被害をもたらす、というのである」

第七十八の手紙

同上

スコラ哲学の真の賢人とはどのようなものであるかご存じでしょうか？ 職業やなんらかの理由においては一般の方法に従い、本物の実証科学については、ひとり静かに学ぶ、つまり部屋の中ではニュートンを勉強しながら、教壇にあってはアリストテレスについて説明をする、という連中のことではありません。そうではなくて、彼らがその弟子に教えず、また彼らがその師に学ばなかったことはすべて、科学のでたらめで純粋な無神論に過ぎないと心の底で信じているものたちのことです。たとえば、彼がこんなことを言うのを聞いたと想像してみてください。その前に、とても痩せて、背が高く、煙草臭く、重そうな眼鏡を掛け、生きた人間には挨拶をすることも頭を下げることもできないという男を目にしていると想像してください。これは彼らについてヌーニョが描いてみせた似姿ですが、大学を歩いた時にそれが本物に忠実であることをわたしは確認しました。彼が知っている以外の学問に対する熱狂をあなたが仄めかしたとしたら、あなたに向かってこんな風に言うでしょう。

「修辞学の何につけても、二年も必要ないのですよ、一年すらね。各々十四音節、十五音節もある単語を数ダースも知っていれば、それらを頼りと派手に繰り返しているだけで祝辞も弔辞もお手のものです」

優れた演説の長所、その用法、規則、ソリス、メンドーサ、マリアナその他の例を挙げて言うならば、彼は噴き出してあなたに背を向けるでしょう。

「詩とは取るに足らん暇つぶしですよ。ご婦人に、あるいは老人に、または医者に対してか老婆に対してか、それとも聖人の誰かを偲んで、またはこれこれの神秘に敬意を表して、咄嗟に十行詩でも四行詩でもひねり出せない人間などおりますかな?」

あなたが、それは詩ではない、詩とは説明が不可能なもので、ギリシアやラテン、あるいは近代の詩人を読んでこそ学び、また知ることができるものだと言うとしましょう。創造主を讃えるために宗教さえもが詩を用いること、優れた詩はある国やある世紀のよき趣味の試金石であること、曖昧な表現を操る連中やペテン師、道化の馬鹿げた作物を蔑みつつも、英雄詩や風刺詩は英雄たちの記憶を永遠のものにし、われわれの同時代人の習慣を正す効用を持つがゆえに文藝の共和国にとっておそらく最も有益な作品であることを説いたところで、彼らは一顧だにしますまい。

「近代科学は操り人形ですよ。実証科学の機械と呼ばれるものを見たことがありますがね、繰り返し申し上げますが操り人形の遊びです。水位が上がったり、火が下に落ちたり、糸やワイヤー、ボール紙なんてものは、まったくもって子供の遊びです」

彼が操り人形の遊びと呼ぶものにすべての国ぐには市民生活の発展を、さらには、たとえばそのような科学のすばらしい原理に基づく機械や堤防がなかったならばいくつかの地方が水の底に沈んでいる、というような科学による生活の進歩を負っているのだとあなたが食い下がったところで、あるいは存続や発展に前述の科学を必要としない機械技術はないのだと言ったところで、そして最後に、教養ある人々の世界ではこの学問やその教授陣が大いに注目されるのだと言ったところで、彼はあなたを異端者と呼ぶだけでしょう。

　気の毒にもあなたが数学について話をしたとしたら、どうでしょう

「ペテンに暇つぶしですよ」彼はとても重々しい調子で言うでしょう。「ここにはドン・ディエゴ・デ・トレス[304]がありましたがね」と彼は厳粛かつ尊大に繰り返します。「かの人物について、その作品の面白さや機知は認めるものの、その学問をわれわれはまるで評価しませんよ」

　あなたがこう言うとしましょう。わたしはドン・ディエゴ・デ・トレスについて何も存じませんので、彼が偉大な数学者であったかどうかは分かりませんが、しかし数学というものはこれまでもそして今日も、人間のあいだにおける唯一の学問と呼ぶに値する知識の総体であると考えられています。三月に雨が降るだろうとか、十二月は寒くなるだろうとか、この年にある人たちが亡くなり、翌年には別のものたちが生まれるだろうとか、これこれの惑星がどのような影響をもたらすとか、メロンを食べると三日熱になるとか、これこれの日時に誕生することはこれこれの出来事を意味するなどというのは、疑いもなく蔑むべき戯言です。もしあなたたちが数学とはそうしたものにほかならないと考えているのであれば、そのようなことは人前で言わない方がよいでしょう。科学、航海、造船、築城、公共建築、野営、大砲の鋳造、操作、実践、街道の設計、あらゆる機械技術における発展やその他のより崇高な部分は、この学問の分野であり、これらが人間の生活にとって有益であることをごらんになるべきです、と。

「必要十分な医学とは」相手は言うでしょう。「ガレノスとヒポクラテスを要約したものですよ。優れ

た三段論法に支えられた合理的な警句はよき医者を作り出すのに十分です」

もしもあなたが、それら二人の賢人の長所を軽んじることなく、近代人は、古代の人間がそこまで高い水準を有していなかった解剖学と本草学の大いなる知識を培い、数多くの薬に加えてつい最近までは使用されていなかったキナ[305]や水銀にいたるまで用いるほどにその学問を発展させたというならば、彼はやはりあなたのことを笑うでしょう。

ほかの学問についてもこの調子なのです。こんな人々とわたしたちはどのように暮らしていけばよいのか、と誰しもが尋ねるでしょう。

「とても簡単だよ」とヌーニョは答えます。「最近のある風刺家が提起したかの有名な問答『もしもキマイラが真空で唸っているなら、秘められた意志を食らうだろう』(*utrum chimera, bombilians in vacuo, possit comedere secundas intentiones*)をいつまでも大声で唱えさせておけばよいのさ。[306] わたしたちは実証科学に取り組もうじゃないか。われわれが外国人に野蛮と呼ばれないために。我が国の若者が可能な進歩を遂げられるように。有益な主題について書物を公開できるように、老人たちは彼らが生きてきたとおりに死なせるがいい、今若いものたちが大人になったとき、今隠れて学んでいることを公に教えることができるように。二十年のあいだにスペインの科学の体系はすっかり様変わりしているだろう、紛糾もなく、気付かれぬほどわずかずつね。その時こそ外国のアカデミアはわたしたちを軽蔑する理由があるかどうかを知るだろう。我が国の賢人が彼らの賢人と肩を並べるのに少し時間がかかったとしても、つぎのように申し開きができよう」

皆さん、われわれが若かった頃、われわれの先生は言いました、「諸君、君たちにこの世で知っておかなければならぬことのすべてを教えよう。ほかの教えは受けないように気をつけたまえ、というのも、そこからくだらぬ、無益な、軽蔑に値する、さらには有害なものしか君たちは学ばないであろうから」と。わたしたちは有益で確かなことを知るためのみに時間を費やしたいと思っておりましたので、耳にすることを熱心に学びました。少しずつわたしたちはほかの声を聞き、ほかの書物を読むようになっていったのですが、それらは最初にわたしたちを怖れさせたとすると、後にはわたしたちを魅了しました。それらを熱心に読み始め、そこに宗教や祖国とはなんら対立しない、しかし不注意や先入見に逆らう幾千もの真実を見るにつけ、スコラ主義の書物や帳面はもろもろのことに使うようになり、ついには一冊もなくなってしまいました。それからいくらか時が過ぎ、一世紀半近い遅れは取っていたものの、わたしたちはあなたがたとおなじ水準に達しました。ここまで話したことは忘れてください、そして今日の日より新たに始めましょう、十七世紀の中庸に沈没した半島が十八世紀の終わりに海面より再び現れたのだと考えて。

第七十九の手紙

同上

若者たちは言います、老人たちの重苦しさにはうんざりだ、と。老人たちは言います、若者たちの抑制の無さは堪えがたい、と。どちらにも一理ある、とヌーニョは言います。老人たちの過剰な慎重さは最も容易なことさえ不可能にしてしまうし、若者たちのありあまる熱情は不可能なことさえ容易に見せかける。この場合に慎重な人間は、とヌーニョは続けます。どちらの側にも与《くみ》することなく、あるものたちは熱狂するがまま、別のものたちは冷静であるがままに放っておいて、ちょうど真ん中をとって両方の極端を嘲笑《あざわら》うべきなのだ、と。

第八十の手紙

同上

数日前、ヌーニョの外国人の友人たちが傑作なおふざけの一場面を演ずるのを目にしました。その友人たちは、世界を彷徨ってはそれぞれの祖国に汚名を着せ、経《へ》めぐったヨーロッパすべての国ぐにの悪徳に満ちて、その一角であるこの場所にすべての悪を合わせて持ち込む連中ではなく、すべての場所の良いものを称賛し、また身につけようとつとめるものたちで、それゆえにどこへ行っても大変快く受け入れられる人々です。[307] こうした人々のうちマドリードに住むものとヌーニョは親交があり、彼らを愛すること同国人を愛するに等しいですが、それというのも、世界中のすべての誠実な人間は、真の国際人、あるいは世界市民であるがゆえです。さて、その彼らがいかなる境遇や階層のスペイン人も安易に「ドン」の敬称を使用することを揶揄しました。問題は批評に相応しいものであれ、会衆は皆が才能と優れたユーモアの持ち主たちでしたので、最も愉快なものを目指して無数の意見や表現が沸き起こりましたが、学校の議論における熱心な強弁はみられず、宮廷の会話における優美さがありました。

彼の家系とその祖先筋にあたるこの国の別の家系とのなんらかのつながりから生じた訴訟のためにマドリードにいるというフランドルの紳士が、その濫用の滑稽と思われるところを大げさに、尾ひれをつけて、また反復を交えて彼に言いました。

「『ドン』というのは家の主人《あるじ》であり、またその家の息子も皆『ドン』ときている。大人にラテン語を教える教師も『ドン』、子供に読み方を教えるのも『ドン』、執事も『ドン』、従僕も『ドン』。女中頭は『ドニャ』、洗濯女も『ドニャ』。君、はっきりさせようじゃないか。どこの家にも精霊の恵み《ドン》よりたくさんの『ドン』があるじゃないか」

除隊したフランスの将校で、レデ公爵[308]の陣営で助手を務めた、スペイン人の深刻さとフランス人の軽妙さをみごとにあわせ持つにいたったとても人好きのする男[309]が話を引き取って、その濫用について幾千もの面白おかしいことを言いました。

これに続いたのはとても名のある家門のイタリア人[310]で、彼は気ままに旅をしながらスペインに落ち着きました。スペイン語を愛し、スペイン人の著作家のコレクションを作っている男ですが、大変厳格に悪人を批判するとともに、善人を何の利害もなく称賛しました。

こうしたあいだヌーニョはずっと黙っておりましたが、ほかのものたちの批評よりその沈黙がわたしの関心を引きました。しかしほかのものたちが言うべきことがあるあいだ、さらにはすでに述べたことを繰り返すあいだは口を挟むこともせず、顔色一つ変えませんでした。反対に、頷き、眉を動かし、時々は肩をすくめては、友人たちの考えに同意しているかのようでした。そして時々足を組んだり、組み替えたりしているので、わたしが見るに反論することは何もないのだと思いました。しかしすべての会衆が話し疲れた後で、彼はおおむねつぎのようなことを言いました。

『ドン』の敬称を不当に使用するものたちの数が尋常ならざることに疑いの余地はない。前世紀に導入され、今世紀に広まった濫用は、以前ははっきりと禁止されていた。『ドン』はラテン語の主人《ドミヌス》(*Dominus*)に由来しているように、主人《セニョール》を意味する。ゴート人は言うに及ばず、モーロ人たちの侵略より後の時代のみに目を向けると、王たちは、全員ではないにせよ、その名前の前に厳かに『ドン』を付した。王たちにへつらって公爵や大貴族たちがそれに倣った。それから、これをよいと思ったすべての人に、つまり家臣を持つすべての領主に広まった。この慣習は厳密さをもって守られ、大貴族の次男は、彼が主人ではないため、弁別的な敬称は用いなかった。教会、法服、軍事の名誉ある職業もまた、名門の揺籃に生まれた方でさえ、このような添え物を用いなかった。称号は、どれほど長くなろうとそのすべてが記されたが、セルダ一族、グスマン一族、ピメンテル一族のような王国の第一級の人物たちさえ『ドン』は用いなかった。だがどれほど貧しい騎士であっても、どれほど小さかろうとなんらかの所領を現に有するものは、それを付けるのをゆめゆめ忘れることはなかった。大変古いわけではないモニュメントのどれほど多くに、これや似たような調子の碑文を目にすることだろう。『ファン・フェルナンデス・デ・コルドバ・ピメンテル・ウルタド・デ・メンドーサ・イ・パチェーコ、ここに眠る。アルカンタラ騎士団におけるマヨルガ騎士団長、手練《てだれ》たちのサラマンカ歩兵連隊長、生まれは……』あるいは『学士ディエゴ・デ・ヒロン・イ・ベラスコ、ここに眠る。いと高きカスティーリャの国王陛下の諮問委員、ローマ教皇庁駐在大使……』帰するべきもののうえにたくさんの称号がありあまっているとはいえ、しかしこれらのいずれにさえも『ドン』は付されていないのだ。後になって、国家において目覚ましい職業にある、勲章を提げた人々がそう呼ばれることが相応しいと考えられるようになったのだ。そして、正しいと思われたこのことは、むしろかつての厳格さの方がどれほど正しかったかを明らかにした、というのも、わずかな年月のうちに、『ドン』狂い《ドニマニア》(新語を作って申し訳ないが)が蔓延し、そんなわけでわれわれの世紀にあっては、お仕着せを着ていないものは皆ドン何某と名乗っている。それはかの時代にあっては(*in illo tempore*)、エルナン・コルテス、サンチョ・ダビラ[311]、アントニオ・デ・レイバ、シモン・アブリル[312]、ルイス・ビベス、フランシスコ・サンチェス、そしてその他大勢の文武に秀でた令名高い人士にさえ叶わなかったことであるのに。さらには『ドン』の飽和は、優れた教育を受けた人々のあいだでこれを軽蔑せしめている。誰かを単にドン・ファンだのドン・ペドロだのドン・ディエゴだの呼ぶことは、彼を召使のように扱っていることになる。彼を呼ぶときは『セニョール・ドン』と呼ぶ必要があるのだが、それはドンと二回言っているようなものだ。もし『セニョール・ドン』がつぎの世紀において、われわれの世紀における『ドン』とおなじように飽和してしまったならば、その人を貶めることなく誰かを『セニョール・ドン』と呼ぶことはできなくなって、『ドン・セニョール・ドン』と呼ぶことが必要となるだろう。将来にあってはそうした不都合を避けるため、世紀を重ねるにしたがって『ドン』と『セニョール』が積み重ねられるようになり、『セニョール・ドン』を無益に何度も繰り返すことに嘆かわしくも時間を浪費するようになれば、人々は互いの名前を呼ぶことを控えるようになるかもしれない。間違いなく無駄にできる時間などまるでない宮廷人は、この害をすでに知っていてしかるべき措置を講ずるべく、近しい人を呼ぶときには単に名字によって呼ぶようにしている。しかしこうしたやり方を取っていない人は洗礼名を抜きに名字に『セニョール』をつけている。しかしここからもまた別の厄介が持ち上がるのだ。もしわたしたちが多くの兄弟やいとこ、おなじ名字を持つ親類たちと一つの部屋にいたとしたら、数学者が図形の各部分を指すのにアルファベットを用いたり、イギリス人たちがその歩兵連隊に数字を充てているよりほかの方法で、どうやってわれわれを区別できるだろう？」

このほかにもヌーニョは数多くの面白おかしい考察を付け加えましたが、皆と散歩に行くために立ち上がると、つぎのように締めくくりました。

「諸君、これに対してわれわれはどうするべきなのか？　このことは長らく示されてきたこと、すなわち人間が良いものをすべて駄目にするということを証明している。この件にかんして単刀直入に言わせてもらうが、フランスの侯爵、ドイツの男爵、イタリアの大公と同様にスペインにはドンがありあまっているのだ。それはつまり、いたるところで人間は自分のものではないものを身につけ、正当な持ち主たち以上にそれを見せびらかすということさ。おなじ問題をめぐってはフランス語に『ドイツの男爵、フランスの侯爵、イタリアの大公、悪いお仲間』(*Baron allemand, marquis français et prince d'Italie, mauvaise compagnie*)という警句があるように、ケベードの言葉もスペインの諺となっているのだ。『ドン・トゥルレケとわたしを呼ぶが、それは無用の心遣い。なぜと申すにドンとトゥルレケ、あまりにしっくり来ぬがため』[313]」

第八十一の手紙

同上

世の中で中庸の位置を占めるのに、人がどのように振舞えばよいのかを知ることは、容易ではありません。もし才能と教育をひけらかせば、傲慢だ、向こう見ずだ、野心家だ、といって人々の憎悪を引き受けることになるでしょう。反対に謙遜して控え目であれば、役に立たない愚か者だと蔑まれるでしょう。注意深く慎重で、念入りなものであれば、執念深くて反抗的ということになるでしょう。誠実で穏和で、彼を侮辱した人間とも容易に和解できるとすれば、腰抜けの意気地なしとなります。立身を望めば野心家と、程々に落ち着けば怠惰と、時流にしたがえばおべっか使いの評判を得るでしょう。人々の譫言に反対を示せば狂人の座を占めることとなります。ありあまる例の数々によって裏付けられた、真面目に考えれば考えるほどうんざりさせられるこれらの考察は、人をしてわれわれのアフリカの最も人里離れたところへと引きこもり、同胞より逃れ、獣たちに入り混じって砂漠や山の中に居を定めたいと思わせます。

第八十二の手紙

同上

人間が正気であった時代があったなどと考えることは控えようと思います。人間の狂気は愚かさとおなじだけ古く、それぞれの時代はそのお気に入りの狂気を有しております。狂人病院に足を踏み入れたものがそれぞれの檻に驚いたとしても、それは隣の檻の中にもっと強烈な別の狂人を目にするまでのことであるのとおなじように、今世紀が第一等であるに相応しいとわれわれが考えるのも別の世紀がそれを乗り越えるまでのことです。つぎのものがより格上であることは疑いを容れませんが、今世紀の残されたわずかな年のあいだそれを愉しむこととしましょう。ひょっとするとつぎの世紀がやってこないかもしれませんし、単刀直入に言えば、その譫妄は卓越しております。その中でも筆頭は、疑いを容れない原理として据えられた数多くの公理や命題を誤謬であるとするにいたったことです

「わたしには」ヌーニョが言いました。「現代の習慣を研究し、古《いにしえ》のそれを罵ったおかげで、さらには近代主義から第五元素を取り出そうとするあまり、賢者の石を発見しようと熱心に取り組み過ぎた人々に起こるように、正気を失うにいたった友人が二人あるのだが、その不幸の特筆に値するものは彼ら

が得た狂気で、それというのは、疑いを容れないものとされている規律をめぐって二人で問答を繰り広げるのだよ。これによってその狂気の公言をするわけだが、それはわれわれ自惚れた当世風の人間が当然と受け入れている公理にかんするものなのだ。回復の助けになれたらと幾度となく彼らを訪ねるうちに、その議論のいくつかはすっかり覚えてしまったほどだが、それに加えて召使いに彼らの相手をし、耳にした面白そうなことをすべて書きとめ、毎朝わたしにそのリストを渡してくれるようにと命じておいた。彼らが普段繰り返している問答という形でそれを聞いてくれたまえ」

問：暖炉よりほかに火を見たことがなくとも優れた兵士になれるとお考えか？　とてもきつい袖飾りを身につけ、美味しい食卓を提供しない将軍たちをこき下ろし、フェリペ二世からこっちわれわれの軍隊が何も成し遂げていないと断じ、四十年の経験、十五回に及ぶ実戦経験、四つの負傷、技術の知識を有するよりも、二十歳を数えるだけで百人もの人間を指揮するに足ると請け合うばかりで、優れた兵士となるのには十分とお考えか？

答：いかにも。

問：一日に二分しか文字を読んだことがなく、本など一冊も持たず、師も持たず、人に尋ねるに十分な謙虚さもなく、メヌエットを上手に踊るよりほかに才能がなくても驚くべき賢人になることができるとお考えか？

答：いかにも。

問：よき愛国者となるには、祖国の悪口を言い、われわれの祖先をからかい、床屋やダンス教師やオペラ作家や料理人の言うこと、国民を愚弄する風刺を聳然《しょうぜん》として傾聴し、母国語を忘れたふりをして、片言の外国語を馬鹿みたいに下手くそに話し、ここで起こること、始まりからこっち、この場所で起こったことに文句を言えば十分とお考えか？

答：いかにも。

問：ある本の内容を判断するのにそれを読む必要はなく、その装丁や目次か序文を多少見れば十分とお考えか？

答：いかにも。

問：人間の肉体を保つためには美味で健康に悪いありとある料理、神経を弱らせるコーヒー、頭をぼうっとさせるリキュールの載ったテーブルに四時間ついていること、それから後ポケットをすっからかんにし、恥ずべき借金を負わせる遊戯が不可欠とお考えか？

答：いかにも。

問：有益な市民となるには十二時間眠り、三時間を劇場に過ごし、六時間を食卓で、三時間を遊戯に費やせば十分とお考えか？

答：いかにも。

問：よき家長となるには何カ月もずっと自分の妻ではなく他人の奥方たちと会い、相続した財産を蕩尽し、自分の子供たちは借り物の教師や従僕、御者や馬丁に預けておけば十分とお考えか？

答：いかにも。
問：大人物となるには人との交わりを断ち、眉を吊り上げ、大きな旅の荷と大きな屋敷と大きな悪徳を持つだけで十分とお考えか？
答：いかにも。
問：学問の進歩に貴殿が寄与するには、それを推進しようとするものを迫害し、それに身を捧げているものは軽蔑をもって遇し、哲学者や詩人、数学者や雄弁家をオウムやサル、侏儒や道化のようにみなすだけで十分とお考えか？
答：いかにも。
問：言葉少なく思索的な人間、その意見を口に出すのに謙虚な人間には誰しも蔑みとからかいが相応しく、ひいては耐えられるものなら殴打と棒で打ちのめすべきで、その反対に注目を集めるためにはオウムのように喋り、蝶のように舞い踊り、サルより大げさな身ぶりをするだけで十分とお考えか？
答：いかにも。
問：人間の繁栄の精髄にして最終目的とはよく肥えたフリースラント産の馬か、コルドバ産のひじょうに優雅な仔馬か、大変背の高いマンチェゴのラバに馬車を引かせることとお考えか？
答：いかにも。
問：つぎに来る世紀が目を開いて今世紀の愚かさを目にしたならば、貴殿やお仲間たちの名が笑いやからかい、あるいはおそらく憎悪や呪詛の対象となるとお考えか？　それにもかかわらず狂気の中にお過ごしになると誓われるのか？

答：いかにも、お誓いしよう。

「それから質問者は沈黙し、相手がこれまたたくさんの質問をするのだ」[314]ヌーニョは付け加えました。「最も嘆かわしいことは、彼らがこの手の狂気の格言と同様の完全な公教要理をすっかり仕上げてくれないことだ。どのような戒律を、慈悲を、罪を、それらに対する美徳を、祈りの言葉を彼らが並べるだろうかとわたしは興味津津なのだ。狂気というこの宗教を奉じ、その神秘を崇め、祭儀に出席し、その教義を広めようとするものは、その生涯の喜ばしき年月を楽しく過ごすものだ。自身について持つ高き評価、他者に対して持つこの上なき軽蔑、女性の世界が彼らを引き付ける感嘆、その常軌を逸した振舞い、そして最後にその絶え間ない運動をわずかながらも押しとどめるような深刻な思慮の欠如は、疑いもなく楽しい青春時代をもたらすだろう。しかし成熟の年代に近づくにしたがって、彼らは極めて悲しい状況にあることを見出すだろう。表層のめまぐるしさはすべて消え去り、彼らは別の段階にあるだろう。真面目で、礼儀正しく、重要な人物たちは彼らを受け入れることはないだろう。というのも、彼らと付き合ったことはないのだから。女性たちは彼らを見も知らぬものとして扱うだろう、というのも、彼らは彼女らの応接室で魅力的に見えるものを持っていないのだから。そしてわたしには、彼らがネズミでも鳥でもない蝙蝠のように思われる。

「彼らの内の誰かが軽薄でもなければ楽しくもない年齢に達した時、一体どのような階層に位置付ければよいのだろうか？　大人でいることも子供でいることも不可能な状態にあることを知ったとき、彼はどれほど苦しい瞬間を持たねばならないだろう。通り過ぎてきた時期に足を踏み入れようとしている人々に羨望を抱き、彼にものぞき始めた白髪の生えている人々は彼を脅かすであろう。もしも自然が彼を生み出す際に、彼をつねにその青春時代に保っておくという契約を結んでいたのであったなら、彼はその理性を用いることなど一度もなく、表面的な快楽と幸福に恍惚として死んでいっただろう。青春の短さを知り実質のあるものを見ていたならば、彼はしかるべき時に共和国におけるなんらかの地位を占め、真実に即して多かれ少なかれ幸福に、なんらかの人生を見出したであろう。伊達男であったならば、彼の顔に皺が寄り、髭が生えそろい、肉体が衰えを見せ、声がしわがれたときに、苦行と冷淡を味わうよりほか望めないだろう。これこそ彼がこの世に生れた日より彼があり得たところのものである」

第八十三の手紙315

同上

もしもわたしが占星術の戯言を信じるのであれば、スペインの賢人たちの誕生を支配した運命を研究するよりほかに、好奇心と喜びをもって人生を費やすことはないでしょう。どこにあっても、普通の人間以上の才能を有して生まれることは疑いもなく不幸、それも極めて大きな不幸です。しかしこの半島にあっては、とヌーニョは申します。それは人間が誕生に際して背負うもののうちで最も大きな不幸の一つなのだ、と。実際のところ、と我が友は続けます。「もしわたしが結婚していて、妻がまもなく我が家の跡継ぎを生もうとしているときには、繰り返し言うことだろう。愚鈍な子を授かりますようにと強く、強く願ってくれ、そうすればとても平穏で名誉ある余生がわたしたちに与えられるだろうから、とね。その子はすべての親族や祖父母から遺産を受け継ぎ、丈夫で健康に育つだろう。すばらしい結婚をして、輝かしい富を築くだろう。彼は町で尊敬され、大物たちの寵愛を受け、わたしたちは良いように取り計らわれながら死ぬことだろう。しかし今おまえの腹の中にいる子が才能を持って生れてきたならば、どれほどの苦悩をわたしたちにもたらすことになろう？　考えただけでも身の毛がよだつし、恐怖からおまえが流産などすることのないように、それを口にするのは控えておこう。われわれの結婚の果実が何であれ、よき家長としての名誉にかけてこれだけははっきり言っておくが、わたしはその子に読むことも書くことも教えないし、家の下男よりほかには誰とも付き合わせないつもりだ、とね」

ヌーニョの冗談はさておいて、ベン・ベレイ、話を元に戻しましょう。この半島でほかのものよりすぐれた人間が生まれると、不幸の雨が降り注いで彼を溺死させてしまいます。わたしは彼ら自身の傲慢によって政府の正当な怒りを買ったものたちの話をしているのではありません。そうしたものたちはどこにあってもおなじ目に遭うでしょうから。わたしはただ、罰を受けるに値するようなことからはまるで無縁の賢人たちがスペインにおいて経験することになった不幸についてのみ、そしてわたしが先ほど述べ、この考察を形作ることとなった、星の位置が彼らにもたらした不幸についてのみ語っているのです。

ミゲル・デ・セルバンテスがその生涯にあって不幸であったのとおなじように死んだ後もまったく無名で、ごく最近までどこで生まれたかさえ知られておらず、世界中で数少ない独創的な作品のひとつの作者であるこの天才が、その人生の一部分を病院で、別の部分を牢獄で、またある部分は平《ひら》の一兵卒として戦列に過ごしたと知るにつけ、ヌーニョがその子供に読むことを学ばせたくないということには理があると思います。[316]

神が創り得た最も大きな才能の一つであるドン・フランシスコ・ケベードが、立派な財産と様々な優位を具えて生まれながら獄に繋がれ、[317]足枷の傷によって壊疽《えそ》を負わされたことを知るにつけ、目にするすべての書物を燃やしたくなります。

ルイス・デ・レオンが教会と大学におけるその権威にもかかわらず、キリスト教徒にとっては絞首台よりも恐ろしくさえある牢獄の苦難を長い年月味わったことを知るにつけ、[318]わたしは怖れ慄きます。

その害はこれほど明らかで、その結果はかくも確かであり、その光景はこれほど恐ろしいものなので、今日その作品を人目に触れさせるスペイン人は信じがたいほどの注意を払って執筆し、それが出版される運びとなれば震えています。その意図が善良で、表現は率直であり、司法官が正当であることを認め、読者の慈悲深いことが明らかであっても、彼は星の影響をつねに怖れています。雷鳴が轟く中で海をわたるもののように、たとえ船が優れた作りで、海は少しも危険ではなく、乗組員たちは頑健で、操舵手が経験豊かであっても、マストに雷が落ちはしないか、サンタ・バルバラ[319]の火薬に引火するのではないか、とつねに恐れるのです。

ここから、多くの人間が彼ら自身にとって有益であり、祖国にとって名誉となる書き物を隠すということが生じます。そして外国人はスペインで日の目を見る書物を見るにつけ彼らに相応しからざる評価を与えます。その判断が思い上がったものであるにせよ、まったく分別を欠いているわけではないのは、称賛に値する作品は隠されたままにとどまるからです。わたしは多くの人と付き合いがあるわけではありませんが、僭越ながらわたしの知人たちのあいだからでさえ、ありとあらゆる学識にかんする大いに立派な手稿を得ることができるものと断言いたしましょう。当然のことながらその学識は、揺り籠から出るや否や墓所の塵のごとくに横たわっているのですが。ほかの人々についても、世に出る一冊の裏に九十九冊が隠されているものと断言できます。

第八十四の手紙

ベン・ベレイからガセルへ

死後の名声と呼ばれるものへの反駁を記した手紙をおまえの友人たちの目に触れさせてはならない。これが人間の狂気の最たるものの内の一つであるにせよ、ほかの数多くと同様にそれが支配するがままにさせておく必要がある。人間を倫理的に善良な種だけに減らしたいと願うことは、ありとあらゆる人間が哲学者となるよう望むことで、これは不可能なのだ。数ヶ月前におまえにこの問題について書いて後、そのような望みこそ不幸にあえぐ有徳の士にとって慰めとなる数少ないものの一つなのではと考えている。同時代人が彼に拒んだ正当な評価を来るべき世代が果たしてくれると考えることは、大きな心の慰めであるかも知れないし、人間と呼ばれる不幸にして苦悩する生き物にとって、無邪気であるとともにたとえ幼稚であろうとも、その欲する喜びと慰めはすべて与えてやるべきだという考えにわたしはいたったのである。

第八十五の手紙

ガセルからベン・ベレイへ、前の手紙への返事

あなたの手紙をある人々の目に触れさせないよう、しかと自重いたします。死後の名声への期待が、自らの世紀の迫害に苦しみ、来るべき世紀に上告の訴えを行う多くの人々をかろうじて生かしておくことのできる唯一の期待であるという考えに、大いに力を得ます。したがって、たとえ幼稚であるにせよ、多くの悲惨にあえいで生きている人間にはこの慰めやほかの相応しい慰めが与えられねばなりません。ですが我が友ヌーニョが言うには、この手の名声に対する無関心の立場を取る人々の数がもはやあまりにも大きいとのことです。この世紀の性格や哲学の真の精神であれ、またはこの世界の栄光はすべて虚しく移ろう、取るに足らないものであると考える宗教の所産であれ、確かなことは生涯の最後の日をこの世

界におけるその存在の最後の日であると思いなす人々の数が法外なものであるということです。

そのことをわたしに確信させようと彼は、そのような死後の名声を得ることのできない多くの人々の送っている生活について語ってくれました。批評においてはお決まりとなっている宮廷や大都市における魅力的な生活ばかりでなく、小さな町や村のそれについても話してくれました。彼が取り出した第一の例は、半島を最初に旅した時にわたしが知遇を得、大いに尊敬をした主人でした。[320] その後、彼によく似た多くの人々が続きますが、いつもこのように言って彼は話を締めくくるのです。

「遅く床から出て、とても熱いチョコレートを飲み、とても冷たい水を飲み、着替えて、広場に出て、鶏肉の値段を交渉し、ミサを聞き、何度か散歩に出て、土地の噂話や陰口がどうなっているか情報を仕入れ、家に戻り、大変ゆっくりと昼食をとり、昼寝をし、起きて、田舎に散歩に出て、家に戻り、冷たい飲み物を取り、テルトゥリアに足を運び、トランプに興じ、家に戻り、ロザリオの祈りを唱え、夕食をとり、床に就く、そんな人間が何千とあるのだよ」

第八十六の手紙

ベン・ベレイからガセルへ

半島の所有をめぐってわれわれの祖先と彼らの祖先が争った長きに渡る戦いの中で、スペイン人たちがその救援を享けていると信じていた、その国の有名な英雄について、おまえの友ヌーニョに意見を求めてほしい。彼らの史書によれば、ドン・ラミーロが一握りの臣下とともに無数のモーロ人の軍勢に包囲されて、その敗北が不可避と思われたとき、サンティアゴと呼ばれるその英雄が彼の前に姿をあらわし、あくる日の夜明けとともに敵の数も味方の数も考慮に入れず、彼が天よりもたらす援けを信じて相手に襲い掛かれと言ったという。ドン・ラミーロはそのようにして、軍勢によって勝機をはかるならば無鉄砲でありながら栄誉ある勝利を収めたと歴史家たちは続けている。[321] スペインの年代記を書いた人間たちがこれに言及している。一体どういうことなのか教えてほしい。[322]

第八十七の手紙
ガセルからベン・ベレイへ、前の手紙への返事

お申し付けのありました件、果たしました。本当であったとしたらわれわれにはまるで納得がいかず、嘘であったとしたら大いにわれわれを笑わせる、スペインの歴史の出来事についてのあなたの異議をヌーニョに伝えました。さらにわたしの想像から生まれたいくつかの考察もそれに付け加えました。もし天が、とわたしは彼に言いました、もし天があなたの祖国をアフリカのくびきから立ち上がらせることを望んだのであれば、モーロの軍勢を撃破するのに人間の力が、サンティアゴが姿をあらわすことが、そ

れにもまして白い馬などが必要だったのでしょうか？　ことばとその望みのみによって、無よりすべてを創り出された方が、剣などという物質的なものをまさか必要としたのでしょうか？　永遠の富を享受されている方々が人間どもを突いたり刺したりするために降りてこられることがあるでしょうか？　神の本質についてわれわれが考えるところにより相応しいのはつぎのように考えることではないでしょうか？「モーロどもは退散せよ」と神は仰せられた。するとそのようになった、と。

アフリカのモーロ人とスペインのキリスト教徒のあいだのこの会話は、もちろん忌まわしいものですが、どの国であれ、どの宗教であれ、二人の理性的な人間のあいだにあっては友情に水を差すことなく、交わしうるのです。[323]

これに彼は、議論を価値あるものにする、彼に生来具わった温和さと、公平さをもっていつも応えるのです。

「忘れがたきクラビホの戦場でドン・ラミーロの前にサンティアゴが姿をあらわし、その神助天佑がキリスト教徒たちにモーロ人に対する勝利を与えたという事績は、親から子へ受け継がれてきたものだ。問題の時代は信仰箇条に含まれてもいなければ、幾何学の証明でもなく、それゆえに誰一人不敬や無分別の悪名を蒙ることなくそれを否定することはできよう。しかしこれほど古い伝承がスペインで神聖なものとされてきたのには、われわれ自身の腕が勝ち取った勝利が驚嘆すべきものであると思われるときにはいつも、天にそれを帰するというわれわれスペイン人の性質の中にある敬虔さによるものだと思われる。これは外国人がわれわれの性質であると考える自惚れや自尊心に対立するものだ。この謙虚さが地球上のほかのいかなる国が持ちえたより偉大な勝利をもたらすこととなった。この半島が生み出した最も偉大な二人の人物は、最も重要な出来事にあって、スペイン民衆のこの敬虔さの重要性を経験することとなった。すなわちコルテスはアメリカ大陸で、シスネロスはアフリカ大陸で、彼らの兵士たちが真に人間離れした勇気による驚異的な偉業を達成するのを目にした。というのも、彼らの手勢もまたおなじ使徒の出現を見た、あるいはそうと信じたからである。超自然の努力が味方し、天より降臨した首領が指揮を執ってくれるという考えほど効果目覚ましく、不撓不屈の力を兵士たちに注ぎ込む軍規も武具も計略も方法もありはしない。その真実性はすぐ後続の世代にとっては大いに納得されていたが、攻撃の際にサンティアゴと鬨《とき》の声を上げる習慣はスペインの軍隊にあって長らく続いた。ある軍隊を別のものより優位にさせる効果的な軍規は、どの軍にでも容易に模倣されてしまう。兵を操る腕前も、その最も科学的な編成も真似されてしまう。同盟軍や傭兵の数の多さは金によって賄うことができる。おなじ方法によって間諜を用いることも、信頼を突き崩すこともできる。ようするに、いかに戦闘に長けた国といえども、つぎの合戦において敵軍に模倣されずに済む強みを有しうるものはない。しかし天上の闘士が兵士たちに助太刀するために天から降りてくると信じることは、彼らを模倣の敵わぬ活力で満たすのだ。ねえ、ガセル、民衆が虚心坦懐に信じていて、国家にとっては有益な効果を生み出すものから引きはがそうとしている人たちは、もし大衆が哲学者になってしまったり、それぞれの仕組みの正当性を究明したいと考えたらどんなことになるかについては、お構いなしなのだよ。それを考えるとわたしは恐ろしいし、それがこれまで幾何学の証明よりもさらに明白であると考えられてきた事どもを疑問に付して台無しにする、今日では支配的な一派[324]について忌々しく思っている理由の一つだよ。過剰が平常へとなり代わり、本質的ならざるものが本質的なるものへと変化するのだ。信仰に悖ることはまるでなしに否定できる事柄を否定し蔑むばかりではなく、当の信仰の基盤となるものまでをも彼らは虚仮《こけ》にしようとするのだ。伝統と啓示とは、彼らの考えでは、都合がよいと思われれば政府がその使用に供するからくりに過ぎない。[325]説明のできない至上の存在がわれわれを生み出したことには同意しているが、しかしその配慮が創造のただ一事を超越することは拒んでいる。死んでしまえば、生まれる以前、かつていた場所にわれわれは戻るとか、これより始まってほかにも幾千のことを彼らは口にする。しかしわたしは彼らに言おう、『しばしの間、君たちの言うことがすべて本当だとしてみよう。それを公表して、皆がそれを知ることが有益であると君たちは思うのか? 君たちが享受するだけでなく、地球上に広めたいと願う自由は、政治や経済、社会のすべてを抹殺して世界を倫理の混沌《カオス》に沈没させる最も手短な道ではないか? ありとあらゆる人間が君たちのご高説に説得され、この生の後の未来のいかなる状態をも願いもしなければ恐れもしないことを思ってみたまえ。彼らが何をしでかすと思う? 残忍であれ、有害であれ、ありとあらゆる罪に手を染めるだろう』と。

「たとえ君たちの恣意的で、権威や正当性の土台をもすっかり欠いた学説が、幾何学のまったき厳密さをもって未来を見通すことができたとしても、それはそれぞれの世界のわずかな人々の内に秘匿されるべきだろう。これは国家の秘密であり、それを侵すものは厳罰をもって処すという条件のもと、ごくわずかな人々のあいだで極秘裡に守られるべきものだろう」

実際のところ、親愛なるベン・ベレイ、ヌーニョのこの最後の理屈には反論の余地がないように思われます。放縦なものたちが説き広めようと躍起になっていることが真実であれ、嘘であれ。もしそれが、わたしの思う通り、嘘であるなら、彼らは何世紀にも渡る、数多くの人々の信仰に背こうとした廉で非難されるべきです。また、もし真実であるならば、この発見は同時に賢者の石の発見以上に重大なものであり、黒魔術の発見よりも危険なものとなります。したがって、大衆の耳に届くべきではないのです。

第八十八の手紙
ベン・ベレイからガセルへ

国ぐにがその誕生から完全なる衰退までに辿る様々な段階について、おまえの書いたもの[326]を見て、それに同意する。もしも人間とその共同体に起こる出来事の連鎖を避けるためになんらかの方策があり得るとしても、贅沢の時代の害を予防できるものはないと思う。これはあまりにも大きな魅力を持っているので、いかなる説得にもその場所を譲ることはない。したがって、そうした時代に生まれついたものがこの奔流の力を妨げようと望んでも、それは徒労に終わる。美味なる食卓、やわらかき臥所《ふしど》、洗練された衣服、なよなよとした行儀作法、恋の語らい、軽薄な暇つぶし、喜びに磨きをかけるための研究、そのほかの贅沢に慣れ親しんだ民は、その破滅が近いことを知らせようとする人々の声に耳を貸すことはできない。あたかも川が海に注ぐように、彼らは破滅に転落するよりほかない。奢侈法も軍事的な発想も、公共事業も、戦争も、制服も、倹約にして質素、奢りなき国王の模範も、知らず知らずのうちに入りこんだ害悪を償うに十分ではない。

そのような国は古き法や習慣の簡素さを蘇らせ、それを破るものを罰したいと願う判事を笑うだろう。放縦を批判して長広舌を振るう哲学者を笑うだろう。戦争について一言でも発する将軍を笑うだろう。祖国の英雄たちを讃える詩人を笑うだろう。こうしたことは何一つ耳に入らず、理解もされまい。謹聴され、入念に実行に移されるのは世に普《あまね》き腐敗を完成する業《わざ》である。レモネードや、なんとかという髪形や、衣服や踊りの発明は人間悟性の進化の数学的な証明として受け止められる。楽しい音楽が作曲され、柔和な詩が書かれ、恋愛を扱った演劇が作られれば世紀の発明とされる。人間の悟性の努力をその国全体がこんなものに貶め、馬車のサスペンションがありとある数学の、奇妙奇天烈な噴水や楽しい演劇が科学の、より芳醇な香水は化学の所産とされてしまう。そしてまた、われわれがより快楽を感じられるようにするものが医学であるかのように、血縁関係を断つものが婚姻、忠誠、友情、愛国心あらゆる倫理と哲学であるかのように。

十八になろうかという若者に近づいてつぎのように言うものはひどい目に遭うに違いない。

「君、もう祖国にとって有益となり始めてもいい年齢だろう。その服を脱いで国産の羊毛のものを身につけたまえ。それらの美味しい食事をやめてわずかばかりのパンとワイン、ハーブに牛や羊で満足したまえ。劇場やテルトゥリアに足を運んではいけないよ。田舎へ赴き、駆け回り、飛び跳ね、槍を放り、馬に乗り、川を泳いで渡り、猪や熊を退治して、正直で丈夫で働き者の女を嫁に貰うんだ」

女性に近づいてつぎのように言うものはもっとひどい目に遭うだろう。

「あなたはもう十五歳におなりですか？　ではもはやちびっこではありませんね。鏡台も客間も、馬車もテーブルもおべっか使いも、仮面も劇場も、紐飾りもレースもベルトもつけ黒子《ぼくろ》も絹レースも、香水もガウンもデザビエも、今日より火にくべておしまいなさい。そうしたよしなしごとに時間を費やしていて、誰があなたと結婚するものですか？　子供をその乳で育てない女と、シャツも作れない女と、病気の折に看病もできない女と、家のことを仕切れない女と、そうすることが必要であっても戦地に同道しない女と、一体誰が夫婦になるものでしょう？」

このような演説をする哀れな男は代償にたくさんの揶揄とからかいを受け取るだろう。この手の演説はある世紀において実に正しく尊敬を集めたとしても、別の時代にはさっぱり理解されない。このようなことを声高に言う連中には、古代ガリア語を今日のパリで話し、マドリードで在りし日のヌマンシアの言語で話すものとまったくおなじことが起こるだろう。これに服装やしかるべきジェスチャーが加わるならば、宮廷という宮廷の住民の大半を占める暇人たちは皆、遠い土地からやってきた怪物や鳥の声を聴きに行くように、好奇心に駆られて彼を見に行くことだろう。

わたしはアフリカにあって、皇帝の宮廷から離れ、喧騒より隔てられ、老衰の齢《よわい》にあるのだが、もしわたしが年若くしてヨーロッパの主要な宮廷に身を置き、人々の輪の内にあり、それなりの財産を有していたとしても、またわたしがこの哲学的な思想を有していたとしても、この紊乱に声を上げ、その末路をあげつらうだろうと思ってはならない。なぜならそれは、寄せては返す波を押しとどめ、星辰の東から西への運行を止めようとするのに等しく無益なことに思われるから。

第八十九の手紙

ヌーニョからガセルへ

この世界に、友人や知人の健康状態と家庭内の問題しか扱わない平俗な書簡ほど冷淡で味気のない書き物はない。両親から子供へ、子供から両親へ、主人から召使いへ、召使いから主人へ、宮廷に住むものから村に住むものへ、村に住むものから宮廷に住むものへ、そうした区別のもと、日付と署名の部分に必要な空白をあけて、印刷して売るべきだろう。この品揃えと、どこの店でも決まった値段で売るようにすれば、毎年毎年よしなしごとを何百枚もの紙いっぱいに書きつけ、またおなじだけのそれらを読む労苦から人間を解放して、より有益なことのために時間を費やせるだろう。

カディスより送られてきて、わたしが君に転送した荷の中身がこの類のものであったなら、同情を禁じ得ない。しかしそれらの内にはベン・ベレイ翁からのものが数多く含まれてあるだろうし、君が読むに値することが書かれているに違いあるまい。

わたしは近いうちに、友人の一人が様々な国ぐにと世紀の学問体系の対比を行っているある書物の要約を君に送るつもりだ。本質においては進歩はごくわずかであるのに、それぞれの時代の意見が多岐に渡る様は実に信じがたいほどだ。

ヨーロッパにはごく最近印刷機を禁止した国があり（それはスペインではない）[327]、後にすべての劇場、アリストテレス学派に背くすべての哲学、続いてキナの使用まで禁止した。そしてその後、完全に掌を返したのだ。寒く湿度の多い気候の下、そのおなじ国は熱く乾燥した環境から運んできた卵から鳥を孵化させようとした。その国の別の賢人たちは精液に拠らずして動物を繁殖させられるという学説を躍起になって支持した。別のものたちはニュートンの万有引力の法則を酷使して、母親に胎児が宿る原因さえ当の万有引力のはたらきに帰した。別のものたちは山々は海より生じたと主張した。この自由は科学から倫理に越境した。あるものたちは彼我の違いが形式上の罪であり、人間の生まれついての平等においては階級制度は害悪であり、人間の自然状態は山に棲む獣のような孤立であると主張している[328]。それほど思索を深くするものでないわれわれは、ヨーロッパの都市を放棄してホッテントットやパタゴニア人やアラウコ族やイロコイ族やアパラチ族やそのほかの民とともに生活することを決めかねている。この哲学者だか何だか分からない人たちの学説によれば、彼らこそより自然に適合して生活しているそうなのだが。

第九十の手紙

ガセルからヌーニョへ

最前あなたが生真面目な習慣により封も切らずに転送してくれたベン・ベレイの最後の手紙には、可能な限り早く祖国の宮廷に戻るようにという要請がありました。我が一族が他所の一族と古くより構える反目が再び持ち上がり、あらゆる党派、陣営、身びいきに生来反するわたしの気質に逆らって、身を投じねばならないこととなったのです。こうした問題に対処できるであろう伯父は蛮族との国境管理の任にあって宮廷から離れたところにおりますが、私《わたくし》の利害のために公の性格の仕事を離れることはわたしたちのあいだではありえないことなのです。ベン・ベレイは高齢な上に世の事柄から完全に遠ざかっており、それゆえわたしが赴くことがなんとしても必要なのです。この港にはオランダ船が入っており、その船長はわたしをセウタまで連れていくことを引き受けてくれました。そこから宮廷までの道のりはとても容易く、路銀もあまり必要ではないでしょう。当然マラガに寄港するでしょうから、わたしへの手紙はその町に書き送ってください。今日から一月のあいだわたしの姿が見られなければ、その町にいる友人からカディスにいる友人に転送させるようにしてください。宮廷に赴いて権力者たちに請願し、同胞たちと争うと考えるだけで、わたしが心底うんざりしていることをはっきり申し上げます。

マラガとセウタより、そして到着の後、あなたに手紙を書きます。こんなにも早くあなたの国とあなたのもてなしを後にせねばならないことを残念に思います。そのどちらもが、わたしの生まれや教育によってこれまで奪われていた目新しいいくつかの考えをもたらし、それにはわたしたちが何度となく交わした会話の主題について熟考することで滑稽と思われたいくつかの考えもまた影響を及ぼし始めていたのですが。生まれと教育というこの二つの力に対抗できるとは、真実の力は偉大であるに違いありません。なおわたしの心に影を作っているわずかな闇がその神々しき光によって薙ぎ払われる幸福なる日の夜明けこそすばらしいことでしょう！[329] 荒れた天気の後の陽光も、時化の後の静かなる海も、轟々と恐ろしい音を立てる北風の後に穏やかにそよぐ西風も、あなたがわたしに約束し、わたしがあなたの議論の中に見出し始めた心の平穏さに比べられるほどに美しいと思われたことはありません。かくも大きな喜びを奪うというそのことだけでも、アフリカとヨーロッパの両岸を隔てる距離はわたしにとって堪えがたいものです。わたしの注意に値する唯一の用件をあなたの国に残していく以上、自分の国にあってわたしは、倦怠をおぼえながら、自分を呼び寄せた用件の対処をするでしょう。残した用件を果たしにわたしはすぐに戻ります、わずかな旅程ではありますが、たとえそれが初めて世界を一周したスペインの船ラ・ビクトリア号[330]の旅を何度となく繰り返す必要があったとしても。

　こうした問題をベン・ベレイと議論したいと思います。あなたはどのような助言をくれるでしょうか？　彼の威厳を害するのではという危惧はありますが、もし彼が盲目であればその蒙を啓《ひら》き、もし彼の心にこの光が届いているのであれば、わたしの心に伝えてもらい、二つを合わせてより大きな輝きとしたいという内なる衝動をも感じています。請願や宮廷や富にまつわる用向きよりも、これについてのあなたの返事を心待ちにしています。

『モロッコ人の手紙』おわり

覚書

印刷されたもののほかにおなじくらいの分量が手稿には含まれていたが、[331] その相当の部分は筆跡が悪く判読が不可能であるがために、永遠に日の目を見ることはない。このことをわたしは大変残念に思うし、書簡の目録はなおさらにわたしの大いなる好奇心を掻き立てる、というのも、活字になったものとならなかったものとを合わせれば、百五十もの書簡が数えられたからである。後者の書簡のいくつかは、大変な苦労を経たならば、まだしも判読できる断片を有しており、全体を完全な作品として出版できないことの辛さを弥増しにする。読者の歓心を買うとともに、故人となった我が友人に対する忠義に悖らないために、精確で几帳面な編者と目されることを望んで、そうしたことどもを爾余の事柄とともに喜々としてここに含めたかもしれない。しかしある事柄は、別の事柄とはまったく関係を持たず、判読可能な断片はあまりにも短いもので、読者の願いは決して満たされはしなかっただろう。したがってわれわれはともに、断片と表題によって手紙の大部分はガセルからヌーニョへのそれで、モロッコの首都への到着、ベン・ベレイに出会う旅、ヨーロッパの文物にかんする二人の会話、ガセルの報告とベン・ベレイの考察、ガセルの宮廷への帰還、彼のそこへの参入、そこで彼に起こった出来事、それらについてのヌーニョの書簡、ヌーニョがガセルに宛てた助言、ベン・ベレイの死について書かれていると述べることで満足するとしよう。

すべての出来事はガセルの純真さ、ヌーニョの不偏不党、敬うべき老ベン・ベレイについての数多くの知らせを開陳する機会を約束するものであった。しかし世も人もかくのごとし、完全なる作品を目にできる機会などわずかに過ぎないのである。

『モロッコ人の手紙』の編者による文学的宣誓

「おお時間よ！　おお習慣よ！」（*O tempora! O mores!*）[332]、それぞれの頁にたくさんの行を持った膨大な紙束を見て、ある人たちは実に賢明に叫ばれるだろう。「なんと嵩張る書物！　倫理をめぐる思索！　批評的観察！　緩慢な考察！　これがわれわれの時代の産物だというのか？　われわれの眼と顎髭の前に！　よくもまあこんなことができたのものだ、忌々しい編者よ、あるいは作者よ、誰であれ、こんなにも重く、厚く、何よりもうんざりさせる書物を与えるとは？　一体いつまでわれわれの親切心に付け込むつもりなのか？　円熟したとはいえないおまえの年齢も、まだ未熟なわれわれの年齢も、ほんの子供に過ぎない世界の年齢も、おまえをこの重苦しい仕事から遠ざけることはできない。重苦しいというのはおまえにとってはそれを完結させなければならないからであり、われわれにとってはそれを読まねばならないからであり、印刷所にとっては今に呻吟せねばならないからだ。二つ折判《フォリオ》の書物が書店で埃の中に横たわっている運命はおまえを慄かせないか。また小さな書物が無数に再版されながら、化粧台やそれなしでは軽んじられたと考える暖炉に行き渡るにはなお十分ではないという運命はおまえを勇気づけないだろうか？　辛辣ながら表面的な批評、よしんばわたしたち自身に向けられたものであれ、その補遺[333]や第二部、恋愛詩[334]、その他同様の軽佻な作品[335]たちは幸運にも人の手から手へ受け渡され、その文体は口から口へ、その内容は頭から頭へ伝わっていくがよい。もう一度言おう、めでたく千と一度でも伝わっていくがよいのだ。ガラスの表面がへつらわないにしても、われわれは鏡に映った自分自身の姿を見て喜び、絵筆がおべっかを用いないにしても、われわれの肖像が後代に伝わることを嬉しく思うものだ。だが愛国心や、忠義、虚栄の批判、哲学の進歩、あるいは贅沢の悪弊、その他もろもろの似たような真面目な問題は、われわれの時代には相応しくない。おまえはそれを書くべきではないし、われわれはそれを読むべきではない。同様の馬鹿げたものをわれわれが受け入れなかったとしても、どれほどわれわれがおまえを鼓舞することがなかろうとも、近くおまえはまさしく深刻な作品に着手することだろう。おまえの中にあるおどけた文体は偽物だ。おまえの本性は陰気で厳《いか》めしい。われわれはおまえの本当の顔を知っているし、おまえが顔を隠そうとしている仮面を剥ぎ取ってやる。われわれのあいだでおまえの正体を知らぬものはない。そこから類推するに、おまえは学問の暗闇からひとっ飛びに文藝の輝かしい高みへ登ろうとしたのではない、はじめに地表すれすれを飛んでそこから翼をほんの少し広げたのだが、どこまでおまえが舞い上がるつもりなのかは分からない。われわれのうちの何人かは、おまえがこれらの紙切れとともにより大きな作品を読者に向けて用意していることを知っている。おまえに甘い顔をしていればいつの日か『愛国心の基礎』という、うんざりすることこの上ない作品を出版するのではないかと恐れている。おまえはそれぞれの身分、階級における個人の義務を、そしてそれぞれの階級からその全体にいたる義務を一つの体系に纏め上げようとしているのだろう。もしそのようなことをしたならば、われわれの会話と思想の輝かしきものすべての上におまえは厚い雲を立ち込めさせることになるのだ。われわれを馬鹿げた社会や暇つぶしや軽薄な生活から引き離し、かくも偉大なる進歩においてそれぞれの人間が負うべき役割を示し、その仕事に取り組まないものを憎悪の対象とするのだ。その目的のための有益な方法としてわれわれに気に入られようとおまえが望んだとて、無理というものだ、バスケス[336]、それは叶わぬことだ。あまりにまずい実をつける木の根をわれわれは切るつもりだ。われわれ全員が集会を開き、われわれ自身にも、子供たち、妻たち、召使いたちにもこんなに忌まわしい読書を禁止することを知っておくがよい。そうしてなおおまえの本を読むものがあれば、われわれはさらに別の苦悩をおまえに与えよう。われわれはいくつかの部隊に分かれて、それぞれが別の方面からおまえを攻撃しよう。あるものたちはおまえが悪いキリスト教徒だと非難する、ベン・ベレイのようなモーロがその弟子にこんなにも優れた助言を与えると想定するとは、と。またあるものたちはおまえがすべてのアフリカ人よりも野蛮だと大声で言う、われわれの世紀がわれわれの言うほど幸福ではないと、あたかもわれわれがそう言うだけでは十分ではないかのように書くとは、と。良い小麦と忠実な臣下よりほかに生み出すことのない無味乾燥な土地、旧カスティーリャ《カスティーリャ・ラ・ビエハ》の中心で書かれたおまえのアフリカ人の手紙にあるほかの事どもも同様だ」

　ある晩のこと、これらの手紙を読んだ何人かの友人が、厳めしく眉をしかめ、耳障りな声と大げさな身ぶりで激高してわたしにこう言う夢を見た。そしてまた、威厳のある様子で彼らがわたしに剣を向け、ほかでもないヘラクレスさえをも戦慄させる目つきでわたしを見る夢も見た。

　この出来事によってわたしがどうなったのか、わたしが小心で臆病な意気地無しであることに加えても、それは敬虔にして慈悲深い親愛なる読者の愛情溢れる考察に値する主題であろう。わたしは塔から落ちる夢や闘牛の餌食となる夢、絞首台に引かれていく夢から覚めた人が経験するあの驚きと冷汗とともに目を覚ました。半ば眠り、半ば目が覚めた状態で、怒りに燃えた我が検閲者たちを押しとどめ、彼らの慈悲を動かすべく腕を伸ばし、ひざまずいて手を合わせ（雷撃を手にしたユピテルであれ、三叉の鉾を持つネプチューンであれ、剣を手にしたマルスであれ、槌を提げたヴルカヌスであれ、怒りの女神を従えたプルートであれ、その他同様の神々の同情を引く姿勢だ）、それが夢か現実か分からぬままにわたしは彼らに言った。

「影よ、幻よ、亡霊たちよ、わたしは今日の日より針一本の価値あるものも書かぬことをここに誓う。この日までにわたしが書いてきたものも当然にしてあまり役に立たないものだが、それによってあなたがたを宥め、わたし自身を宥めるので、オウィディウスがこれよりはまだ恐ろしくないある境遇に陥った時に口にしたとおりにわたしを放っておいてほしい。

わたしはユピテルの雷撃によって傷つきながら生き、
自分が生きているのかどうか分からないものと変わらぬ仕方で言葉を失った
(*Haud aliter stupui quam qui, Jovis ignibus ictus*
Vivit, et est vitae nescius ipse suae)[337]

「わたしが誤りを認めることがいかに早いかはごらんのとおりで、すでにわたしは数え切れぬ軽薄の方針の一つを採りました。それというのは、遠い場所から持ってきて、正鵠を射ていないのに論拠となし、場に相応しからざる見かけ倒しのこういった引用をする衒学趣味のことです。

「あなたがたをそれほどまでに激高させた手稿の束を破り、これら書簡の原本を焼き捨て、最後に、あなたがたの意に沿わぬことには金輪際身を捧げないことをお誓い申し上げます」

鬱夜

英国人ヤング博士の筆になるそれ[1]の作法に倣いて

残酷な苦しみが
恐怖と、幾千という夜の姿があらゆるところに
(*crudelis ubique*
luctus, ubique pavor et plurima noctis imago)[2]
ウェルギリウス『アエネイス』第二歌、三六八－六九行

第一夜

テディアトと墓掘り人
対話

テディアト[3] なんて夜だろう！ 暗闇、そして遠からぬ牢獄より聞こえる嘆きの声によって中断される恐ろしき静寂が、この心の悲しみを完全なものとする。空もまた俺の平穏に仇なさんとする、もしもそんなものが残っていればの話だが。雲が湧き起こっている。稲妻の閃き…… なんて恐ろしい！ 雷鳴

が聞こえる。ひとつひとつの雷鳴は前のものより大きく、より残酷なつぎの雷鳴を生み出すかのよう。眠り、人の疲れの甘美なる中休みは掻き乱される。歓びの舞台である夫婦の褥《しとね》、家庭の希望を育む揺籃、敬愛される老人の安らぎの寝台、すべてが悲嘆の声に呑み込まれ震撼する。この瞬間に命の終わりあることを思わぬ人間などいない……。ああ、もしこれが人生最後の日であったなら、俺にとってそれはどれほど喜ばしかったことか！　今はなんという恐ろしさ、なんという恐怖！　それ以上であったのはあの日、今ある境遇の因《もと》となった悲しきあの日。

ロレンソ[4]の奴来ないな。来るのかな？　腰抜けめ！　自然が用意したこの大仕掛けに慄《おのの》いていやがるな！　俺の心中など知りはしないんだ……分かったとしたなら、どれほどの恐怖をおぼえることか！　見返りの期待は奴を連れてくるだろうか？　間違いない……金だ……ああ、金よ、汝は万能なり！　ただ一つおまえを拒んだ胸……もはや存在しない……いまやおまえの支配は絶対となった……ただ一つおまえを拒んだ胸はもう存在しないのだ。

二時を打とうとしている……ロレンソとの約束の時間だ……悲しき記憶よ！　残酷な記憶よ、あの空の雲よりも激しい嵐をこの心に生み出すのだな。今とはまるで違っていた頃に、同じ通りをこの時間に歩いたものだが。なんという違いだろう！　あの頃から今日までに世界はすっかり様変わりしてしまった、俺を除いて、この世のすべてが。

悲しげに震えて見えるあの光、ロレンソじゃないか？　奴に違いない。奴以外に誰がいるというのだ、あんな褒美を目当てにして、こんなことのために家を出てくる奴なんて？　奴だ、青白い顔をして、やせっぽっちで薄汚れた、髭面の恐ろしげな姿。肩に担いだ鍬につるはし、陰気な服装にむき出しの脚。不安そうな裸足の歩み。見るものに恐怖を抱かせるあの姿、そのすべてが寺院の墓掘り人ロレンソであることを告げている。奴だ、間違いない。近づいてきた、こちらも姿を見せて灯りで合図してやれ。もうそこまで来た。ロレンソ、ロレンソ！

ロレンソ　あっしでさ。約束は果たしましたよ。今度は旦那の番で。約束の金はいただけるんで？

テディアト　ここにある。請け負った仕事を最後までやり遂げる勇気はあるか？

ロレンソ　金を払ってくれるんならね。

テディアト　利益！　人心の唯一の動機！　約束した金はここにある。見返りが確実ならすべては容易《たやす》くなしうる。約束した以上、報酬は確かだ。

ロレンソ　今からやらかすことを旦那に約束した時のあっしの哀れなこと！　どれほどの悲惨があっしを苦しめるのか！　考えてもみなせえ、あっしは……　泣くのはもう沢山だ。行きましょう。

テディアト　寺院の鍵は持ってきたか？

ロレンソ　これでさあ。

テディアト　夜はかくも暗く恐ろしい……。

ロレンソ　それにあっしは震えちまって、目もよく利かねえ……。

テディアト　手を出せ、そしてついて来い。おまえを導き、励ましてやるから。

ロレンソ　墓掘りになって三十五年、一日として骸《むくろ》を弔《とむら》わない日はなかったけれど、今の今まで仕事で恐怖をおぼえたことなんぞなかったんだ。

テディアト　だからこそおまえは俺にとって役に立つんだ。それゆえに、天はおまえの心と体から力を奪うのさ。ここが扉だぞ。

ロレンソ　震えちまって！

テディアト　しっかりしろ……俺を見るがいい！

ロレンソ　一体どんな大きな目的が旦那をこんな大それた行いに駆り立てるんで？　あっしには理解できませんね。

テディアト　腕を離してくれ。おまえがあまりに強く握るものだから鍵を回せないじゃないか……。こいつも俺の望みに抵抗するというのか……。よし、開いた、入るとしよう。

ロレンソ　入りやしょう。内から鍵は掛けたほうがいいんで？

テディアト　いや、時間の無駄となるし、音が聞かれてしまうかもしれない。扉を半開きにしておけ、誰かが外を通っても灯りが目につかぬように……そいつも俺とおなじように不幸な人間さ、それ以外にあるものか。

ロレンソ　母親の喜びであるあどけない子供らを、年老いた両親の慰めである頑強な若者たちを、生き残った女たちに嫉妬される美しい娘たちを、要職に就いた働き盛りの男たちを、国家の支えである尊敬される老人たちを、あっしはこの手で埋葬してきましたが……、震えることは一度としてなかった。もう腐り始めたものたちのあいだに亡骸を横たえ、何か価値のあるお宝でもねえかと身ぐるみを剥ぎ、吐き気ももよおさずに力を込めてその四肢を踏みしだき、骨やしゃれこうべを砕き、鼓動の昂まりもおぼえることなしに埃と灰と蛆虫と膿でそいつらを覆ってやりましたが……今この敷居を跨いでは倒れそうになり……、そのランプの閃きを見ては目が眩み……、大理石に触れては肝を冷やし……、自分の意気地のなさを恥じ入る次第で。仲間たちには黙っていてくだせえよ。知られたら臆病者とからかわれるにちげえねえ。

テディアト　この愚行を目にして俺の友人どものほうが嘲るだろうさ。愚か者たちめ！　何も知りはせぬのだ……！　ああ、残酷さゆえに彼らが憎らしい、この情熱ゆえに俺が奴らの考えでは間抜けであるのとおなじように！

ロレンソ　旦那の豪胆はあっしを勇気づけますよ。しかし、ああ、新たなる恐怖！　あれは何でさ……？　人間の形をして……あっしらが近づくにつれて大きくなる……、もう一匹の幽霊をしたがえて……あれは一体何でさ？　戻れるうちに戻りましょう、まだ残っているわずかな力を無駄にしちゃあならねえ……。もしあっしらに勇気が残っているなら、逃げるために使うのがいいってもんだ。

テディアト　馬鹿！　おまえを慄かせているのは俺の影に並んだおまえ自身の影だ、あの灯りと俺たちの姿勢の具合から生まれているのだ。別の世界があの奇妙な存在、誰も見たことがないのに誰しもが話題にするあの奇妙な存在を産み出すならば、そいつらが俺たちに運んでくる幸運も不運もすべて避けがたいものとなろう。俺は奴らを目にしたことがない。奴らを探しさえしたのにだ。

ロレンソ　旦那だってそいつを実際に目にすりゃ……。

テディアト　自分の目をこそ疑うだろうな。そんな幽霊じみた妖怪は悲しみに満ちた幻想から生まれるのだと考えるだろう。人間の幻想、それはキマイラや幻、恐ろしげなものでいっぱいなのさ！　こんな状況にあっては、俺の幻想こそすさまじいものを生み出すだろう……この企てから俺を遠ざけるに十分足りえるほどにな。

ロレンソ　見たことがないから旦那はそんなことが言えるんでさあ。もしそれを目にしたら、あっしなんかより旦那は震え上がっちまうでしょうよ。

テディアト　その瞬間にはそうかもしれないが、思考を巡らす瞬間にあっては落ち着いたものだろうよ。このわずかな時間、我が人生の最も甘美で、おそらくは最後であるこの時間を無駄にすることを厭うのでなければ、おまえを落ち着かせるに足ることを喜んで話してやりたいのだが……。だが二時を打った……。あの鐘のなんと悲痛な響きだろう！　時間がない。行くぞ、ロレンソ。

ロレンソ　どちらへ？

テディアト　あの墓へ、そうさ、あれを暴くんだ。

ロレンソ　どれをです？

テディアト　あれだ。

ロレンソ　どれでさ？　あの慎ましい小さな奴で？　あっしは旦那が大きくて目立つあのモニュメントをひっくり返しに来たのかと思ってましたよ。あそこにはファウストティンブラド侯爵[6]を数日前に埋葬したんですがね、大した宮廷人でしたよ。それに召使いから聞いたところじゃ、生きている時分は随分大きな権力を持ってたそうで。何か、亡骸と一緒に埋められちまった秘密の書類でもないかという好奇心や興味が、旦那を動かしてるんじゃないかと思ってた次第で。どこで聞いたのだったか忘れちまいましたが、死んでも疑惑からは逃れられず、宮廷人の嫉妬からはさらに逃げられないそうで。

テディアト　そんな連中は、俺にとって軽蔑しか呼び起こさない。生きていようと、死んでいようと、墓穴のなかにいようと、この世にあろうと、腐っていようと、栄華の極みにあろうと、蛆虫でいっぱいだろうと、取り巻き連中に囲まれていようと……。俺の気を逸らせないでくれ……。行くぞ、もう一度言う、俺たちの目標に向かって行くんだ。

ロレンソ　いんや、そのすぐそばの、有名なインディアス帰りの成金が横たわっている墓にも向かっちゃならねえ。なぜっていうに、死んでもそいつが持っていると思われた財産なんてこれっぽっちも見つからなかったんで。あっしはそいつの亡骸をくまなく調べましたが、何ひとつ一緒には埋まっちゃいません。三途の川の渡し賃すらその経帷子《きょうかたびら》に載っちゃいなかったんですから。

テディアト　奴さんが不幸なアメリカから横暴のヨーロッパに運んだすべての金のためにだって、家を出てその墓にやって来たりはしないさ。

ロレンソ　そうでしょうとも。しかしその金目当てに来たといったってあっしは驚かない。なんといっても世の中で金ほど役に立つものは……。

テディアト　わずかであれば、そう、役にも立つだろうよ。俺たちに食料を与え、衣類を与え、短い悲惨な人間の一生に必要な少しばかりのものをもたらしてくれよう。しかし多くては害となる。

ロレンソ　こいつはたまげた！　そいつはどういうわけで？

テディアト　なぜならそいつは熱情を煽り、新たな悪徳を生み出し、罪を増大させることによって自然の秩序をすっかりひっくり返すからさ。善はその支配を逃れようとするが、幸運な末路を辿ることはない……。金によって俺から幸せを奪うことはできなかったさ。ああ、行くぞ。

ロレンソ　あいよ。しかしあそこに辿りつくまでにもう一つ別の墓に出くわさにゃならねえが、そのそばを通る時には身の毛がよだちますよ。

テディアト　なぜあの墓がほかのものよりもおまえを怖がらせるんだ？

ロレンソ　なぜならその墓の主は突然に命を落したんですよ。急死という奴はあっしを脅《おびや》かすんで。

テディアト　その数が少ないことにこそおまえは驚くべきさ。俺たちのかよわい肉体、様々な気質が犇《ひしめ》き、目に見えぬ多くの部分で構成され、諸々の運動に晒され、夥しい汚穢に満たされ、われわれの不品行によって損なわれた肉体、その上こいつは野心的で、嫉妬と執念がともに深く、激しやすくあるとともに臆病で、様々な暴君の奴隷たる精神によって動かされているんだ……　長く持つはずがない、どうやって長く生き続けられるというのか？　どうやって生きているのかこそ分からんね。弔いと思われない鐘の音はない……。俺が盲人《めくら》であったなら、黒こそ人々が唯一身に纏う色だと考えただろう……。ランプのかそけき炎さえ動かすことのない風に人間が命を落とすことがどれほどあったことか！　地面を濡らすことさえなかった水によって人間が命を落とすことがどれほどあったことだろう！　また泉さえ温《ぬく》めることのない太陽の光によって！　揺り籠から墓場までのわずかな距離を、人間はどれほどの危険に囲まれて歩むのだろう！　足元に目を向ければ、墓穴をぽっかりとあけて地面が沈みこむようだ……。体に良い薬草も二、三知ってはいるが、毒草は数え切れないほどさ。そうとも、そうとも……犬は俺たちとともにあり、馬は従い、ロバは荷を負ってもくれようが……、だからといって何だろう？ライオン、虎、豹、熊、狼、その他数え切れない獣どもが俺たちの痛ましいまでの脆さを証明してくれるではないか。

ロレンソ　お望みのところへやって来ましたよ。

テディアト　おまえが口を開くより先に俺の心臓がそれを告げてくれたさ。幾度となく涙を注ぎ、この唇で何度となく口づけた墓石[7]を、俺は今この足の下に踏んでいる。これなのだ。ああ、ロレンソよ！　今おまえがなさんとしている仕事を引き受けてくれるまで、俺はどれほどの午後をこの石の傍らで、体の一部が墓石となってしまったかのように身動きもせずに過ごしたことだろう！　感覚ある生き物というよりも、俺は苦痛を象徴する石像のようであっただろう。数多くの日々のうちのひとつを、そのベンチの上に過ごしたことがある。寺院を管理する連中は幾度となく俺を無気力から引きはがし、門を閉める時間だと言ったものだが、その日は仕事と俺の狂気を忘れて帰っちまって、俺は取り残された。陰の中で一人ぼっち、墓に取り囲まれて、死の姿に触れながら、闇に抱かれ、悲嘆が許してくれる短い瞬間を除いては呼吸することもわずか、俺の幻想はあたかも濃い悲しみの黒いマントに包まれていたかのようだった。苦悶の時間のわずかな切れ間、俺は見たんだ、嘘と思うな、それに程近い墓穴から何かが蠢《うごめ》いて出てくるのを。その目は今にも消え入らんとするあのランプの灯りを反射して爛爛《らんらん》と輝いていた。その色は白く、どこか灰色がかっていた。わずかなその歩みはおずおずと、俺の方へ向かい……。嘘と思うな……、俺は自分を臆病者と罵り……、立ち上がって……奴と対峙しようとした……。怪物は動きを止めない……。そして俺が奴に、奴が俺に触れようとした時……、聞いてくれ……。

ロレンソ　それで、何が起こったんで？

テディアト　聞いてくれ……。俺が奴に触れ、恐ろしい化け物が俺に触れようとした、混乱極まるその瞬間……、灯りがすっかり消えちまったのさ。

ロレンソ　なんですって？　それでも旦那はまだ生きているんで？

テディアト　そして生きて行くだろう、その時に死んでいなかったのだからな。聞いてくれ。

ロレンソ　もちろん、耳の穴をかっぽじって聞いていますよ。その窮地にあって、旦那はどうしたんで？　また、どうすることができたんで？

テディアト　俺は立ち尽くした、大胆さと勇気によって勝ち得た地歩を失うまいとな。冬のことだった。寺院の中に闇が広がっていったのは十二時ごろであっただろうか。俺は鐘の音を一つ……二つ……三つ……四つ……と数え、つねに耳を目のように働かせながら立ち尽くしたままでいた。

ロレンソ　何を耳にしたんで？　はやく最後まで聞かせてくだせえ。あっしは震えちまって。

テディアト　俺は苦しげな唸り声のような息づかいを耳にした。触れようとして、化け物の体が手の届く範囲から逃れたことを知った。俺の指先は冷たく気色の悪い汗で濡れていたようだった。恐ろしかろうが、常軌を逸していようが、説明不能であろうが、姿を見せない怪物など存在しないに等しい。されどもど、自身の弱さも含めて何もかもを克服するのでないならば、人間の理性とは一体何だというんだ？　俺はすべての恐怖に打ち克った。しかし最初に植え付けられた印象、姿を現す前にまき散らされたその唸り声、空腹、夜の冷気、そしてそれに先立つ幾日にも渡って心を磨り減らしてきた苦痛、これらが俺を弱り切った状態にしていたので、俺はその恐ろしい相手が出てきたおなじ穴の中に気を失って倒れ込んだ。あくる朝、創造主[8]に賛美を捧げるとともに慣れ親しんだ頌歌《ほめうた》を歌わんと足を運ぶ、数多くの敬虔な会衆の腕の中で俺は気がついた。連中は俺を家まで送っていったが、そこから俺はまもなくおなじ場所へと取って返した。その日の午後、おまえと知り合い、今まさになし遂げんとしている仕事をおまえが引き受けてくれたのだった。

ロレンソ　そのおなじ日の午後あっしは家で（今から申し上げることはどうでもいいことでしょうが、あっしには大事なことなんで）、いつもついて来るマスティフがいないのを寂しく思っていたんだけれども、とうとうつぎの日まで出てきませんでした。あいつの忠実なことといったら！　寺院の中に一緒に入ってきて、墓穴を掘っているあいだは一瞬たりともあっしから離れることはありません。埋葬がやってくるのが遅れるときにはいつだって、あっしのマントの上で鍬やつるはしやそのほかの仕事道具の番をさせておくんでさ。

テディアト　みなまで言うな。そこまでで十分だ。あの日の午後、埋葬はなかった。おまえは帰ってしまったが、犬はその穴の中で眠っちまったんだ。そして夜が訪れると目を覚ます。教会の中にそいつと俺が二人きり居合わせたってわけだ（一見たしかな恐怖がいかにつまらぬ原因によっているか知るがいい)。その時は出られずに、太陽が昇って扉が開いてから外に出ることができたが、俺は気を失っていたせいでそれを見ることが叶わなかったというわけだ。

ロレンソ　さあ、墓石に手を掛けましたよ。なんて重さだ。この中に御父上の姿を拝まれたら！　こんなひどい夜に会いにやってくるなんて、よっぽど敬愛されていたんでしょうな……。しかし息子の愛情といったらねえ！　父親冥利に尽きるってもんで……。

テディアト　父親、なぜだ？　勝手に俺たちを生み出し、義務によって大きくし、奴に仕えさせるために教育し、自分の名前を永遠に残すために結婚させ、気まぐれに折檻し、正義に拠らずして遺産を取り上げ、自分の悪徳ゆえに俺たちを放り出すというのに。

ロレンソ　母上ですか……まったく母親に負うものは大きいもんで。

テディアト　父親にも劣るほどさ。おなじく勝手に、あるいは身持ちの悪さゆえに俺たちを産み、自然がただその唯一かつ神聖な目的のために与えた乳を子に含ませることを拒み、そのまずい手本で俺たちを悪徳に染め、自身の目的のために俺たちを犠牲にし、与えるべき愛撫を犬や鳥にくれちまうのだから。[9]

ロレンソ　骨を訪ねたいほどに仲良く結ばれていたご兄弟で？

テディアト　その言葉の真の意味を知る兄弟などあるか？　一年早く生まれて、名前の文字が少しばかり違って、権利さえ疑わしい財産を享受するおなじ見込みを持つといったほかに、あれこれ似たような事どもが兄弟のあいだに憎悪を植え付け、その様はおなじ胎《はら》より生じた果実であるというよりも、種の異なる獣のようだ。

ロレンソ　誰であるか合点がいきましたよ。間違いねえ、ここには旦那がなくされた年端もいかない息子さんが眠っているんだね。

テディアト　子供！　子孫！　かつて自然がお気に入りのものに与えた宝であったこれは、今日では悪党どもを打擲《ちょうちゃく》するためだけに用いられる鞭のようなものさ。息子とはなんだ？　生まれて数年のあいだは……人間の悲惨の恐ろしき写し絵だ。病苦、脆さ、愚かさ、面倒、吐き気……。続く数年のあいだといえば……乱暴者が身につける悪徳の最高に立派な見本ときている……。好色、大食、不服従……。もっと後には地獄の恐怖が湧き出る泉……、野心、尊大、嫉妬、強欲、復讐、裏切り、性根の悪さ。そこを過ぎれば……もはやその人間が同胞たちの兄弟と見られることはなく、この世界のあまり者さ。信じろ、ロレンソ、俺の言うことを。おまえは死者たちがどんなものか知っている、おまえの商売相手だからな……。俺は生者たちがどんなものかを知っているのだ……。俺は奴らのあいだに必要以上にしばしば身を置いた……。こいつらは……、いや……、どいつもこいつもない、皆がおなじように劣っているのならば……。奴らの例に倣っていたなら、俺こそが誰にもまして最低な人間となっていただろうよ。

ロレンソ　なんということをおっしゃるんで！

テディアト　その元は自然なのさ。俺は媚びもしないが、それを貶めることもしない。うんざりしてくれるな、ロレンソ。父、母、兄弟、息子、その他あれやこれやの言葉は何も意味しないのだ。もしそれらの言葉が、そう呼ばれている連中のうちにみられる性質を意味するのであれば、俺は息子や兄、弟、父や母になることも、それらを持つことも望まないし、俺は俺自身でさえありたくない。必然的にこれらのうちのどれかにならざるを得ないのだから。

ロレンソ　あとお尋ねできることは一つしか残っちゃいません。それってのはつまり、誰かお友達の亡骸をお探しなんで？

テディアト　友達だって？　友達？　おまえはなんと愚かなんだ。

ロレンソ　どうしてでさあ？

テディアト　ああ、おまえは愚かだとも、それにその言葉に何かしらの意味があると思っているなら同情に値するね。友達！　友情！　その美徳一つで人類皆を幸福にすることができるだろう。それを追放した日から、あるいはそれに見放された日から、人間は悲惨なものとなった。その不在は社会のありとあらゆる混乱の元凶だ。誰もが友達の振りをしたがるが、誰ひとりとして友達ではない。人間における友情の見せかけは女たちの化粧と身だしなみに等しい。嘘、偽りの美しさ……掃き溜めを覆う雪……。手を差しのべあいながら心臓を引き裂きあっている。これこそが今日支配的な友情という奴だ。うんざりしないでくれ。俺はおまえが思いいたることのできる誰かの亡骸を探しに来たわけではないんだ。それはもはや亡骸ではない。

ロレンソ　もし亡骸でないなら、何をお探しなんで？　きっと旦那のもくろみは寺院の地下のどこかに隠された宝石を盗み出すことで、あっしが今持ち上げている墓石がそこへの入り口とお考えなんでしょう。

テディアト　おまえの無邪気さは弁明に値するな。信心によって奉納され、民衆の盲信によって弥増《いやま》され、祭壇の上の聖職者たちの強欲によって蓄えられた、それらの宝石が幸いにも残っていればよいが。

ロレンソ　分かりませんなあ。

テディアト　構うもんか。もっとしっかり働くんだ。

ロレンソ　手伝ってくだせえ。もう一つのつるはしをそこに差し入れて、あっしと力を合わせてくだせえ。

テディアト　こうか？

ロレンソ　そう、その調子で。いい感じだ。

テディアト　俺がこんなことをしていようとは、二か月前には誰が想像しただろう？　目覚めれば拷問のような苦しみを残していく夢よりも足早に、それらの月日は過ぎ去っていった。炎より立ち上って風に掻き消える煙のように消え去ってしまった。どうした、ロレンソ？

ロレンソ　なんて臭いだ！　ひどい悪臭が墓穴から立ち上って来る！　これ以上はとても無理だ。

テディアト　俺を一人にするな、友よ、一人にするな。俺一人ではこの石を支えられない。

ロレンソ　墓の口が開いたせいで這い出てきた蛆虫どもが、カンテラの光に照らされている。

テディアト　ああ、なんという光景だ！　俺の右足はすっかり覆われてしまった。なんという悲惨を告げ知らせることだろう！　こんなものに、ああ、こんなものにあなたの体は姿を変えてしまったのか！その美しい双眸がこの気味の悪い生き物を生み出したのか！　愛情が燃え立つ時には、金髪というばかりか金よりも価値があると俺が呼ばわったあなたの髪から、この膿が生じたのか！　あなたの白い手、愛くるしい唇は腐り果ててしまった！　その亡骸の悲しき遺物はどんな状態にあることか！　かつて五感すべての魅惑であったおなじものが、今はそれらすべてを苦しめる！

ロレンソ　もう一度手を貸しましょう。しかしこの瘴気……、さあどうだ……。さあ、さあ。何です？　旦那が泣いてるんで……。あっしの手に零れた雫は旦那の涙にほかならねえ……。すすり泣いてるんで！　口も利かずに！　答えてくだせえよ。

テディアト　ああ！

ロレンソ　どうしたんで？　気を失ったのかい！

テディアト　違うぞ、ロレンソ。

ロレンソ　じゃあ口を利きなせえ。ここに埋められていた人が誰なのか、ようやく合点がいきましたよ……。旦那はこの人の亭主だったのかね？　かといって力を抜いちゃいけねえ。見たところ墓石はもう少しでどうにかできそうだ、旦那がもう少し手伝ってくれりゃひっくり返すことができるでしょう。今だ、さあ、さあ！

テディアト　俺にはもう力が残っていない。

ロレンソ　せっかく頑張った分が台無しだ。

テディアト　再び閉じてしまった。

ロレンソ　日が昇り始めている、つまり人が来たら見られちまうかもしれねえってことです。

テディアト　朝の祈りとともに近隣の寺院より聞こえる鐘の音が創造主に挨拶をしている。森の鳥たちは間違いなく、最も自然で無邪気な、それゆえに最もすばらしい歌を歌い終えたことだろう。やれやれ、夜はもう薙ぎ払われてしまった。ただ俺の心だけが濃く恐ろしい闇になおも包まれているのだ。俺には太陽が昇ることがない。すべての時間が俺にとっては等しい闇の中で流れている。人々が昼と呼ぶ時間に見るすべてのものが、俺の眼には少なくとも幽霊や幻や影と見え…… そのうちのいくつかは地獄の復讐の女神《エリニュス》[11]たちなのだ。

　おまえの言うとおりだ。姿を見られるかもしれん。そのつるはしと鍬を隠すんだ。明日、おなじ時間におなじ場所に間違いなく来てくれ。おまえが恐れなければ、その分時間も無駄にはなるまい。行くがいい、俺も後からついて行く。

　かつての我が歓喜の源…… 今日では目にする誰しもにとっての恐怖の源！ 山と積まれた気味の悪い骨……。かつては一身に優美を集めていたこともあったのに！ ああ、あなたは俺がまもなくそうなるであろうものの似姿。すぐにこの墓へ戻り、あなたを家へと連れ帰ろう、そして俺の隣で寝台に横たわるがいい。俺の体はあなたとともに死ぬのだ、愛しき亡骸よ、息を引き取る間際に俺は家に火を放とう。そうして俺たちは家の灰に塗《まみ》れながら塵に還っていくのだ。

第二夜

テディアト、警吏、後に獄吏
対話

テディアト 今日の日のなんと悲しかったこと！ 恐怖と倦怠、悲嘆と苦悩で俺を満たしたあの最もおぞましい夜とおなじように。これほどに鬱《ふさ》ぎこんだ胸の内は持たぬ人間どもが善良とする星の光を、俺はどれほどの苦痛をもって眺めたことだろう！ 太陽、創造主の最も不完全ならざる似姿と人の呼ぶ被造物こそ俺の憂愁の的。その光が他所《よそ》へと移るのにかかった時間は俺にとって永遠に続く拷問と思われた。哀れな俺！ その光に慰めをおぼえない唯一の生き物がこの俺なのだ！ その訪れの遅いことが、太陽の存在をあれほど堪えがたいものとした夜でさえ、昼にどこかしら似ているという意味では、より好ましいというわけでもない。俺が望むほどには暗くはないのだから。月よ！ ああ、月よ！ 姿を隠せ。この場所に、命あるもののなかで最も不幸なものの姿を見ないでほしい。ロレンソと別れてからほんの十六時間しか経っていないとは！ 誰が信じられよう？ 俺にとってはあまりにも長い時間であった！ 泣き、呻き、狂態を演じ……。瞳はあの人の肖像に釘付けとなり、涙が両の頬を濡らし、手を合わせて死を天に請い、もはや倒れそうな体の重みの下で膝はぐらついて……、わずかばかりの苦しい呼吸のみが俺を死人から区別していた。

我が友ビルテリオ[12]は部屋に足を踏み入れて、こんな状態の俺を見てどれほど驚いていたことか！　かわいそうなビルテリオ！　俺の口になにか含ませようとどれほど骨を折ったことか！　この手にはパンを掴む力もなく、この腕にはそれを口に運ぶ力さえない。よしんば口まで届くことがあったとしても、涙に濡れた食事のなんと苦いこと！　おまえは懇願したが、俺は動かぬままであった。彼は行ってしまった、無論のこと、愛想を尽かして。悲嘆に沈み、病を得て、世界から遠ざかり、あるものたちの憐れみの的であり、別の人々の蔑みの的であり、数多くの人間の嘲弄の的である俺のような友人にうんざりしない奴などあるものか？　見捨てられて何の不思議があるものか！　目を向けられることがあれば、そっちの方がおかしいというものさ。ああ、ビルテリオ、ビルテリオ！　あとほんの少し俺のもとにいてくれたなら、君は真の友の評判を与えられたであろうに。しかし、それが何の役に立つというのか？　俺を見捨てて正しかったんだ。人々の嘲笑がおまえをも傷つけたかもしれないのだから。不幸な友を見捨てること、運命と共謀して哀れな人間に対峙すること、世間の移り気を称賛すること、ありふれた冷酷な心情に倣うこと、悲惨な人間の嘆きにこだまする世の中の笑いに声を合わせること……。それでいい、それでいいんだ……、それこそが幸運の道、先陣を切って進むがいい。誰もがおまえの才能を称賛するだろう。その出て行く姿を俺は見送った。俺の心の弱さについて何かつぶやいていたな。間違いない、あれは自然が奴の心の酷薄さをつぶやいていたのだ。あれで俺の友人皆のうちじゃ最も不実ではないのだから。ほかの奴らはそんなことすらしなかった。「テディアトは死ぬよ」あるものたちが言う。「テディアトは死ぬね」ほかの連中が繰り返す。天候が死活問題である貧乏人どもとは異なる調子で権力者どもが天気の良し悪しについて語るように、連中は俺の生死について話すのだろう。太陽の光が翳り行き、俺を苦しい無気力から引きずり出した。暗闇は、万人から奪った慰めを俺に与えてくれる。ありとある自然が太陽の現れに感ずるすべての慰めを、俺は日没にすっかり受け取るのだ。外出の準備を整えながら俺は何度も繰り返し言ったものだ。「ようこそ、夜よ、罪悪の母にして美の破壊者、そこからわれわれが生まれ出た混沌の似姿よ！　その恐ろしさを倍加せよ、おまえの闇が深ければ深いほど俺にとっては喜ばしい」と。俺は何も口にしていない。涙も拭ってはいない。最も陰鬱な服を身に纏った。手にしたこの剣は……ああ、そうだ、こいつこそ俺の苦悩を一思いに解決してくれるだろう！　この場所にやってきて、俺はロレンソを待っているのだ。

幻、幽霊や小鬼、お化けや影といった迷妄より覚めて、しっかりと墓石を持ちあげる手伝いをしてくれるだろう。そして俺は盗み出す……。盗みだと！　ああ、あれは俺のものなのだ。そう、俺のものであり、おれはあの人のものだった。あの人を損なうのではない。俺は自分を損なうのだ。俺たちは一つだったんだから。あの人の心が俺のものでなかったら誰のものだというんだ？　俺の心、あの人のものでなければ誰のものだったというんだ？

だが一体誰の声だろう？「くたばれ、くたばりやがれ」と一つの声、「殺される、殺されちまう！」と別の声。男たちが俺の方に向かって駆けて来るぞ。どうしたものか？　あれは何だろう？　見たところ一人が傷ついて倒れている。ほかのものたちは元来たところへ取って返していく。断末魔の苦しみに耐えて俺の足元までやって来たぞ。「おまえは誰なんだ？　何者だ？　おまえを追ってきた連中は何者だ？　答えないのか？」　口から大量に吐き出した血とその傷口から溢れた分で俺はすっかり血塗れだ……。　死んでしまった。　俺の脚を掴んで息絶えた。　こちらに誰かがやってくるようだ。　たくさん人が来たぞ。　あの態《なり》は警吏どもか。

警吏　死体はここ、血に塗れたその男は一方の手に剣を持ち、もう一方で死者を振りほどかんとしているところから見て、下手人に違いあるまい。　この悪党を引っ捕らえろ。　本件の重大さは知っての通りだ。被害者の高き身分は、われわれの側にいかなる不注意をも許さない。　この殺人事件の経緯《いきさつ》も、どんな結末が用意されているかも知っているだろう。　そいつを縄にかけろ。　この夜よりおまえは不名誉を負って死んだものと心せよ。　そうだ、この面構え、蒼白な顔色、その困惑、すべてがわれわれの押さえている証拠を裏付け、より確かなものとしている。　まもなく不名誉で残酷な死を迎えるであろう。

テディアト　なんと喜ばしい。　奇妙な形で天は、数日前俺が一心不乱に希《こいねが》っていたものを与えてくれたのだ。

警吏　その罪に歓喜していやがる！

テディアト　罪！　身に覚えがないな。　もしあったならば喜ぶどころか、この俺こそがいの一番に処刑人となっていただろう。　喜ばしいのは死のほうだ。　もし慈悲を垂れてくれるならば、できるだけ早く死を与えてくれ。　おまえたちが善良でないならば、俺を生かしておくがいい。　それこそが俺にとって最大の拷問となろうから。　しかしながら、頼みごとをする隣人への慈《いつく》しみがあるならば、つかの間寺院に寄らせてもらえないか。　なにも逃れるためではない。[13]　そうではなくて、この心臓をある方に捧げるため……

警吏　悪を生み出すおまえの心臓をか。

テディアト　不幸を負わされた人間を苛《さいな》むな。侮辱なしに殺せ。おまえが支配しているこの肉体は苛んだらいい。しかし俺が持つ最も高貴な魂は……、最も純粋な心は貶めるな。そう、最も純粋で、それゆえにあの寺院よりもなお至高の存在の居住に相応しい部屋……。もはや何も望まぬ……。俺を好きにするがいい……。俺が誰か、どうやってここに来たか、何をしていたか、何をしようとしていたかは聞くな、処刑人はその残虐の限りを俺に尽くせばよい。俺の高貴さの前には何一つ歯が立たぬだろうから。

警吏　さっさと連れて行け。仲間が出て来ぬとも限らん。

テディアト　そんなものは持たないさ。悪にあっては、俺が悪人ではないがために、善にあっては、俺ほどの善人はないがために。さればこそ俺は人間の中で最も不幸なんだ。残忍な警吏たち、もっときつく締め上げろ。もっと綱をかけてこの穢れなき生贄を連れて行くがいい。そしてあなたはこの寺院にとどまり、俺の腕の中で息絶えた永遠の魂と一つとなり、もしそれができる方がお許しになるなら、獄中の俺を慰めるために、そして判事たちの誤りを正すためにやってきてほしい。勇敢に拷問へと赴くか、あるいは無実のままで世に出るか。どちらもおなじこと、罪を着せられようが、疑いを晴らそうが、俺は死ぬのだ、まもなくおれは死ぬ。

警吏　罪で頭がおかしくなってやがる。進め、そら進め。

テディアト　もう牢屋に着いたか？

警吏　あと少しだ。

テディアト　血塗れで蒼白、みすぼらしい身なりに鎖を掛けられ、罵倒を浴びせられる囚われの人間を警吏が引いて行くのを見た人は何と言うだろう？　罪人が連れられて行くよ。近いうちに絞首台で見ることになるだろう。その死は恐ろしいものだろうが、大した見世物さ。死刑万歳。罪には罰を。社会の平安を乱すものは取り除かれよ。悪人一人の死で多くの善人の生活が安心できるものとなる。俺のことをそんな風に言うだろう。そんな風に言うんだ。無罪を主張しても無駄だろう。俺の言うことなんて信じまい。誓いを立てたりしようものなら、悪党の上に嘘吐き呼ばわりされてしまうだろう。あの星々を我が美徳の証人に立てよう。善人が苦しみ、悪人が勝利を収めてもお構いなしに星辰は巡り続けるのだろう。

警吏　牢獄に到着したぞ。

テディアト　生者たちの墓場、恐怖の住処、処刑へと続く道中の悲しき休憩所、犯罪者どもの掃き溜め、扉を開け、この不幸な男を受け入れてくれ。

警吏　この男から目を離すな。誰もこいつに話しかけることのないように。最も離れた一番安全な独房に入れておけ。足枷の数と重さは通常の倍にするんだ。奴が犯人であることを示す証拠はほぼ明白。取り調べは明日行われる。その悪辣さとおなじくらい強情であったときに備えて、拷問の用意をしておくように。看守よ、こいつの身柄はおまえに任せた。一瞬たりとて目を離さぬがよいぞ。いかにわずかな憐れみもおまえの身の破滅となろうからな。

獄吏　憐れみ、あっしが？　誰に？　引き渡された囚人にですかい？　あっしをご存じないようで。看守となって何年にもなりますが、その間ずっと囚人の番をすることにかけては檻に入れられた猛獣を扱うようにしてきたんですぜ。言葉はかけず、食事はより少なく、憐れみはもってのほか、大いに厳しく、罰はより大きく、脅しはたっぷりと。それで皆あっしを怖れるんで。この牢獄の壁のあいだで響き渡るあっしの声を耳にするものは、山の中で雷鳴を聞いたかのように震え上がっちまいます。国中いたるところからやって来る罪人どもを見てきましたぜ……殺しと盗みのあいだに歯も白髪も抜け落ちちまったような連中をね……。そいつらが通ってきた道は恐怖に凍りついてました……。兵士たちは連中の身柄を引き渡すに際して、戦争で勝利を収めたよりも喜びました。奴らをあっしの手に引き渡せることを、何カ月もの包囲の末に重要な拠点を陥落させたかのように喜びました。それにもまったくかかわらず……、ほんの数時間もあっしの支配下に置かれると最も冷酷な野郎どもだって震え出すんですよ。

警吏　ではしっかり頼んだぞ。さらば。

獄吏　ええ、もちろんですとも。足枷、鎖、手錠、足鎖、首枷、全部かまして動けなくしてやろう。

テディアト　そして何より、俺の無実も頼むぞ。

獄吏　俺様の前では誰ひとり口を利くんじゃねえ。罰を受けても口を閉じねえようなら猿轡《さるぐつわ》もあるんだぞ。

テディアト　ご勝手に、もう口は開かんさ。だが俺の心の声……、天球に響き渡るその声を、どうやって俺から奪うつもりだ？

獄吏　これがおまえの独房さ。すぐに戻ってくる。

テディアト　その闇も寒さも、湿気も悪臭も俺を怖がらせはしない、この扉に下ろされた錠前の響きも、鎖の重さも。あの人はもっとひどい場所にいるのだから……　ああ、ロレンソ！　おまえは約束の場所に来て、そこに俺の姿が見えないんでどう思っただろう！　怖れ、心変わり……。ああ！　違うんだ、ロレンソ。この世のなにものもあの世のなにものも俺を怖れさせはしない。固い決意を俺が翻すことなど、これまでもこれからもない。昨日目にした、半ば朽ち果てた亡骸であった人の死の上に、数え切れぬ不幸が重なったのだ。友の忘恩、病、貧困、権力者たちの憎悪、同輩たちの妬み、さらに低い地位のものたちからの嘲り……。初めて眠りに落ちたとき、運命と呼ばれるものの幻を見たような気がした。人は死神を、世界を間引く大鎌を持った姿に描くが、運命の女神は世界を回転させる杖を手にしていた。彼女は俺に向かって腕を伸ばしていた。俺は顔を挙げて彼女を見た。彼女は苛立った。俺は微笑み、そして眠った。つぎには、俺の蔑みに復讐を果たしに彼女がやってきた。善良にして正しい俺を今日は罪人のあいだに置き、明日はおそらく処刑人の手に委ねるのだろう。そいつは俺を死の腕《かいな》に引き渡そう。おお、死よ！　なぜ人々がおまえを害悪と、最大にして最後の害悪と呼ぶがままにさせておくのだ？　おまえが害だと！　そんなことをぬかす奴は俺のような目に遭ってはいないんだ。

隣の独房から声が（ああ！）聞こえる！　間違いない、死について話しているのだ。泣いている！　死ぬというので泣いているのだ！　馬鹿馬鹿しい！　その悲惨をすべて一度にやりこめることを恐れている不心得者がなんと言っているのか、聞いてみよう。いや、よそう。死の兆候を前にした恐怖が語らせる言葉など、聞くに値しない。

相棒よ、頑張れ！　おまえに告げられたわずかな時間の内に死ぬというのなら、おまえが横暴や嫉妬、自惚れや復讐、軽蔑や裏切り、忘恩に晒されている時間も残りわずかということ。これらはこの世に置いていくがいい。なるほど、そこにおまえは人も羨む楽しみを残していくだろう。だが俺はおまえが先に旅立てるその分の時間、俺がおまえに追い付くのにかかるだろうその分の時間が羨ましい。

咽《むせ》び泣いていた声が止んだぞ、一緒に話していた二つの声も、その一つは……。間違いない、秘密裡に処刑されたんだ。もし今処刑人が俺のところへやってきたらどうだろう？　なんという喜び！　ついに俺の心の闇はすっかり薙ぎ払われる。死よ、取り巻きを皆連れてやってくるがいい。そうとも、この扉が開き、ここから一バーラ[14]隣でまき散らしてきたばかりの血に汚れた残忍な死刑執行人が入ってくる。もし不幸であることが罪ならば、俺ほどの罪人はあるまい。瀕死の人間の嘆息の後にはどれほど恐ろしい静寂が残されたことか！　独房から出て行くものたちの足音、低い話し声、間違いなく死体から取り外された鎖の立てる音、そして扉の音が、精神の強靭さにもかかわらず、俺の心の最も感じやすい部分を震え上がらせる。自然が生じせしめたもののうちで最も気高い魂の住まう貧弱な住まいよ、なぜ震えるのか？　軽蔑しているものが俺を慄かせるというのか？　俺が感じているこの心細さは夢なのだろうか？　泣き叫ぶ声が遺していった心細さにもかかわらず、俺の目はひとりでに閉じてしまう。そうだ、横になるとしよう。この時間には、素敵な集まり、楽しい音楽にすばらしい食卓、優美な寝台に熟寝《うまい》が世の喧騒の内にある誰かを恍惚とさせていることだろう。自惚れてはいけないぞ、俺もおなじものを持っていたのだからな。しかし今は、岩の頭板、寝台が即ち食卓で、虫たちがお伴をしている。寝るとしよう。きっとこんな声が俺を起こすだろう。「拷問の時間だ」、あるいは「苦しめてやるぞ」といった声が。寝るとしよう。天よ！　もし死神の似姿を夢に見ようものなら……。ああ！　寝るとしよう。

足音が聞こえるぞ！　ドアの隙間からかすかな光が入りこんでくるようだ。扉が開いた。獄吏と、二人の男が続いている。何が望みだ？　死出の時間がようやくやってきたのか？　弱々しく憐れみを浮かべた顔で俺にそれを告げるのか、それとも頑として支配的な表情で告げるのか？

獄吏　あっしらが来たのはまったく違う目的のためだ。ここを離れたときあっしは、あんたに罪が帰せられている殺人の共犯者の名前を吐かせるために、拷問にかけに戻ってくるつもりだった。しかしあの事件をもくろんだ人間と下手人たちの正体が判明したんだ。あんたを解放する命令を受けてここに来たんだよ。さあ！　鎖と足枷を外してやれ。あんたは自由だ。

テディアト　牢獄にあってさえ俺は、恐怖のあいだにそれが差し出す休息を享受することもできないのか。俺はもう疲れ切った四肢をその木台の上に休めようとしていたのだ、そしてこの頭はその石の硬さに慣れようとしていたのだ。そこへおまえが俺を起こしにやってきた。何のために？　死なずともよいと俺に告げるために。今こそまさに俺の平穏を乱しているのだ……。今一度俺を世界に解き放とうというのだ、かつてそこにあったわずかな善さえ不在となった世界に。ああ！　教えてくれ、もう夜は明けたのか？

獄吏　あと一時間はあるだろう。

テディアト　では俺は行くぞ。運命がもたらす偶然のすさまじさからすれば、明日また相まみえたとて何の不思議があろう?

獄吏　さらばだ。

テディアト　さらばだ。夜はまだ一時間ある。ああ! もしロレンソが約束の場所にいるならば、目的を遂げる時間があろう。待ちくたびれているだろうな。明日はどこで奴を見つけられるんだ? 家は知らない。寺院に足を運ぶ方がより確実か。とりあえず寺院の前廊に向かうか。夜よ! 長く続いてくれ。旅を続けるために旅人が、仕事を続けるために農民が、やきもきしておまえの立ち去るのを待っていたとしても構うものか。夜よ、支配せよ、その罪の多さゆえに太陽には相応しくなくなった世界をもっと支配するんだ。あの星の光がこの風土のものたちよりもましな人々を照らし続ければよいのだ。おまえの闇が長く続くならば、寺院の聖なる丸天井の下、聖壇の足元で、ほかの墓に囲まれながら、かの墓の上であの亡骸に誓った約束を果たすためにそれだけ多くの時間を俺は持つのだから。この地上にそれよりも聖なるものがあるなら、それにかけて誓う、この計画を放棄することはないと。もし誓いに背くならば、もしも背いたとしたら……背くなどということがいかにしてありえよう?
あそこに見える光は……。何だ? 寺院の外壁に据えられた像を照らすために焚かれた灯りだろうか? 近づいてみよう。心臓よ、しっかりしろ。数多の驚愕、疲労、恐怖、慄き、苦痛からまもなくおまえは抜け出す、あるいはまもなく、その悲惨な胸の中で脈打つことをやめるだろう。そうだ、あれは灯りだ。風が揺らめかせていて、俺が辿り着くまでに掻き消えちまいそうだ。しかし、どうして暗闇を恐れねばならないことがある？　それどころか俺にとってはむしろ好ましいというのに。闇が俺の糧なのだ。足に何かがあたったぞ……。何だ？　触ってみよう。これは、人間だ。誰だろう？　夢の中から抜け出てきたようじゃないか。おい！　おまえは誰だ？　おまえが困窮した物乞いで、衰弱して倒れ、おまえを受け入れる家がなく、貧民院に辿りつくだけの力もないために通りで眠っているというなら、ついて来るがいい。俺の家はおまえの家だ。おまえの不幸も怖れるには足りぬ。それがどれほど多く、また大きいものであっても、おまえに話しかけているものはさらなる辛酸を嘗め尽してきたのだから。返事をしろ、友よ。おまえの胸を俺の胸にくつろがせるがいい。おまえのような不幸な人間を俺は探していたのさ。悲惨な友こそ俺には相応しい。幸福な連中とはうんざりするほど付き合ってきた。栄華のうちにある人間と付き合うということは、彼自身を離れてその外面と付き合うことにほかならない。その人間が苦悩を負わされたその時こそ、彼そのもの、自然が生に委ね、生が死に委ねる彼自身、その先祖がそうであり、子孫がそうあるところのものだ。友よ、答えないのか？　まだ年端もゆかぬと見える。ぼうや、おまえは誰だい？　どうしてここまで来たんだい？

子供　ああん、あん、あん、あん！

テディアト　泣くんじゃない、虐《いじ》めたりはしないから。教えておくれ、おまえは誰なんだい？　親はどこに住んでいるんだい？　自分の名前と、住んでいる通りの名前は分かるかい？

子供　ぼくは……、えっとね……、住んでいるのは……。お父さんにお仕置きされないようにぼくと来てください。二時までここにいて、何度も通りかかる人がいないか見ているように、そしてお父さんを呼びに行くように言われていたんだ。眠っちゃったけど。ポケットにどうしたわけか入っていたこのパンをお取り、そしてお父さんの家まで連れて行っておくれ。

テディアト　心配しなくていい。手を出してごらん。

子供　遠くないよ。

テディアト　お父さんは何というんだい？　どんな仕事をしている？　おまえにはお母さんや兄弟はあるのかい？　おまえはいくつで何という名だい？

子供　ぼく、お父さんとおなじでロレンソっていうの。おじいちゃんは今朝亡くなったの。八歳でぼくより小さい弟たちが六人いるよ。お母さんは最近、子供を産んですごく具合が悪いんだ。二人の弟はひどい疱瘡にかかっていて、別の一人は病院にいるよ。妹は昨日から家に姿が見えないんだ。お父さんは悲しくて今日は一日何も口にしていないの。

テディアト　お父さんの名はロレンソだと言ったかい？

子供　うん、そうだよ。

テディアト　どんな仕事をしているんだい？

子供　何ていうのか分からないよ。

テディアト　どんな仕事か説明しておくれ。

子供　人が亡くなった時に教会に連れて行くでしょ、ぼくのお父さんは……

テディアト　分かったよ、墓掘り人だ、そうじゃないかい？

子供　そうだと思う。でももう家に着いたよ。

テディアト　じゃあ大きな声で呼んでおくれ。

墓掘り人　誰だ？

子供　お父さん開けて、僕だよ、おじさんもいるよ。

墓掘り人　一緒にいるのは誰だ？

テディアト　開けてくれ、俺だよ。

墓掘り人　聞き覚えのある声だ。今、開けに行きますよ。

テディアト　俺を待つことの何とわずかであったことか。俺がどこでこの子を見つけたか、息子が教えてくれよう。おまえの家族の状況についても聞かせてもらったよ。明日おなじ場所で、俺たちの目的を果たすために会うことにしよう、そして今夜今まで俺たちが会えなかった理由も話そう。自分自身に対するのとおなじように、おまえに憐れみをおぼえるぞ、ロレンソ、運命はおまえにこれほどの悲惨を与え、かわいそうなおまえの子供たちにそれはより大きくなってのしかかる……。おまえは墓掘りだ……。大きな穴をひとつ拵《こしら》えろ……。子供たち全員をその中に生きたまま埋め、おまえ自身も一緒に埋葬するんだ。おまえの墓石の上で俺は命を絶ち、こう言いながら息を引き取ろう。ここには少し以前まで不幸であったのとおなじだけ今は幸せな子供たちと、この世で最も不幸な二人の男が眠る、と。

第二夜おわり[15]

第三夜

テディアトと墓掘り人

対話

テディアト　運命よ、三度《みたび》おまえの気まぐれに晒されて俺はここにいる。だが、そうでないものなどあるだろうか？　どこで、どうやって、いつ、おまえの帝国から人間が抜け出せるのか？　美徳、勇気、思慮深さ、すべてをおまえは踏みつけにする。玉座に座る権力者や書斎の賢人も、掃き溜めの物乞いやこの俺に比べておまえの厳格さから免れているということはない。この一角で苦悩に満ち、富を奪われ、外には数え切れぬ敵があり、内なる拷問を抱えたこの俺。その拷問は、たとえ全世界が俺に不幸をもたらそうと目論んだところで、それひとつで俺を恐怖で満たすのに十分なほど。

今宵こそ俺の苦しみに終止符を打ってくれるものとなるだろうか？　第一の夜、一体何の役に立ったのだろう？　雷鳴、稲妻、人間の形すらもたない生き物との遭遇、墓所、蛆虫、そして人間の罪業と脆さの中でこの悲しみを倍加させる事ども。その上、より長くあの墓の傍らにとどまっていたならば、俺の無分別の結末はいかなるものだっただろう？　信徒の群れが寺院に足を運び、そんな状態にある俺を見つけたとしたら思ったはず……　どう思っただろう？　「故人を貶め、それを造りたもうた方を侮辱し、寺院を冒瀆しにやってきたこの野蛮な男に死を与えよ」そう叫んだだろう。

第二の夜……　ああ！　昨夜とおなじ混乱とともに血が血管の中を巡る。おお、痛ましき夜よ！　俺の完全なる消滅の時まで記憶によみがえる必要がないのであれば、そこから去ってくれ。殺人、中傷、屈辱、牢獄、足枷、鎖、処刑人、死、呻き声……。俺の最後の息を感じないために、悲しみよ、いっとき離れてくれ。しかし鳥獣にとって自由な空気を味わうことが許されるや否や、絶望のヴェールが俺を再び包み込むのだ。俺は何を見た？　貧しき家庭の父、瀕死のその妻、幼い病気の子供たち、一人は行方不明、もう一人は生まれる前に死に、彼を産み終える前にその母親を殺しかけた。ほかに何を見た？　俺の心臓はどうなっているんだ！　この光景を前に張り裂けなかったとしたらなんと冷酷なんだろう……！　弁明はできる。俺自身の苦悩がより大きく、なお生き続けているのだから。おお、ロレンソ！　おお、至高の存在よ、俺をもう一度牢獄へ連れ戻してほしい、被造物のあいだでこれほどの悲惨を目にするためだけにそこから連れ出したというのなら。

この夜、何度めの夜だったか……？　ロレンソ、不幸なロレンソよ！　やって来い、おまえの父と妻の死、子供たちの病、娘の失踪、そしておまえ自身の衰弱が引き留めるのでなければ。やって来い、おまえは俺の内に見出すだろう、自分自身の不運ばかりではなく、出会ったすべての哀れな人々の不運を悼み、彼ら皆を兄弟のようにみなす不幸な男の姿を。誰にもまして、おまえこそ兄弟だ。おまえが途方もない悲惨のうちに生まれ、俺が最も優美な揺り籠に生を受けたのだとしても、なんだというのか？　おなじ種のわれわれを勝手気ままに意味もない階級に分け隔てた運命の気まぐれをより崇高な宿命があらため、俺たちを兄弟としたのだ。俺たちは皆が泣き……、皆が病に斃《たお》れ……、ことごとく死んでいく。前夜の恐ろしきものすべてが、あの甘美な憂鬱とともに再び俺の視界を傷つける……。あそこに来るはロレンソ……。そうだ、ロレンソだ。何と言う表情だ！　わずか数時間で何世紀分も年老いたかのように見えるぞ。これが心痛のなせる業か！　歓喜が生み出すのとおなじように、俺たちの脆い肉体を傷つけると同時に破壊し、または一瞬でそいつを永遠に弱らせてしまう。

ロレンソ　誰だ？

テディアト　おまえの探している人間さ……。天の加護がおまえにあるように。

ロレンソ　なんのために？　不幸で満ち満ちた人生をあと五十年も生きるためですかい？　そのうえ貧しい食い扶持さえ稼ぐ力がなくなった時には……、その父親が驚くべき不幸のうちにある悲惨な家庭で皆が死に瀕し、そこへつぎからつぎへと新たな不幸が襲いかかるのを見るためにですかい？　友よ、もしそんなことのために天の加護を望んでくれたんだったら、ああ、あっしを滅ぼしてくれるように頼んでくだせえ。

テディアト　おまえが嘗める辛酸のすべてがおまえにとって人生を忌まわしいものにしようとしたところで、友を助けることの喜びはそれを価値あるものとしてくれるに違いあるまい。誰かを幸せにできるのであれば、誰ひとりとして不幸ではないんだ。多くの善が、王という王たちの寛大さよりもむしろおまえの手にかかっている。おまえが世界の半分を統べる皇帝であったとしても……、世界中に帝国を有していたとて、俺を幸福にするためにおまえに何ができただろう？　要職、栄誉、恩給？　俺自身の危惧と他人の悪意を掻き立てる数々の火種に過ぎぬ……。おまえは俺の胸に懸念、疑惑、不安……おそらくは野心や強欲さえも……そして友人の胸の内には嫉妬を植え付けるだろう。俺に善をなすのに王冠や笏杖をおまえに望んだりしない……。そのつるはしとその鍬……ほかの人間の目には不吉な道具と見えようが……俺の目には崇高と映るその道具でもって、おまえは俺の幸福を助けてくれるんだ。歩もう、友よ、歩んでいこう。

『モロッコ人の手紙』訳注

1　本文においてカダルソはそれぞれの手紙の書き手を明らかにしている。

2　重さを量る単位。約四八キロ。

3　原文は"pitoyable"。この人物はフランス語で嘆息を漏らしている。

4　バスク人を指す。

5　原文は"montañés"。今日のスペイン語ではラ・モンタニャ地方、すなわちサンタンデールの人を指すが、ここでは海のあるバレンシアに対置して山岳に住まう人々としての対比がなされている。ここまでの比較がすべてマドリードを中心とする視点から東西、南北に対称をなしていることに留意する必要がある。「山の」という原義の"montañés"という語も時代とともに変遷を経たのであり、どの視点からみた「山」であるのかを考える必要があろう。したがって、ここではカスティーリャの北部やアストゥリアス、カンタブリアといった山沿いの地域に住まう人と理解される。

6　スキピオ・アエミリアヌス（紀元前一八五―一二九）。スキピオ・アフリカヌスと区別して小スキピオとも称される。長期にわたったヌマンシア（ヌマンティア）包囲戦の最後の司令官となり前一三三年ついに同市を陥落させた。

7　カダルソはヌマンシアの包囲戦に強い関心を寄せており、一七七五年に『ヌマンシアの女』と題する戯曲をものしたことが知られる。この作品は今日まで発見されていない。

8　サグントはスペイン東部の都市。ローマに与したがハンニバルによって攻撃を受け、包囲戦の後紀元前二一一年に陥落した。カルタゴのサグント攻撃は、第二次ポエニ戦争の引き金となった。

9　西ゴート族をはじめとするゲルマン民族の半島侵入を指す。

10　モーロ人（アフリカ北部のイスラム教徒）の半島侵入を指す。

11　レコンキスタの時代、半島内には複数の王国が乱立した。

12　ターリク・イブン・ズィヤード（？―七二〇）はウマイヤ朝の軍人。七一一年に軍勢を率いてイベリア半島に侵攻すると、またたく間にこれを征服した。

13　話し手のガセルはモロッコ人であるので、ここでの「わたしたち」はスペインに侵攻したイスラム教徒を指す。

14　アルメイダはスペインに隣接するポルトガル北東部の町。七年戦争末期の一七六二年に対スペイン包囲戦を戦った。カダルソはこのポルトガル戦役に従軍し、アルメイダの包囲に立ち会っている。

15　軽薄さ（仏"frivolité"）を擬人化している。

16　ガセルがイスラム教徒であることに注意。イスラム教徒は一日に五度、カアバ神殿のあるメッカの方角に向かって礼拝を行う。

17　ペソドゥロ銀貨は二十レアルの価値がある貨幣。三百ペソドゥロは六千レアルということになる。一七七一年にアルカラ大学の神学講座の主任教授の給与は二千二百五レアルであった。

18　三段論法はスコラ哲学者の代名詞。

19　書物の冒頭には、慣例としてその庇護者に対する献辞が付される。その人物が出版にかかる費用を肩代わりすることも多い。

20　水売りは最も下賤な職業とみなされており、その多くはガリシア、アストゥリアス出身者であった。

21　オウィディウス『変身物語』第二巻、七六八行目以降、ミネルウァが妬みの洞窟を訪ねるくだりへの言及。

22　エラスムス『愚神礼賛』四節を想起させる。

23　海戦において火を放ち敵艦に衝突させる船。

24　一七四四年に南フランス、トゥーロン沖であったスペイン・フランス連合軍とイギリス軍との戦い。

25　プリンセサ号は一七四〇年イギリス海軍の攻撃を受けて拿捕された。グロリオソ号は一七四七年、おなじくイギリス海軍の攻撃を受けて拿捕されたのち、リスボンで解体された。いずれもジェンキンスの耳の戦争（一七三九―四八）中の出来事。

26　ブラス・デ・レソ・イ・オラバリエタ（一六八九―一七四一）はスペインの提督。一七四〇年と翌四一年に新大陸のカルタヘナ（現在のコロンビア共和国北部の都市）をイギリス軍から防衛した。

27　フォルミアのエラスムス（?―三〇三?）は船乗りの守護聖人。

28　ビクトリア侯爵、ファン・ホセ・ナバロ（一六八七―一七七二）は前述トゥーロンの海戦におけるスペイン側の司令官。

29　ホルヘ・ファン・イ・サンタシーリャ（一七一三―七三）は人文学者、造船技師、科学者。アントニオ・デ・ウリョア（一七一二―九五）とともにフランス科学アカデミーによる子午線孤の測量調査に参加した。

30　イギリス艦の砲門はいずれも七十であったので、伯父の誇張とみられる。

31　グレゴリオのセリフはアンダルシア訛りとなっている。

32　ポロはアンダルシアの俗謡でフラメンコの曲種の一つ。プレシオシージャの名はセルバンテスの『模範小説集』中の「ジプシー女」を想起させる。

33　「法律の」を意味する"forense"は同時に「外国の」を意味する。

34　パルナッソス山はギリシア神話においてアポロンが祀られ、詩の女神たちの住処とされた。

35　「神」に代えて「創造主」という語を用いるのは理神論者に特有の用語法。

36　アントニオ・デ・ソリス（一六一〇―八六）は作家、詩人、歴史家。『メキシコ征服史』を著した。

37　ディエゴ・デ・サアベドラ・ファハルド（一五八四―一六四八）は詩人としても名を知られた外交官。

38　ミゲル・デ・セルバンテス（一五四七―一六一六）は『才気溢れる郷士ドン・キホーテ・デ・ラ・マンチャ』ならびにその続編で広く知られる作家。セルバンテスの名は『モロッコ人の手紙』冒頭の序文ですでに挙げられていた。

39　ファン・デ・マリアナ（一五三六―一六二四）はイエズス会士の歴史家。『スペイン事史』（一五九二―一六〇五）は十八世紀においても大いに参照された。

40　ファン・デ・メナ（一四一一―五六）はダンテの影響が色濃い人文主義の詩人。代表作に『運命の迷宮』（一四四四）。

41　『七部法典』を編纂したアルフォンソ十世（一二二一―八四）。賢王と称される。

42　原文ではカンタブリア語。カダルソはこの語でバスク語を指している。

43　一七二六年から三九年にかけて王立言語アカデミアから刊行された『権威の辞書（*Diccionario de Autoridades*）』は、各見出し語の用例をカスティーリャ語のすぐれた書き手による作品から引いている。こうして、カスティーリャ語の正しい意味を権威づけるとともに、当の書き手たちを権威づける二重のプロセスが進行していた。対するヌーニョの辞書はこのような意図を持たない。

44　ここで唐突に間接話法が直接話法に切り替わり、続く段落からヌーニョによるコルテスの事績の報告が始まる。

45　エルナン・コルテスの事績を記すにあたってカダルソはアントニオ・デ・ソリスの『メキシコ征服史』（一六八四）の記述を元にしている。

46　一五一七年にフェルナンデス・デ・コルドバによって発見されたカリブの島。征服者たちはサンタ・クルス島と呼んだ。

47　一五一一年にユカタン半島近辺で難船したヘロニモ・デ・アギラール（一四八九―一五三一）。

48　一五一九年にコルテスが征服したメキシコの州。

49　マリンチェの名で知られ、後にコルテスの子を産んだ女性。メキシコでは裏切り者、売国奴とみなされる。

50　アステカ皇帝モクテスマ二世（一四六六―一五二〇）。ソリスの『メキシコ征服史』ではモテスマとして記述されている。

51　キューバならびにクルア（ユカタン）総督、ディエゴ・ベラスケス・デ・クエジャル（一四六五―一五二四）。コルテスの行動に不安をおぼえ、後にパンフィロ・デ・ナルバエス（一四七〇？―一五二八）にその追走を命じた。

52　一五一九年にコルテスによって建設されたベラクルスは後にヌエバ・エスパーニャ（メキシコ）における主要な港湾都市となる。

53　トラスカラ山脈の渓谷に住んで共和国に似た政治形態を有したインディオの民。アステカ族と対立関係にあり、コルテスに敗北したのちスペイン人と同盟を組んだ。

54　『アナバシス』の著作で知られるアテナイの軍人、歴史家（前四二六？―前三五五？）。

55　四世紀から五世紀にかけての著述家、フラウィウス・ヴェゲティウス・レナトゥス。『軍事論』の著者。

56　一五一九年、チョルーラの町に入ったコルテスたちは現地の民に受け入れられたが、伏兵があることを疑ったコルテスはその住民を殺戮した。

57　国王カルロス一世（一五〇〇―五八、在位一五一六―五六）。神聖ローマ皇帝としてはカール五世（在位一五一九―五六）。

58　この伝承によってモテスマはコルテスを造物神ケツァルコアトルの使いであると考えた。

59　原文は“Esta es la hora.”。フランス語の“C'est l'heure.”（「時間だ」）という表現をスペイン語に直訳している。スペイン語ではこのような場合に主語は省略できる。この人物の特異な話し方の一例。

60　ローマ神話における家々の守り神。

61　ローマにおける境界神。土地の境界をあらわす標。

62　「仕留める」、「降伏する」、「包囲を耐える」、といった軍事用語は当時の恋愛遊戯に特有の言葉づかい。ガセルはそうした隠語を真に受けてこの若者を軍人であると考えた。以後の「征服された女性たち」の数の計算もその若者の言葉を真に受けてのもの。

63 征服者の意。

64 玉座や王冠をめぐるこの段落末尾の三行はいかにも取って付けられた感があるが、はたして第三執筆段階において書き足されたもの。

65 身分の高い女性たちは日に一度マドリードではプラド通りへ散歩に出た。

66 チュニック、胸当て、ドレスの三ピースで構成された裾が長く、ぴったりとして、幅広のスカートを持つ衣類。人を訪問する際の外出着として女性のあいだに流行した。部屋着としてガウンが用いられるようになったのは十九世紀以降。

67 洗礼者ヨハネ（サン・フアン）の日はクリスマスに半年先立つ六月二十四日と定められたが、夏至を祝うヨーロッパ各地の土着の祭礼と混交し、スペイン各地ではその前夜に火祭りが催される。

68 典礼頌歌。『テ・デウム』は神の恩寵に感謝して、『ミゼレーレ』は神の赦しを求める悔恨の意を込めて歌われる。

69 ブリクティリは意味のない造語。意味を持たないがゆえに、いかなる意味をも付与できるものとして例に挙げられる。

70 プルガダは親指一本分の長さの単位。

71 ウェストミンスター寺院を指す。歴代の国王たちのものとならんで偉人たちの墓がある。ヴォルテールも同胞を顕彰して自らを鼓舞する英国人の気質を『哲学書簡』（第二十三信）で称揚している。

72 シャルル・ペロー（一六二八―一七〇三）は「赤ずきん」や「シンデレラ」といった説話を集成した童話集で広く名を知られる詩人、作家。近代人が古代人に優ると主張して火蓋を切った新旧論争のさなか、『十七世紀フランスにあらわれた偉人たち』（一六九七―一七〇〇）を出版した。

73 友人であった詩人メレンデス・バルデスの言葉によれば、カダルソ自身このような作品を書こうとしたことがあるという。

74 ラミーロ一世（七九〇？―八五〇）はアストゥリアスの王。伝説によれば、彼が勝利を収めたクラビホの戦いにおいて白馬に跨ったサンティアゴが姿をあらわし、キリスト教徒たちを鼓舞したという。この伝説については第八十六、第八十七の手紙で詳しく論じられる。

75 ペラーヨ・ペレス・コレア（一二〇五―七五）はサンティアゴ騎士団長としてセビーリャの征服に参加した。

76 アロンソ・ペレス・デ・グスマン（一二五六―一三〇九）は人質となった息子の命を犠牲にしてタリファの城砦を防衛した軍人。「エル・ブエノ（豪傑）」の異名がある。

77 ロドリーゴ・ディアス・デ・ビバル（一〇四三？―九九）はカスティーリャの貴族。レコンキスタにおける伝説的な英雄として武勲詩『わがシッドの歌』に歌われる。異名「エル・シッド」は「主」を意味するアラビア語「シディ」に由来。

78 聖王フェルナンド三世（一二〇一？―五二）はカスティーリャの王。レコンキスタを大いに推進し領土を拡張した。

79 ゴンサロ・フェルナンデス・デ・コルドバ（一四五三―一五一五）はスペインの将軍。オスマン帝国との戦いにおいて勝利を収め、大総帥の称号を与えられた。

80 アントニオ・デ・レイバ（一四八〇―一五三六）、ペスカラ侯爵フェルナンド・フランシスコ・デ・アバロス（一四八九―一五二五）、バスト侯爵アロンソ・デ・アバロス（一五〇四―四六）はいずれも、カール五世がフランス王フランソワ一世と構えたイタリア戦争における指揮官。

81　サンタ・クルス侯爵アルバロ・デ・バサン（一五二六―八八）はレパントの海戦などで軍功を挙げた海軍提督。

82　後世の模範としての英雄たちの記憶についてはモンテスキューも言及している（『ペルシア人の手紙』、第八十四の手紙）。

83　コロンブスは航海によってたどり着いたアメリカ大陸をインドと考えていたので、スペイン語では南北アメリカ大陸を指して「インディアス」（複数形）と呼んだ。ここでは東西となっているので、南北アメリカ大陸と太平洋を越えた先の実際のインドを指す。

84　王家による君主専制と二院制による民主政を組み合わせたイギリスの統治形態を指す。

85　カダルソの母親は作家が二歳の時に亡くなっているが、『自伝』においてカダルソは自分の誕生とともに母がその息を引き取ったと記した。事実に反するとはいえ、彼は出生の瞬間より母の愛情を永遠に奪われていたと感じていたのだろう。この箇所でカダルソはその生い立ちをガセルに投影している。

86　この行に続けて作家は段落を完成することのない数行を書きつけている。創作上の仕掛けとして不完全な書簡が含まれていると考える立場もあるが、文献学的調査によりカダルソ自身が削除した様子が窺える。その理由として当該の箇所に神への言及があることが妥当すると思われる。またそこに示されたガセルによる帰還の意図が果たされていないこともまた、カダルソ自身の推敲の結果であると考える根拠となる。参考までにその内容を挙げておく。

> こんなにも欺瞞に満ちた、それを患うものにとっては快いものである悪がわたしに伝染することのないよう、これよりわたしは帰還を早めます。あなたの足元に飛んで帰り、その足に何度となく口づけします。寛大なるあなたの両の手がわたしをあなたの胸に導くまで、視線を地面から挙げることなくひれ伏しましょう。あなたの内に我が父の姿を崇めましょう。そして神は、筆舌に尽くしがたい天使の双眸のように輝くその玉座の高みより……

87　玉座への言及は前の手紙において削除された箇所に対応した部分の名残だろう。

88　序文においてすでにカダルソは国民の性格を論じ、またそれを批評する目的を明らかにしていた。スペインとは何か、そして国民（ネイション）とは何かという十八世紀を通じて準備され、今日なお決着を見ない長い議論の端緒はカダルソの作品において明らかにその片鱗を見せている。なお、カダルソの最も早い時期の書き物は、モンテスキューの『ペルシア人の手紙』第七十八におけるスペイン批判に対する『国民の擁護』であった（解説参照）。この作品の内容は、『モロッコ人の手紙』の中にも多くの痕跡をとどめている（たとえばつぎの第二十一の手紙）。国民をめぐる問題が終生カダルソにとって重要な関心事であったことは疑いを容れない。

89　貴族または郷士であることを法的に証明する書類。アストゥリアスやカンタブリア山脈の北側の土地（マドリードから見て「山向こう」）はレコンキスタが開始された場所であり、これらの土地は貴族の血統の揺籃であった。

90 三つ子の魂百まで。

91 ここではアリストテレス学派とスコラ哲学の流儀が同一視されている。スコラ哲学への批判は第二十三の手紙において取り上げられる。

92 アルフォンソ・ガルシア・マタモロス（一四九〇—一五五〇）の作品群は一七六九年、カダルソとおなじ文学サークル（テルトゥリア）のメンバーであったフランシスコ・セルダ・イ・リコ（一七三九—一八〇〇）によって出版された。

93 『スペインの学識の擁護、あるいはスペインの碩学たちの弁護』（一五五三）への言及。

94 一七六一年にはその戦術を学ぶ目的でプロイセンに特使が派遣されている。

95 ブルボン王朝最初の王（在位一七〇一—四六）。ハプスブルグ家の擁立したカールを相手にスペイン継承戦争を戦った。

96 フェリペ五世の息子、スペイン王カルロス三世（在位一七五九—八八）として即位する以前はカルロ七世としてナポリ、カルロ五世としてシチリアを統治した（ともに在位一七三五—五九）。

97 カルロス三世の弟、フィリッポ一世（在位一七四八—六五）。オーストリア継承戦争を経てパルマ公国はスペイン・ブルボン家の手に渡った。

98 スペインの将軍ゴンサロ・フェルナンデス・デ・コルドバ（一四五三—一五一五）。第十六の手紙の注を参照のこと。

99 プロイセン王フリードリヒ二世（一七一二—八六）。

100 この一文はホラティウスのよく知られた表現「かのものは幸いなるかな」（*Beatus ille*）を想起させる。

101 マルクス・リキニウス・クラッスス（前一一五？—前五三）はカエサル、ポンペイウスとともに第一回三頭政治を行った政治家。ここでは富裕、財力の代名詞として言及されている。

102 結婚する当人の意志によらず利益を追求した婚姻への批判は、レアンドロ・フェルナンデス・デ・モラティンの『娘たちの「はい」』（一八〇一）に代表される同時代の文学作品や定期刊行物において繰り返しなされた。

103 公的な性格をもった学術的な儀式で、そこではある主張や論文が擁護された。スペイン最古の大学を持つサラマンカの街に駐屯した折（一七七三—七四）、カダルソはこうした不毛な議論を目にする機会を持ったのだろう。

104 長さの単位。約八三・五九センチメートル。

105 聖職者や学寮生が身につけていた縁なしの丸帽をガセルはこう呼んでいる。

106 スペインの植民地であるアメリカ新大陸。

107 カダルソの父方の故郷はビスカヤで、一族の古い邸宅がサムディオにあった。

108 類縁同士の訴訟沙汰はカダルソの家系で実際に起こったもの。伯母の一人が祖父に対して訴訟を起こした。

109 第六の手紙の注でも記したとおり、ペソドゥロ銀貨は二十レアルの価値がある貨幣。またペソドゥロ金貨は八十レアルの価値があった。いずれにしても、この新大陸帰りの成金の財産は相当なもの。

110 このくだりは『ドン・キホーテ』前篇第一章冒頭の一文を想起させる。「それほど昔のことではない、その名は思い出せないが、ラ・マンチャ地方のある村に」（牛島信明訳）。

111 ガセルの関心を惹いた同一人物の待遇の変化は、アンシャン・レジームの階級社会において自身の到達した地位に強迫観念を抱く人々への風刺。「ドン」という敬称の濫用に対する批判は第八十の手紙にふたたびあらわれる。

112 この呼称でカダルソがバスク人を指していることはその言語にかんしてすでに第八の手紙の注にみた。また第六十七の手紙においてその習慣と服装の特徴について言及がある。

113 ギプスコアとビスカヤにおける十八世紀初頭の人口増大は、人口過密と海外移住の必要をもたらした。

114 フランスの王家とはブルボン家。したがってその最初の王とはフェリペ五世を指す。スペイン・ハプスブルグ家のカルロス二世が嗣子を残さず世を去ったことから、フランスのブルボン家とオーストリアのハプスブルグ家がスペイン王位をめぐって対立、スペイン継承戦争（一七〇一―一四）が勃発した。オーストリアは大公カールをカルロス三世として擁立したが、その兄の死を受けてカールは神聖ローマ皇位に即いた。ユトレヒト条約、ラシュタット条約を結んでスペイン継承戦争は終結しブルボン朝スペインが誕生する。

115 エストレマドゥラからはエルナン・コルテスやフランシスコ・ピサロを筆頭に数多くの新大陸征服者が輩出した。

116 原文では「ネイション（nación）」という語が用いられている。ここではスペインではなくカタルーニャや後出のスペイン内部の各地方を指している。この語彙は十八世紀を通じてその指示する範囲を次第に拡大させていった。

117 第二十九の手紙ではオランダ人の性質を強欲とする。ここでは商才に長けたカタルーニャ人への揶揄。

118 ガセルにとっての「われわれの先祖」は、イベリア半島を支配したイスラム教徒を指す。レコンキスタにおけるアラゴン王国の寄与に言及している。

119 サラゴサはアラゴンの中心都市。その歴史はローマ時代に遡り、その名は初代皇帝カエサル・アウグストゥスに由来。

120 あらためて、それぞれの異なる文化、法体制を有した各王国、各地方を「ネイション（nación）」という語で指している。そのいくつかは今日のスペインにおける地域ナショナリズムの母体となっているが、カダルソの同時代にあってもスペインという単一のネイションはついに不在であったことを如実に伝える。

121 セルバンテス作『ドン・キホーテ』前篇第一章のつぎのくだりを想起させる。「睡眠不足と読書三昧がたたって脳みそがからからに干からび、ついには正気を失ってしまったのである」（牛島信明訳）。

122 アタナギルド（?―五六七）とヴァリア（?―四一八）は西ゴート族の王、エンデカ（?―五八五）はガリシアを支配したスエヴィ族の王。いずれもイスラム教徒の半島侵攻に先立つ時代の人物であり、ここで引き合いに出されていることは明白な時代錯誤。

123 キュロス二世大王（前六〇〇―五二九）。アケメネス朝ペルシアを創始した。

124 ガセルはフランス南東部（リヨン）を通ってパリを目指し、南西部（ボルドー）を通ってスペインに帰着している。これは若き日のカダルソ自身のパリ行きの経路を想起させる。また一方で、前もってガセル自身が述べているように、表面的な批評に終わらないためには知っておくべきことが多いという考えの実践と理解でき、モンテスキューの『ペルシア人の手紙』にみられた軽薄な旅行者による観察に対する批判であるとともに、それからの差異化を図っているとと解釈できる。この書簡全体が公平な批評へのカダルソの態度表明であるとともに、モンテスキューに対する静かな反駁といえよう。

125 カフェのこと。スペインでは十八世紀中葉に最初のカフェが開業し、人々の社交生活に大きな変化をもたらした。

126 スペインの悪路と道中の不便は外国人旅行者がしばしば指摘するところであった。

127 一六七四年に出版されたフアン・バウティスタ・ディアマンテの喜劇。十八世紀にもたびたび上演されたが、カダルソは『菫薫る賢人』の補遺において自国の演劇を貶めるものの代表としてこの作品を批判している。

128 十六世紀以来スペインで広く用いられてきたフードつきの長マント。十八世紀にはヨーロッパの流行に推され、その着用は庶民や伊達男（マホ）たちに限られていた。

129 アリストテレスの『詩学』が説くところに代表される演劇規則、とりわけ三一致（筋、時間、場所の一致）の法則に従った演劇。

130 オーストリア継承戦争中で一七四五年、フランス軍がイギリス、オーストリア、オランダの連合軍を破った戦い。

131 セルバンテス『模範小説集』中の「びいどろ学士」への言及。

132 カルデア人は古代メソポタミアにおいて新バビロニア王国を建国したセム系遊牧民。カルデア語はアッカド語のバビロニア方言。

133 紀元二世紀後半に書かれた作者不詳のラテン語詩。十八世紀にはカトゥルスをはじめ様々な作者に帰された。

134 本来であれば「同上（おなじ人物からおなじ人物へ）」と記されるべきケースであるが、直前の手紙とこの手紙では「ガセルからベン・ベレイへ」となっている。直前の手紙は後にカダルソ自身によって新たに追加して挿入されたものである可能性が考えられる。差出人と受取人の標記の規則は、以後の書簡においてもたびたび破られている。

135 最初の執筆段階では「切迫した必要」の代わりに「野望」とあり、ハプスブルク朝の王たちへの批判がより明白であったが、第三の手紙においてなされたのと同様に、改稿に際してより穏やかな表現に改められた。最初の王たちとはカルロス一世、フェリペ二世を指す。

136 フェリペ三世、フェリペ四世、カルロス二世を指す。

137 十八世紀初頭のスペイン継承戦争への言及。この戦争でカタルーニャ、アラゴン、バレンシアの各地方はブルボン朝のフェリペに対してハプスブルク家のカール（カルロス）支持を表明した。

138 カトリック両王フェルナンドとイサベルのこと。前者はアラゴン王としては二世だがカスティーリャの王としては五世となる。

139 キリストの十二使徒のひとり聖アンデレ（アンドレス）はX字型の十字架の上で殉教したとされることから。

140 以上の地名はイベリア半島のそれぞれ北西端、南東端、北東端、南西端に位置する街や岬。

141 バスク語を指す。
142 レオン県に古くからある一地方。
143 ここで話し手は法律用語を模倣した話法を過剰に盛り込んでいる。
144 カスティーリャ王エンリケ三世（一三七九―一四〇六、在位一三九〇―一四〇六）。健康を損なって晩年は弟のアラゴン王フェルナンド一世を摂政に置いた。
145 「十二時半まで部屋の中に日が差さなかった」の意。以下の文章はフランス語ならびにその文法に従って書かれているため、スペイン語としては極めて不自然な表現の連続となっている。
146 デザビエは軽いガウン、ボンネットはパリの女性たちのあいだで流行していた帽子。
147 「散歩して」の意。
148 ヴォルテールの悲劇『ザイール』。カダルソはおそらくこの作品の翻訳を手掛けたことがある。
149 ラヴェンダの香水を擬人化している。
150 身支度、フランス語のトワレットから。
151 小鳩を切って、鉄板で焼いた料理。形がヒキガエルに似ていることから。
152 当時の有名なソプラノ歌手マリア・マヨール・オルドーニェス。
153 「時間を潰す」の意。今日のスペイン語では受け入れられている表現だが、十八世紀当時はフランス語法であった。
154 本来は「人間嫌い」の意味であるが、ここではモリエールの喜劇『人間嫌い』にあらわれる、人とは異なる趣味を持つ人物のこと。後に出てくるギリシア語を解する友人は言葉の本来の意味によって説明した。
155 初代カスティーリャ伯爵フェルナン・ゴンサレス（九三〇？―七〇）。
156 ここでヌーニョは「ラバンダ（ラヴェンダ）」を「ラ・バンダ」と定冠詞を付けたものと理解している。
157 ビボには「生きている」という意味がある。
158 ヌーニョの辞書については第八、第十四の手紙を参照のこと。
159 この比喩は明らかにアイザック・ニュートンが発見した万有引力の法則についてのもの。
160 イエス・キリストが最後の晩餐の席で弟子たちの足を洗った事績。ガセルはそれを再現したなんらかの行事に参列したのだろう。しかしイスラム教徒である彼にはその宗教的な意味が分からなかったので、キリストを「王」、弟子たちを「貧者」としている。
161 中世カスティーリャ王国の法令集。
162 主題の無秩序は言うまでもなく『モロッコ人の手紙』という作品そのものの性質でもある。
163 政治的な主題にかんする記述の忌避は作品冒頭より掲げられていた。「序文」参照のこと。
164 穀物の体積の単位。五五・五リットル。
165 一七六八年、カダルソはマドリードから追放されてサラゴサにあった。この書簡に開陳されるガセルの見聞もおそらくはサラゴサのことを扱っている。またこの日付によって『モロッコ人の手紙』の執筆は少なくともこの年には開始されていたと考えられる。
166 新大陸との通商航路を結ぶ船舶を一般にガレオン船と呼んだ。

167 帆と漕手によるガレー船は、地中海航海で広く用いられた。
168 サラマンカ大学は十三世紀に設立された、スペイン最古の大学のひとつ。
169 ガルシラソ・デ・ラ・ベガ（一五〇一？―三六）はルネサンス期のイタリア詩の形式をスペインに導入した詩人。
170 ビジャメディアナ伯爵ファン・デ・タシス・イ・ペラルタ（一五八二―一六二二）は文飾主義の詩人。
171 ブロセンセあるいはフランシスコ・サンチェス・デ・ラス・ブロサス（一五二三―一六〇〇）はサラマンカ大学の修辞学の主任教授で、ガルシラソの作品の最初の校訂版を作った。
172 前者はレパントの海戦等における活躍で名高いカルロス一世の庶子ファン・デ・アウストリア（一五四五―七八）、後者はフランドル総督にしてシチリアの副王であったファン・ホセ・デ・アウストリア（一六二九―七九）。
173 ディエゴ・デ・アラバ・イ・ビアモント（一五五五？―？）は軍人、技術者。
174 フェルナンド・デ・エレーラ（一五三四―九七）はセビーリャ派を代表する詩人。ガルシラソの作品への注釈でも知られる。
175 メキシコのバロック詩人ファナ・イネス・デ・ラ・クルス（一六五一―七五）。
176 カタルーニャの領土は伝統的にカタルーニャ公国と呼ばれる。
177 オーストリア継承戦争の最中、イタリアのモデナで一七四三年に争われたスペイン軍とオーストリア・サルデーニャ連合軍の戦い。スペインは甚大な被害を蒙った。
178 カダルソ自身も五十人分の騎兵装備を寄付することで士官候補生から大尉に昇進している。
179 ホラティウス『頌歌』第三巻、第一、一。
180 他の場合では、前の書簡に対する返事であっても差出人と受取人の名が示されているが、ここでは原文にその標記が欠けている。読者の便宜上ここでは補ってある。
181 オウィディウス『変身物語』に基づくスペイン語による引用。第六十七の手紙においてラテン語原文とともにふたたび引かれる。
182 本来であれば「同上（おなじ人物からおなじ人物へ）」と記されるべきケース。
183 第四の手紙でガセルは、軽佻浮薄な人物との対話を通じて十八世紀の批判を行っている。
184 このような歴史的相対主義は第八十二の手紙にも見られる。
185 ファン・ルイス・ビベス（一四九二―一五四〇）は人文学者、哲学者、教育者。
186 ペドロ・サンチェス・シルエロ（一四七〇―一五四八）は数学者、神学者。フェリペ二世の家庭教師を務めた。
187 ディエゴ・ウルタド・デ・メンドーサ（一五〇三―七五）は詩人、歴史家、外交官。
188 アロンソ・デ・エルシーリャ（一五三三―九四）はチリ征服を扱った叙事詩『ラ・アラウカーナ』で知られる詩人、軍人。
189 フライ・ルイス・デ・グラナダ（一五〇四―八八）はドミニコ会士。修辞的な文体による著述を行った。
190 フライ・ルイス・デ・レオン（一五二七？―九一）はアウグス

ティノ会士、サラマンカ派を代表する詩人、人文学者。

191 ともに詩人で歴史家であったルペルシオ・レオナルド・デ・アルヘンソラ（一五五九―一六一三）とバルトロメ・レオナルド・デ・アルヘンソラ（一五六二―一六三一）兄弟のいずれかへの言及。

192 本来であれば「同上（おなじ人物からおなじ人物へ）」と記されるべきケース。

193 英国内乱とピューリタン派を扱ったサミュエル・バトラー（一六一二―八〇）による風刺詩。ヴォルテールは『哲学書簡』第二十二信において、この作品の『ドン・キホーテ』的性格を認めるとともに翻訳不可能であるとした。カダルソはその記述を想起している可能性が高い。

194 デトゥシュの名で知られるフィリップ・ネリコ（一六八〇―一七四五）の喜劇。

195 ロペ・デ・ベガにも同名の作品があるが、ここではホセ・デ・カニサレス（一六七六―一七五〇）の喜劇への言及。

196 本来であれば「同上（おなじ人物からおなじ人物へ）」と記されるべきケース。

197 この辞書については第八の手紙を参照のこと。

198 「ポリス」のこと

199 人口に膾炙したスコラ哲学の考えでは記憶、理解、意志が人間理性の三つの能力。

200 この表現はケベードの『揺り籠から墓場まで』（一六三三）という作品を想起させるが、また一方では芸術における常套句と言える。『鬱夜』の第一夜においても似たような表現がみられる。

201 本来であれば「同上（おなじ人物からおなじ人物へ）」と記されるべきケース。

202 原文では"fortuna"と"hacer fortuna"で、これらは現代のスペイン語のより一般的な用法では、それぞれ「財産」、「財を成す」の意味となるが、ガセルの説明ならびにヌーニョが編纂する辞書の目的（「それぞれの語の原初の、本質的かつ実際の意味を説明すること」）に鑑みて、このように解釈されねばならない。つぎの書簡でもおなじ主題が扱われている。

203 祈祷書は金色の装飾とともに黒の装丁を施されることが多かった。

204 ハンガリー軽騎兵は高い戦闘能力とあわせてその装束の派手なことで知られていた。

205 ヌエボ・メヒコは現在のアメリカ合衆国ニュー・メキシコ州。北大陸とは南北アメリカにおける北を指している。十六世紀にスペインの植民地となるが、メキシコの独立、米墨戦争を経て一八四八年にアメリカ合衆国領となった。

206 本来であれば「同上（おなじ人物からおなじ人物へ）」と記されるべきケース。

207 歴史著述における公平性についてガセルは第五、第九の手紙で疑問を呈しているが、ヨーロッパにおけるその「共通の悪徳について」ベン・ベレイに伝えているのは、後出の第五十九の手紙になる。このような不規則性は、書簡の順番が後に入れ替えられた可能性を示唆する。

208 テュレンヌ子爵（一六六一―一七五）は三十年戦争で目覚ましい勲功をあげた、フランス大元帥。

209　初代マールバラ公爵（一六五〇―一七二二）はスペイン継承戦争で英国軍司令官を務めたイギリスの将軍。

210　これらの固有名が複数形となっているのは、同名を有する歴代の王が存在するため。ここでヌーニョが参照している書物は『新総合人名事典（*New and general biographical dictionary*）』（一七六一―六七）あるいはルイ・モレリの『大歴史事典（*Le grand dictionnaire historique*）』（一七五三）であると思われる。

211　金星の日面通過。一七六九年に起こったこの天文現象を観測するため、フランスとスペインの科学者による観測隊が結成された。デンマーク、オランダ、ロシアも観測を行なった。その観測はジェームズ・クックやジョゼフ・バンクスによる航海の目的の一つでもあった。

212　本来であれば「同上（おなじ人物からおなじ人物へ）」と記されるべきケース。

213　教皇が威厳を持って語る様子を表す「聖なる座より」（*ex cathedra*）をもじった表現。三脚机はデルポイの巫女がアポロンの神託をその上に載せた台。「あたかも大家の如く」の意味。

214　ホーン岬は南アメリカ大陸の最南端の岬。喜望峰はアフリカ大陸の南端の岬。ホッテントットは後者の原住民（コイ族）。パタゴニアはパタゴン（大足族）の地を意味するが、南アメリカ南端部の原住民のたくましい様子から、マゼランが彼らを巨人と呼んだことに由来している。なおパタゴンは十六世紀の騎士道小説にあらわれる空想上の怪物。

215　ギリシア神話におけるヘラクレスの十二の難業と、イアソン率いるアルゴ号が金の羊毛を求めた冒険への言及。

216　ホメロスの『イーリアス』に謳われたトロイア戦争への言及。

217　エステバン・デ・ガリバイ（一五三三―九九）は『歴史概要』（一五七一）の著者。ファン・デ・マリアナ師（一五三六―一六二四）の『スペイン全史』（一五九二）は浩瀚な歴史書の代表的著作。アントニオ・デ・ソリス（一六一〇―八六）の『メキシコ征服史』（一六八四）は大いに称賛された。

218　ラテン語の発音は、教皇ヨハネ二十三世がイタリア語のそれに合わせるまでそれぞれの話者の母国語の発音規則に従っていた。

219　セルバンテス『ドン・キホーテ』への言及。外見の下に別の問題群が隠されているという解釈は、十八世紀のイギリスやフランス、さらにドイツのロマン主義者による作品の意義の再解釈と歩調を合わせたものといえる。

220　それぞれの国において、ギリシア・ローマのものではない自前の古典を希求する運動が十八世紀、新古典主義の時代に現れている。

221　第四十二の手紙でヌーニョは宗教や祖国を異にするとしても、誠実な人間のあいだには相互の尊敬に基づく友情が可能であることを説いた。

222　ヌーニョは至上の存在の名を挙げて第四十二の手紙を結んでいた。ここでベン・ベレイは彼のやり方で結語を記している。

223　これらの語については第五十一の手紙を参照のこと。

224　本来であれば「同上（おなじ人物からおなじ人物へ）」と記されるべきケース。

225　これらの人物の名字はそれぞれ「細紐」と「絹」を意味する。

226 フランス東部の都市。サヴォア県の県庁所在地。
227 大変大きな三角帽子。
228 フランスのボーヴォ公爵のスタイルを模倣した帽子。
229 フランスでは帽子はつねに脇に抱えているものだった。
230 スイス連邦は当時十四の州によって構成されていた。
231 十八世紀を通じて髪形の変化とともに帽子のサイズは縮小の一途を辿った。
232 先述の「見分けられないような」小さな帽子。
233 きつい袖のついた胴着。
234 膝までのズボン。
235 オーバーコート。
236 丈の長い乗馬用コート。英語の"riding coat"がフランス語の"redingote"（ルダンゴト）となりスペインに伝わった。
237 袖付き、または脇の開いたマント。
238 スペインの国章に記された「さらに向こうへ」（PLVS VLTRA）の標語。ここではそれを否定して、先がない状態を表現している。
239 悪魔やその化身である竜を倒す大天使聖ミカエル（サン・ミゲル）の図像には全身に鎧を纏い、その足が脛当てや膝鎧で覆われているものがある。
240 革製のスリッパのような上履き。
241 軽い靴底のスリッパ。
242 編んだ繊維の靴底を持つ軽い靴。
243 靴職人の守護聖人。
244 ベリサリウス（五〇五—五六五）は東ローマ帝国皇帝ユスティニアヌス一世時代の将軍。用兵に優れたが、嫉妬や讒訴により不遇をかこつことが多かった。カダルソは『菫薫る賢人』のなかでジャン＝フランソワ・マルモンテル（一七二三—九九）の『ベリゼール』（一七六五）を引用している。
245 この言語の羅列には、実際には存在しないスイス語やプロシア語までが含まれている。マヌエル・デ・ララメンディ師（一六九〇—一七六六）は一七二九年に『克服されし不可能　バスク文法の技について』と題する文法書を著した。
246 ガウンについては第十一の手紙の注を参照のこと。
247 同様の人物が『菫薫る賢人』においても風刺されている。
248 羽根ペンの使い始めにはたくさんの試し書きをする必要があった。
249 ペルシウス『風刺』第一巻、一。
250 ウェルギリウス『アエネイス』第二巻、六—八。
251 オウィディウス『名婦の書簡』第四巻、十。
252 ホラティウス『頌歌』第二巻、第二、一—二。
253 ウェルギリウス『アエネイス』第三巻、五六—五七。
254 ホラティウス『頌歌』第三巻、第十六、一—五。
255 ホラティウス『書簡』第三巻、第一、八〇—八一。
256 『鬱夜』がある友（男性）の死に際して書かれたという明言は、カダルソが恋人であったとされる女優マリア　イグナシア・イバニェスの死（一七七一年四月二十二日）に先だってその作品を完成していた可能性を示唆するが、おそらくは単純にその恋愛関係を隠匿するためにこのように書いたものだろう。
257 エドワード・ヤングの長編詩『夜想、生と死と不滅について』（一七四二―四五)。カダルソは『鬱夜』の冒頭にも、ウェルギリウスからのおなじ引用とともに、「英国人ヤング博士の筆になるそれの作法に倣いて」と記している。

258 この書簡の執筆年代は文中の言及から一七七四年と類推できる。ここでカダルソはすでに書きあげたものとして『鬱夜』に言及しているので、すくなくともこの年までにその作品は完成していたと考えられる。

259 ウェルギリウス『アエネイス』第二巻、三六八―六九。ウェルギリウスの原文では最後の部分が"mortis imago"(死の影)となっている。オウィディウスの『哀しみの歌』第一巻、第三、一の"tristissima noctis imago"(悲惨なることこの上ない夜の姿)という詩句と混同されている可能性もある。

260 ホラティウス『説教』第一巻、第五、四四。

261 ホラティウス『書簡』第二巻、第三、四〇〇―〇一。

262 ユウェナリス『風刺』第七巻、五一―五二。

263 マルティアリス『エピグラム』第一巻、十六。

264 オウィディウス『恋の技法』第一巻、二四一―四二。

265 ベニート・ヘロニモ・フェイホー・イ・モンテネグロ(一六七六―一七六四)は十八世紀スペイン啓蒙主義を代表する著述家。オビエド大学で神学を講ずる傍ら、広範な主題を取り扱った全八巻からなる『批評の劇場』に代表されるエッセイを著した。

266 ソリアの地名。伝説によれば魔法使い、魔女たちが集会を行うとされた。

267 ホラティウス『書簡』第二巻、第二、二〇八―〇九。

268 ホラティウス『頌歌』第一巻、第四、十八―十九。

269 ウェルギリウス『アエネイス』第六巻、二六六。

270 ラテン語の発音規則ではアカデミアもアカデミーアも受け入れられていた。

271 『ドン・キホーテ』前篇第五十二章に登場する架空のアカデミアへの言及。

272 オウィディウス『ポントス』第九巻、四七―四八。

273 アルノルト・フィンネン(一五八八―一六五七)はオランダの法学者。ライデン大学でローマ法を講じ、これについての著作がある。

274 ユウェナリス『風刺』第十三巻、五四―五五。

275 ロペス(López)は「ロペ(Lope)の息子」を意味する名字。ベルナルド・デ・イリアルテはヴォルテールに宛てた書簡の中で、フランス人がロペ・デ・ベガをロペス・デ・ベガと誤って呼んでいると批判した。ディドロの『百科全書』で「喜劇」の項目を執筆したジャン=フランソワ・マルモンテルはロペを"Lopès de Vega"として言及している。

276 オウィディウス『変身物語』第七巻、二〇―二一。

277 ホラティウス『書簡』第二巻、第二、七七。

278 ユウェナリス『風刺』第二巻、六三。

279 ウェルギリウス『牧歌』第四巻、七。

280 ホラティウス『書簡』第二巻、第三、三五九。

281 この段階説はモンテスキューの『ローマ盛衰原因論』に従っている。

282 スペインの街道の状態の悪さについては第二十一、第二十九の手紙に言及されている。

283 この出会いについては第七の手紙参照。

284 こうして述べられる主人の半生は、カダルソが自分自身の人生について友人に書き送った書簡の内容と酷似している。

285 当時は功利を目的として身分違いの結婚が横行していた。この婚姻がそうしたものではなかったことを示す。

286 ニュートンによる万有引力の法則の発見への言及は第三十八の手紙にもみられる。

287 この作品が他者の手稿であるという序文に述べられていた文学的虚構をカダルソはここで再び用いる。続きが見つからないというくだりは『ドン・キホーテ』前篇第八章において物語が突然中断される箇所を想起させる。

288 十八世紀において闘牛は午前十時から日没まで、一日中続く見世物であった。

289 クラビホの戦い（八四〇）、サラドの戦い（一三四〇）、ナバス・デ・トロサの戦い（一二一二）はレコンキスタにおける重要な合戦。最初のものについては第八十七の手紙でふたたび言及される。

290 スペイン継承戦争を経て王座に就いたブルボン家。

291 カルロス三世（一七五九－八八）は、一七五八年までのあいだ徴税の滞りによって負った債務をカタルーニャとアラゴン、ついでカスティーリャ、バレンシア、マジョルカについて免除した。

292 ルイス一世（一七〇七－二四）は一七二四年二月九日にその統治を始めたが同年八月三十一日に没した。

293 アンリ四世（一五六二－一六一四）はフランスにおけるブルボン王朝の最初の王。

294 スペイン継承戦争（一七〇一－一四）は国の内外でハプスブルグ家とブルボン家それぞれを支援する側に分かれて戦われた。

295 本来であれば「同上（おなじ人物からおなじ人物へ）」と記されるべきケース。

296 ハプスブルグ家。

297 決闘で命を落としたことを意味する。

298 本来であれば「同上（おなじ人物からおなじ人物へ）」と記されるべきケース。

299 直前第七十五の手紙への言及。

300 本来であれば「同上（おなじ人物からおなじ人物へ）」と記されるべきケース。

301 以下言及される書誌はすべて実在し、一七五七年から七二年にかけて定期刊行物『ガセタ・デ・マドリード』紙上に広告が掲載された。

302 「ご婦人たち」と「チェッカーの駒」はどちらも"damas"だが、同時に用いる前置詞一つによって「ご婦人たちをからかう」と「チェッカーの勝負をする」の意味の違いを生じる。

303 「大人物のように振舞う模範」とするところ、この書物が「大人物となるための模範」としているのを、ヌーニョは文字通りの意味に理解している。

304 ディエゴ・デ・トレス・ビジャロエル（一六九四－一七七〇）は詩人、作家としても知られたサラマンカ大学の数学科主任教授。当時のスペインの大学教育における数学の地位は、神学や法学といった学問に比べてはるかに低いものだった。

305 樹皮からマラリアの特効薬キニーネが得られる。極めて苦いが胃薬として用いられた。

306 ホセ・フランシスコ・デ・イスラ神父（一七〇三―八一）の風刺小説『フライ・ヘルンディオ・デ・カンパサス』（第二巻、第一章、十五）中に意味を成さないこのラテン語の三段論法を繰り返し喚き立てるスコラ主義者の教師が登場する。なおこの奇妙な三段論法の着想源は、フランソワ・ラブレー『ガルガンチュアとパンタグリュエル』第二巻、第二章で列挙される、パリに来たパンタグリュエルがサン・ヴィクトール図書館で感嘆した書物中の一冊『コンスタンツの公会議にて一〇週間討議されし、精妙なる問題。空中をぶんぶん飛ぶ怪獣キマイラは、偶然的な属性をば、はたして食することが可能なりや？』（宮下志朗訳）であることをラッセル・P・シーボルトが突き止めた。

307 カダルソが友人たちと構えていた文学テルトゥリア、サン・セバスティアンの酒場の集いにはジャンバッティスタ・コンティ、イグナシオ・ベルナスコーネ、ピエトロ・ナポリ・シニョレッリ、ファン・デュポンなど外国人も数多く参加していた。

308 一七一八年のサルデーニャ・シチリア遠征を指揮したフランドルに起源を持つ貴族。

309 この将校の性格造形はサン・セバスティアンの酒場の集いのメンバーであったファン・デュポンについてのカダルソの評（「スペイン人の志操堅固とフランス人の人懐っこさをあわせ持つにいたった稀にみる人物」）と一致する。

310 サン・セバスティアンの酒場の集いのメンバーで、十三世紀から十七世紀までのスペイン詩人のアンソロジー『トスカーナ方言に訳されたスペイン詩人コレクション』を編んだジャンバッティスタ・コンティへの言及。

311 アントニオ・サンチョ・ダビラ（一五九〇―一六六六）はアフリカやフランドル地方で高い戦功を残した軍人。後にミラノ総督、フランドル会議議長。

312 ペドロ・シモン・アブリル（一五三〇―九五）は十六世紀スペインの最も重要な人文主義者のひとり。ラテン語、ギリシア語文法を著したほか、アリストテレスをはじめ多くの古典的著作をスペイン語に翻訳した。

313 引用は若干の異同があるがケベードの「ペテン師その生涯を語る」と題されたロマンセ。ここから「ドンとトゥルレケは反りが合わない」という諺ができた。

314 キリスト教の教義を平易に説く問答書。

315 この書簡は作品が初出となった『コレオ・デ・マドリード』紙上では割愛されている。

316 十八世紀中葉までセルバンテスの生涯はいかなる関心も惹かなかった。英語版『ドン・キホーテ』のためにグレゴリオ・デ・マジャンスが執筆した伝記『ミゲル・デ・セルバンテス・サアベドラの生涯』（一七三七）は、セルバンテスが作中で提供する以上のデータを含んではいない。出生地については、一七四八年にファン・デ・イリアルテがアルカラ・デ・エナーレスへの言及を発見し、一七五二年にマヌエル・マルティネス・ピンガロンが洗礼証明書を特定した。

317 ケベードは政治的陰謀に加担した廉で一六三九年から四三年までレオンにあるサン・マルコス修道院に幽閉されており、大いに健康を損なった。

318 異端審問所の命によりフライ・ルイス・デ・レオンは五年間を獄中に過ごした。

319 船の火薬庫をこう呼ぶ。

320 ガセルとこの人物との出会いは第六十九の手紙において取り扱われている。この人物に対してガセルが捧げる称賛の言葉に対し、第七十ならびに第七十一の手紙でヌーニョは自らに近しいものたちばかりではなく社会全体に奉仕をしなければよき市民、誠実な人間とはいえない、と批判的な意見を開陳した。

321 ラミーロ一世とアブド・アッラフマーン二世が戦ったとされるクラビホの戦いで、白馬に跨った使徒聖ヤコブ（サンティアゴ）が姿をあらわし、キリスト教徒軍に加勢したという伝説がある。ただし古い時代の年代記にはその記録は一切あらわれない。

322 十八世紀には神話や伝説を排した歴史著述への関心が高まったが、それらを真っ向から批判することにも危険が伴った。

323 「創世記」冒頭のもじり。

324 以下に批判される理神論者への言及。

325 この行以降、段落の終わりまでの部分は理神論への厳しい批判を展開するために後期執筆段階に追加された。

326 第六十八の手紙でガセルは国家の円環的な発展に言及している。ベン・ベレイからの返答がこの場所に置かれていることは、当初の順序に変更が加えられたことを示唆する。

327 エリザベス一世（一五五八－一六〇三）の治世下、出版物にかんする重い規制が敷かれ、ジェームズ一世（一六〇三－二五）の治世下、一六四八年に劇場封鎖令が出されたイギリスに言及していると思しい。

328 トマス・ホッブズの自然主義、政治思想への言及。

329 この書簡の末尾にふたたびあらわれる光と影の対比は十八世紀に広く希求された、先入見を免れた批評精神をあらわす比喩。

330 マゼランの遠征隊のうち唯一帰投し世界一周を達成した。

331 序文でカダルソは架空の手稿を引き合いに出すセルバンテス的な遊びをしていた。

332 キケロー『カティリナ弾劾演説』第一巻、第一、二。

333 カダルソは『菫薫る賢人』（一七七二）の続編と『補遺』をおなじ一七七二年に発表している。

334 カダルソは恋愛を扱った作品を含む詩集『わが青春の手すさび』を一七七三年に出版している。

335 一七六八年に匿名で出版された風刺『手帽と一七六八年のカーニバルやその他のための外国人向けキプロス案内』はカダルソの筆になるものとされ、これを書いた廉によりカダルソはマドリードからサラゴサに追放された。

336 カダルソの第二の姓（母方の姓）。カダルソはこれを用いてホセ・バスケスを筆名としてその作品を発表した。

337 オウィディウス『哀しみの歌』第一巻、第三、一一－一二。

『鬱夜』訳注

1　エドワード・ヤングの長編詩『夜想、生と死と不滅について（*The Complaint: or, Night-Thoughts on Life, Death, & Immortality*）』（一七四二―四五）を指す。

2　ウェルギリウス『アエネイス』第二巻、三六八―六九。『モロッコ人の手紙』第六十七の手紙にこのエピグラムが引かれるとともに『鬱夜』への言及がある。その箇所の注も参照。

3　テディアト（Tediato）は「倦怠」を意味するテディオ（tedio）から作られた寓意的な名。

4　ロレンソ（Lorenzo）の名はヤングの『夜想』の憂鬱な嘆きが宛てられる不在の友人ロレンス（Lawrence）に等しい。

5　作品を通じて「教会」という言葉の使用は、わずか二回の例外を除いて、慎重に忌避されている。「寺院」という言葉の使用は理神論者にみられた傾向でもあった。ただしカダルソは『モロッコ人の手紙』第八十七の手紙で理神論者への批判も展開している。ここではむしろ不敬の誹りを免れるために「教会」という語の使用を避けたものだろう。

6　「贅沢（fausto）」と「紋章の上飾り（timbrado）」を組み合わせた風刺的な名。

7　ここでいう墓石は地上に置かれたものではなく教会内部の地下に墓穴を掘り、亡骸を収めてそれに蓋をしたもの。人間の居住空間から墓地が隔離されたのは公衆衛生に配慮した都市計画がなされるようになった近代以降のことで、それまでとりわけ身分の高い人々は教会内部に墓所を求めた。

8　作品を通じて「神」という語の使用は慎重に忌避されている。「神」に代えて「創造主」という語を用いるのは理神論者にみられた傾向。『モロッコ人の手紙』第八の手紙参照のこと。ただし、ここではむしろ不敬の誹りを免れるための慎重な態度といえよう。

9　女性たちの愛玩動物に対する扱いは『菫薫る賢人』においても風刺されている。

10　原文"pariente"は「配偶者」とも「親族」ともとれる。「夫」という語を用いずにあえて曖昧な書き方をしたと考えられる。カダルソは悲劇『ソラーヤ』においてもこの語を用いている。

11　ギリシア神話の復讐の女神。翼を持ち、その髪は蛇。三姉妹。

12　ビルテリオ（Virtelio）は「美徳」を意味するビルトゥ（virtud）から作られた寓意的な名。

13　教会は世俗の権力の及ばない場所として、逃げ込んだ罪人がその庇護を受けることのできる空間であった。

14　長さの単位。約八三・五九センチメートル。

15　『コレオ・デ・マドリード』紙に掲載されたテクストとそれに由来する系統の写本では、同様の文言が第一夜、第三夜の末尾にも見られる。しかし、それ以外のものではただひとつの写本において、かつ第二夜のおわりのみに確認されるばかりである。『コレオ・デ・マドリード』がその商業的性格からテクストの不備を補ったものと考えると、この形式的な不完全さは失われた自筆原稿にすでに含まれていたものだろう。

解説

ある国のひとつの時代に接近するのに、その見晴らしをよくしてくれる作品というものがある、という気がする。その時代における文化、社会についてのパノラマ的な視野を与えてくれるばかりでなく、より広い意味ではほかの国々や地域との思想的接合点をも内包した作品、文学史上では単に「代表的」と片付けられてしまうのかもしれないが、ここで言いたいのは上述のこととあわせて、客観性と批評件をともにそなえた、あたかも手軽な百科事典ともいうべき様相を呈する作品のことである。ページ数の多寡にその価値が左右されることはもちろんないし、大部の書物であれ（ディドロの『百科全書』のように）、一篇の短い詩であれ（ジョン・ダンのパラドックス詩のように）、時代精神の、あるいはパラダイムチェンジの痕跡が生々しく刻まれていることこそがその条件である。そうした作品は往々にして多義性をはらみ、批評を誘発する魅力に溢れている。連綿と続けられる批評行為のなかで作品の豊饒性が顕現するというならば、批評と創作は共犯関係にある。

かてて加えて、十八世紀というヨーロッパ近代を華々しく彩り、主義だのイズムだのが雨後の筍のごとくに現れ、大陸の内外でやりとりされる情報の圧倒的な増加と知的交歓を産み出した時代は、ディケンズの言い方を借りれば光の世紀でありまた闇の世紀。時代そのものが多面体としての様相を呈している以上、そういった作品を手がかりに進むのでなければ、文化史など到底理解できようはずもないが、逆に言えばそうした作品を手にすることでひとつの時代が面白いほどよく分かる、ということもあるだろう。ここに訳出したホセ・デ・カダルソの『モロッコ人の手紙』と『鬱夜』はそれだけの射程をそなえた、まさにロス・クラシコス中の一冊たるに相応しい作品といえよう。カダルソとその作品を知っていれば、十八世紀スペインをめぐる議論が汎ヨーロッパ的なコンテクストにおいていかようにでも展開できるようになる。さらに現代との比較の視点を盛り込めば、時空を縦横に行き来しながら自由度の高い批評が成立する。

ここでは作者の生涯とその作品を概観した後、上述二作品の批評的価値の一端を簡潔に紹介して解説に代える。

ホセ・デ・カダルソ・イ・バスケスの生涯

カダルソは一七四一年十月八日、スペイン南西部カディスに生まれた。カディスは紀元前十世紀ごろ、地中海を航海してイベリア半島に到達したフェニキア人が最初の入植拠点ガディールを築いた場所とされ、半島から突出した地形(古代には半島本土から隔てられた小島であった)から港湾としての重要性が高い。歴史をつうじて商業や海外交易の拠点として繁栄を享受することが多くあり、カダルソが誕生した当時も異国情緒に富んだ文物に溢れ、外国商人の往来が多くみられる文化的に開かれた国際的な都市であっただろう。余談になるが、スペインをひとつのネイションとして定義する最初の憲法であるカディス憲法(一八一二)が生まれたのはこの都市において、新旧両大陸の「スペイン人」代表が一堂に会し、迫りくるナポレオン軍の攻撃に怯えつつも国家の行く末を憂慮して、いつ果てるとも知れぬ議論を戦わせた成果としてであった。

父ホセ・マリア・デ・カダルソ・イ・ビスカラの一族はバスク地方ビルバオ近郊の小邑サムディオの出身であったが、新大陸貿易で交流のあったカディスの商人の娘ホセファ・バスケス・イ・アンドラデと結婚した。夫妻は長女マリア・イグナシアを授かったが、娘は三歳の年に夭逝する。カダルソを産んだ母親は作家の二度目の誕生日に世を去っている。父親が事業に多忙であったため、祖父の家で年長の従姉妹マリア・テレロ・イ・バスケスが少年カダルソの面倒をみた。その初等教育には伯父のイエズス会士マテオ・バスケスがあたり、同会が運営する学校で学んだ。一七五〇年（八歳）より同じくイエズス会の運営する当時ヨーロッパで最高の教育機関であったパリのルイ・ル・グラン校に学ぶ。古典の素養を彼はそこで身につけたものと考えられる。カダルソがその父親を初めて知ったのは、同地に彼が訪ねてきた十三歳の年であった。父の求めに応じて一七五五年イギリスに渡り、一年間ロンドン近郊のカトリックの学校に学んだ後、再びパリに戻り一年を過ごし、最終的にスペインに帰国したのは一七五八年、十七歳を迎える少し手前であった。長い不在の後にようやくその土を踏んだ祖国について後年、カダルソはあたかも外国に足を踏み入れたかのようであったと述懐している。

カダルソの父は息子を官僚にするべくマドリードの王立貴族学院に入学させるが、カダルソはその校風に息苦しさをおぼえる。父親のイエズス会に対する嫌悪を利用して信仰の道に入ることを仄めかすと、慌てた父親は息子を学校から解放した。僧籍に身を落ち着けようという息子の考えを払拭するべく、父親は後見役をつけてフランス、イギリスへの旅行に息子を送り出し、カダルソは行く先々で手に入る最良の書物を購った。しかしながら、実際にカダルソが希望していたのは軍人としての道であった。旅は父がコペンハーゲンで客死する一七六一年一月まで続いたが、知らせを受けてカダルソは帰国し、翌一七六二年九月には士官候補生として入隊している。

宮廷人としてのカダルソは国王カルロス三世や王太子（後のカルロス四世）、大貴族や時の権力者など様々な人々の庇護や寵愛、知遇を得るが成功への期待は終生彼を裏切ることとなった。軍人としての出世もきわめて遅々としたものであり、その生活は若き日に思い描いた理想とはまるで異なるものであっただろう。一七六八年に風刺作品『手暦と一七六八年のカーニバルやその他のための外国人向けキプロス案内(*Calendario manual y guía de forasteros en Chipre para el carnaval del año de 1768 y otros*)』を発表した廉でサラゴサへ追放された。その後マドリードに戻ってからは、ニコラス・フェルナンデス・デ・モラティンらとテルトゥリア(文学サークル)を構え、創作意欲も旺盛な時期が続く。一七七三年には部隊とともにサラマンカに駐屯し、そこでフアン・メレンデス・バルデスら若い世代の詩人たちを知ることになるが、モンティーホへと移ってからは孤独と自らの境遇に対する不満が募るばかりであった。一七八二年二月二十六日、従軍していたジブラルタル包囲戦の斥候中、爆発した手榴弾の破片を受けて頭部に負傷、早すぎる死を迎えた。念願であった大佐に昇進して(同年一月十二日)わずか一ヶ月ばかりのことであった。

作品

カダルソのもっとも初期の作品はおそらく、モンテスキューの『ペルシア人の手紙』に含まれたスペイン批判への反駁である『スペイン国民の擁護(*Defensa de la nación española contra la carta persiana LXXVIII de Montesquieu*)』であろう。問題となるのはモンテスキューの作品の第七十八の書簡で展開された、とある旅行者によるスペインについての軽侮に満ちた報告で、若き日のカダルソは当該の書簡の原文に逐一スペイン語訳を添えて、その内容の不正確なることを厳しく批判している。カダルソが祖国に帰還してから執筆されたものと考えられ、一七六八年から遅くとも一七七一年までには完成を見たものと思われる。劇作品は二点が現存している。最初の悲劇『ソラーヤ、あるいはチェルケス人たち(*Solaya o los circasianos*)』(一七七〇)は検閲によって出版、上演が禁止されたが、二番目の悲劇『ドン・サンチョ・ガルシア（*Don Sancho García*）』（一七七一）は時の権力者アランダ伯爵の支援も得て舞台に上った。同作品でヒロインを演じた女優マリア・イグナシア・イバニェスと恋仲となるが、彼女は同年四月二十二日に病で世を去った。表層的な知識人を揶揄した風刺『菫薫る賢人（*Los eruditos a la violeta*）』（一七七二）は人気を博し、当時流行の菫の香水を身にまとった似非知識人を指すその表題は現代のスペイン語においても「衒学者」を意味する慣用句となって王立アカデミアの辞書に収載されている。一七七三年には詩集『わが青春の手すさび（*Ocios de mi juventud*）』を出版し、牧歌的な恋愛詩のみならず、ロマン主義の世界観を先取りするような作品を発表している。このほかにも現存するもの、しないものを含めていくつかの作品を著しているが、文学史の中でカダルソの名と切っても切り離せないのはここに訳出した『モロッコ人の手紙（*Cartas marruecas*）』と『鬱夜（*Noches lúgubres*）』の二作品であろう。

『モロッコ人の手紙』

この表題を目にすれば、十八世紀ヨーロッパに親しい読者は即座にモンテスキュー『ペルシア人の手紙』（一七二一）のことを想起しよう。パリを目指してイスパハンを出発したふたりの旅人が、異郷で目にする文物を取り上げながら他者のまなざしをもって文化批評、社会批評を展開する書簡という形式で大当たりをとったひじょうに十八世紀らしい文学ジャンルの白眉である。ペルシアを遠く離れれば離れるほど郷里に残してきたハレムに対する支配力は弱まり、ついには反乱と崩壊がそこに生じるという結末も諧謔味に富んでいる。すでに述べたように、カダルソの最も早い段階での書き物は令名高いモンテスキューの広く知られた作品にみられたスペインに対する揶揄への反駁の文章であった（『スペイン国民の擁護』）。作家自身出版を考えてもいなければ後年省みることもなかったその作品と、後述するように三度の執筆段階を経、おそらくは死の寸前までその出版に意欲を抱いていたであろう『モロッコ人の手紙』とのあいだには、カダルソという作家の生涯を貫く大きなテーマが横たわっている。作家の豊饒な多面性が結晶しているこの作品をカダルソ畢生の作と呼ぶことに異論はあるまい。

もしその表題にとらわれて『モロッコ人の手紙』をモンテスキューの『ペルシア人の手紙』の模倣であると考えるならば、このユニークな作品を理解する上で最も重要な特質を見失うことになる。若書きの文章において青年カダルソが大法官モンテスキューの作品に対する反駁を試みた理由のひとつは当然ながらその中で祖国スペインが不当に貶められていたことにあるが、その一方で社会学的考察の先駆とも目されることの多いその作品における批評精神の不徹底こそがカダルソの不満を掻き立てるものであったことに目を留めなければ、作家がその後半生の多くの時間を費やして完成させた長大な作品の価値を正しく理解することはできない。考えてみるほどに『モロッコ人の手紙』は、モンテスキュー的であるというよりもむしろ反モンテスキュー的な作品なのである。

批評の公平性こそがカダルソにとって重要な問題であることは、すでにその序文においても垣間見ることができる。

ある人々に悪く思われるのとひきかえに作者は、そのほかの人たちに愛されたであろう。しかし、これらの書簡を支配する公平の精神にあっては、そのふたつの極からの憎悪を結び合わせずにはおかない。
（序文）

それでも「みずからの理性を用立てたいと願う人間は、この中庸をこそ追求せねばならない」とカダルソは、あるいは『モロッコ人の手紙』の架空の編者は続ける。書簡体小説の持つ可能性をカダルソは正しく理解していた。それは心地よい読書を可能にするとともに多岐に渡る主題について自由闊達に批評を繰り広げることのできる文学空間である。宗教と政治の主題は忌避したと断ってはいるが、作中ではそれらが細心の注意を払った上で間接直接に取り上げられており、そこにはいかなるタブーも存在していない。その上で批評という営為においてもっとも重要なのは、内容の新奇さではなく、それを統べる公平の精神である。いずれの極にも、党派にも肩入れすることなく、いかなる先入見からも自由に意見を陳述することこそがその至上の目的でなければならない。そのことを序文のみならず作品全体をつうじてカダルソは繰り返し表明している。カダルソのモンテスキューに対する反駁は表層的な知識と経験によってスペインを揶揄した旅人の書簡の内容に公平さが欠如していたことに端を発する。他者の視線を借りて彼らに奇抜と思われる物事を面白おかしく書き立てる風刺は、真剣な批評の作品としては失敗である。ではカダルソはモンテスキューをどのように乗り越えるのか。

主要な登場人物のひとりであり、多くの手紙の書き手であるガセルは大使の随行員としてスペインを訪れ、その国についての見聞を広めるため後に残ることを願い出てそれが許された。第一の手紙において表層的な知識に基づく報告を祖国の師ベン・ベレイにしたためることを自らに戒めるとともに、第二の手紙においても自身が今ある国の多様性を認識し、かつ外国人としての自分自身の観察の限界を意識してもいる。そもそもの始まりにおいて、ガセルは矢継ぎ早に手紙を出すということをしていない。第三の手紙の冒頭に「最後の手紙をしたためてからの数か月というもの」という断りを挿入して、自身が滞在する国の歴史について勉強する時間をとっていたことが知れるが、さらに数段落先では「この手紙は三週間前にここまで書かれ、その後放置されておりました」とある。これは彼が突然の病気に見舞われたためでもあるが、この間にガセルはスペイン人であるヌーニョにスペインの歴史の梗概を作成することを求め、病気から回復した後完成されたそれに目を通し、祖国の師にその写しを書き送っている。奇妙なのは、スペインの歴史にかんする勉強の成果をガセルが自らまとめ上げることはせず、当の国の人物の筆になる歴史の梗概をもってよしとしている点であろう。ここには、たとえ綿密な調査を経て完成されたものであっても、一介の外国人に過ぎない自分自身の不見識によってそれが歪められたものとなることへの危惧がある。それゆえに彼は、ヌーニョの手になる梗概に目を通し、それが彼の「お国びいき」によって歪められたものでないことを自らの知識によって確認した後、ベン・ベレイに送っているのだ。この珍妙な周到さはガセル、ベン・ベレイ、ヌーニョの三人が交換するそれぞれの書簡において幾度となく現れるものである。

この三者の性質や境遇における違いもまた、意見の偏りを矯める装置となっている。すなわち、ガセルとベン・ベレイはイスラム教徒のモロッコ人であるのに対しヌーニョはキリスト教徒のスペイン人であること、ベン・ベレイとヌーニョはともに豊かな人生経験を有する年齢に達しているのに対しガセルは若者に過ぎないこと、そしてベン・ベレイが遠く離れたモロッコの地で間接的にスペインならびにヨーロッパについての知識を得ることしかできないのに対しガセルとヌーニョはそれを直接的に体験できるという三つの対立軸である。一方的な見解の押し付けは『モロッコ人の手紙』においてはみられない。序文に「自然こそが唯一の判官である。しかしその声はどこで聞かれよう?」と記されたこの作品のポリフォニーの森を、読者は自らの感性と良識をたよりに歩いて行くほかかない。

ところで、外国人の手紙という体裁をとった書簡体小説はモンテスキューの作によって大いに成功を収めたが、カダルソの作品には『ペルシア人の手紙』にも、あるいはオリバー・ゴールドスミスの『世界市民、あるいは中国人の手紙』（一七六〇）にも見られないある革新が取り入れられている。それはラッセル・P・シーボルトが的確に指摘したとおり、観察者であるところの外国人が滞在する当の国の人物、すなわちスペイン人ヌーニョ・ヌーニェスという人物の挿入である。『モロッコ人の手紙』は全体が九十の書簡によって構成されているが、書き手はそれぞれガセルが六十九通、ベン・ベレイが十一通、ヌーニョは十通となっている。しかしながら、ヌーニョは作品をつうじてほぼすべての書簡に遍在する。多くの機会にガセルはスペイン人の友人の言葉や意見、ときにはその作品の写しを丸ごと引用し、自身はあくまで若干のコメントを加えるか同意を示すにとどまっている。これは外国人の目を借りた批評ではなく、当事者国民もまた参加する新しいタイプの「国民の批評」の誕生である。そうであればこそ、先に述べたような批評の公平性がこの上もなく重要となる。観察や批評の対象となるその国の人間の意見をも織り交ぜながらカダルソの作品は進展していくのであり、ある人物が開陳した意見に別の人物が異論を唱えることもあれば、時間の経過にあわせて繰り返し取り上げられる主題もある。糸を撚り合わせるようにして三者がそれぞれの見解を提示していく際に、書き手が互いを「誠実な人間」として尊重していることは興味深い。作品全体をつうじてつねに称揚されるこの理想は「真の国際人、あるいは世界市民」（第八十の手紙）であることによって「地球上のこの地域、あるいはその裏側や、どこぞの国に生まれ落ちることは偶然の所産に過ぎない」（第三の手紙）と考える人々の対象との距離の取り方、すなわち客観視を可能にする。

国民とも民族とも国家とも訳せるネイション（nación）という概念やそれをめぐる問題意識もまたこの時代にその萌芽を見せたものであってみれば、カダルソの文学的営為は同時代の最先端の動向を鋭敏に嗅ぎとっていたものと考えることもできる。だが一方では、強い愛国心を持ち、軍人としてその生命を賭しながらも、遅々とした出世に不満を漏らし、近しい友人たちには退役の希望さえも打ち明けていた一人の軍人作家の抱懐したディレンマを看過してはならないだろう。『モロッコ人の手紙』が一筋縄ではいかない作品であるのと同様に、その作者もまた複雑な感情、期待、状況に翻弄された一個の人間であった。カダルソというプリズムは十八世紀後半のスペインを千変万化に写し出す万華鏡でもある。

残念ながら、『モロッコ人の手紙』の作者による自筆原稿はこれまでに発見されていない。したがって完全な正確さをもってその成立年代を同定することはできない。しかしながらこの作品について、カダルソが死の寸前までその出版に意欲を抱いていたであろうと上に書いたのは、軍務にあって彼の願い出ていた休暇が認められなかったことから作品が自身の望む形では出版されないであろうという危惧を友人に書き送っていることばかりでなく、出版の許可を得られなかった作品の原稿を引き上げた後、加筆修正を施していることによる。いずれにしてもその執筆年代については作中の言及、友人に宛てた書簡にみられる作品への言及、歴史的事実から一七六八年から一七七八年のあいだ、としか言うことができない。

カダルソが『モロッコ人の手紙』の出版を目論んだ時代というのは、スペインにおいて進歩的な改革推進派が次第にその勢力を失って守旧派に押されるようになった時代でもあり、それが学問の進歩発展を許容する思想的な自由が抑圧されていった背景となっている。カダルソの周囲では、彼や仲間の劇作家に庇護を与え演劇改革を推進したアランダ伯爵の失脚以降、その右腕として働いたパブロ・デ・オラビーデの異端審問所への告発（一七七五年、翌年拘束、その二年後に有罪判決）、マドリードでともにテルトゥリアを構えていたベルナルドとトマスのイリアルテ兄弟の訴追（一七七四年、一七七六年）などが相次ぎ、自由に思想信条を公にすることが難しくなっていた。当時の検閲においては出版物の中で思想的に不適切とみなされた箇所について暴力的とさえいえる修正や削除が加えられる。『モロッコ人の手紙』における様々なテクストにおいては相互の異同が甚だしく、そこには検閲ならびに作家の異端審問所に対する恐怖から来る自己検閲の影響が及んでいるものと考えられてきた。したがって、この作品の校訂にあってはより古い形を残すテクストを珍重する傾向が従来あったのである。しかし、そうして加えられた変更の多くは思想信条的な側面にかんする機械的、形式的なものというよりもむしろ、美的観点からなされたものや作品の文脈上の都合に大いに配慮したものであること、すなわち作者自身でなければよくなしえない性格の改変であることをエミリオ・マルティネス・マタは正しく洞察し、異なるテクストの伝来系統を文献学的な調査、とりわけ客観的な本文批評の方法をとって明らかにした。それによれば、『モロッコ人の手紙』の失われた原テクストには三度の執筆段階が認められる。そして変更の多くが検閲を怖れた結果というよりも作者自身の推敲の筆によるものであるならば、校訂作業によって復元されるべきは最終執筆段階のオリジナルに由来するテクストでなければならないだろう。マルティネス・マタは調査の結果を踏まえ、詳細な注を施すとともに文献学的に有益な情報を集積して二〇〇〇年にクリティカ社から作品の校訂版を上梓した。これが『モロッコ人の手紙』校訂の歴史における画期となる。その以前と以後では、『モロッコ人の手紙』の受容そのものが形を変えている。

『鬱夜』

墓を暴いて埋葬された亡骸を盗掘する企て、夜陰に乗じて教会にしのび込む二人の男、人間社会への痛烈な批判と陰鬱な感情の吐露、膿と蛆虫とに塗れて変わり果てた姿を晒すかつての美貌の持ち主、薄情な友人への呪詛、牢獄の悲惨な環境とそこで生ずる黒い想念、哀れなる同胞への憐憫の表出、そして突然の幕切れ。短いながらも圧倒的なインパクトを持つこの作品については、同じ作者の『モロッコ人の手紙』の中で言及がなされている。少し長くなるが引用する。

もしマドリードの空がこれほど清澄で美しくはなくなり、ロンドンの空のように物悲しく濁って陰鬱になったならば（その物悲しさ、濁り、陰鬱さは、地理学者、科学者によればテムズ河の霧、石炭の煙、そのほかの原因より来るのだが）、ある友の死に際してヤング博士の書いたそれのスタイルに倣って書きあげた『鬱夜』なる作品の出版に踏み切ることだろう。黒の紙に黄色のインクで印刷し、そのエピグラフとしてわたしが最も相応しいと思うものは、ほかならぬトロイアの滅亡の事績より引かねばならないとしても、つぎのものになろう。

残酷な苦しみが
恐怖と、幾千という夜の姿があらゆるところに
(*crudelis ubique*
luctus, ubique pavor et plurima noctis imago)

（第六十七の手紙）

書物の出版形態について、作者がその意匠にまつわる指示を明らかにしていることすら同時代にあってはきわめて特異なケースではあるが、ここでは作品の暗鬱な雰囲気をイギリスのヤング博士、すなわちエドワード・ヤングの長編詩『夜想、生と死と不滅について』（一七四二―四五）と関連付けていること、そして執筆の動機として「ある友の死」に言及していることに注意を向けたい。

一七七一年にカダルソの悲劇『ドン・サンチョ・ガルシア』が上演され、その主要な登場人物であるド

ニャ・アバを女優マリア・イグナシア・イバニェスが演じた。作家と女優は恋仲となるが、数ヵ月後マリア・イグナシアは病没する。その悲しみを結晶化させたものが『鬱夜』であると考えることがひとまずは妥当と思われるが、引用中の「ある友」はスペイン語では男性の友人(un amigo mío)を指している。さらには『鬱夜』の本文でも主人公テディアトがその墓から亡骸を盗み出そうとしている人物の性別が判然と知れる箇所はきわめて寡少であり、これによって亡くなった人物を女性と考えることの正当性が失われてしまうかに見える。しかしながら、よくよく考えてみれば名詞に性別があり、関連して冠詞や代名詞にもその影響の及ぶスペイン語で書かれている以上、ことほどさように性別を決定する要素が排されているとすれば、それはスペイン語の文章としてきわめて不自然な事態が出来しているということになる。そこにはなんらかの意図が隠匿されていると考えてしかるべきで、そのことについては以前に一文を草したことがある。そこでの議論を要約すれば、『モロッコ人の手紙』の中で『鬱夜』執筆の動機として挙げられている「ある(男の)友の死」こそが、社会的には認められるはずもなかったサンティアゴ騎士団員でもあるカダルソと一介の女優マリア・イグナシアの恋愛の隠れ蓑となっている。

上に引用した『モロッコ人の手紙』第六十七の手紙は一七七四年までには書かれている。文中「ヤング博士の書いたそれのスタイルに倣って書きあげた『鬱夜』なる作品」の「書きあげた」という部分は現在完了形で書かれており(he compuesto)、『鬱夜』という作品が同年中のどこかの時点で書かれていたと考えることができる。これがひとまずの下限であろう。一七七五年の四月あるいは五月、戦地に赴くにあたってカダルソは自身の作品を弟子のメレンデス・バルデスに託しているが、じじつその目録の中にもすでに『鬱夜』が含まれている。しかし着想はマリア・イグナシアの死という断腸の苦しみ、悲嘆、絶望を経て得られたものであろう。いずれにしても、その成立は一七七一年から一七七四年のあいだのことである。

一七七〇年代というディケイドにヨーロッパで一体何が起こったのか、人々の感受性というものにかんしてそれを正確に知ることは難しい。ただそれに先立つ時代から緩やかに準備されてきた様々な要素が混淆し、ついにはそれ自身の圧力に耐えかねて噴出するようにしてロマン主義がその具体的な表現を持つようになった。早くも一九三〇年、ポール・ヴァン・ティーゲムは『鬱夜』の強烈なロマン主義を一七七〇年代において先駆的と評しているが、一七七四年にはゲーテの『若きウェルテルの悩み』が出版される。ガスパール・メルチョール・デ・ホベリャーノスの『名誉ある科人』もこの年の作。堰を切ったように現れる新しい感受性、すなわちロマン主義的色彩を帯びた作品群を前に、この芸術思潮を十九世紀に特有のものと考えることが正しくないことは明白で、ウゴ・フォスコロ『ヤコポ・オルティスの最後の手紙』（一八〇二）、シャトーブリアン『ルネ』（一八〇二）、セナンクール『オーベルマン』（一八〇四）からバイロン卿『カイン』（一八二一）、リバス公爵『ドン・アルバロ、あるいは運命の力』（一八三五）、ミュッセ『世紀児の告白』（一八三六）あたりまでの幾度かは断絶を含むロマン主義の流れというものを掴むことの方が、百年単位で文学史を細切れにすることよりもずっと有益であろう。付け加えると、海をまたいでアメリカ大陸で一七八九年に出版されたウィリアム・ヒル・ブラウンの『共感力』にはまさしくゲーテの作品が登場しているし、これをヨーロッパに限定する必要もまたない。

『鬱夜』冒頭には「英国人ヤング博士の筆になるそれの作法に倣いて」とカダルソ自身が記しているが、後にウィリアム・ブレイクが一連の挿絵銅版画を作成することになる長編詩には内容的に『鬱夜』と共通するものが少ない。強いて言えば『鬱夜』の登場人物の一人ロレンソの名が『夜想』で詩人の語りかける不在の人物と同名であることくらいのものである。ヤングが韻文（ブランク・ヴァース）で作品を著したのに対し、カダルソは散文で、しかも「対話（diálogo）」とこれを位置付けながら戯曲としての形式を与えて『鬱夜』

を完成している。ヤングの作品をフランスに紹介したル・トゥルヌルもまたそれを散文で訳しているが（一七六九）、それ以上にカダルソとヤングの作品の内容的な隔たりは大きく、むしろトマス・グレイやウィリアム・コリンズら英国の墓畔派、グレイヴヤード・ポエトリの伝統の代名詞としてヤングの名が挙げられていると考えるべきで、直接的な影響を受けたというよりはその固有名が発散する雰囲気全体を大きなモードとして作者が捉えていたものと理解したい。

今日の読者にとってそうであるのと同様に、同時代の読者（『鬱夜』が初めて公の目に触れたのは一七八九年から翌年にかけての『コレオ・デ・マドリード』紙上）にとってこの作品がスキャンダラスな作品であったことは間違いのないようで、その内容もさることながら唐突に思われるその幕切れに大衆は耳目をそばだてるとともに大いなる欲求不満をおぼえた。そこから別人の筆になる「第三夜のつづき」（一八一五）や「第四夜」（一八二二）といった贋の続編が登場し、それらがあたかもカダルソの遺稿であるかのように刊本に収録されたばかりか、『鬱夜』の内容はすべて事実に即したものであると報告する怪文書「作者の親しい友人の手紙」（一八一七）が現れるなど、パラテクストの豊饒さが十九世紀をつうじて四十を優に超える版を数えるにいたったこの作品の人気を示している。「恋愛、冒険、そしてその栄光に満ちた死において行動に移した最初のロマン主義者」とカダルソを評した碩学マルセリノ・メネンデス・イ・ペラーヨの言葉がはたして本気であったか否かを判断することはもはやできないが、様々な尾鰭のついたカダルソをめぐる言説は『鬱夜』という作品が収めた出版上の成功とそのロマン主義の勝利の証といえよう。

底本について

スペインの出版業界における慣例ではカダルソの代表作であるこれら二作品は合本され、本書と同じ順番で収録されることが多い。翻訳の底本について、ふたつの作品ともに以下に挙げる二〇〇七年のクリティカ社のエミリオ・マルティネス・マタの校訂版を利用した。これは作品テクストにかんして二〇〇〇年に同社から同じ編者によって上梓されたものと同内容であるが、先行する版に含まれる誤りを正したものである。なお、寡少ではあるが読者の便宜を図って段落の分割や改行を挿入した箇所がある。

Cadalso, José de. *Cartas marruecas. Noches lúgubres.* Ed. Emilio Martínez Mata. Barcelona: Crítica, 2007.

その他参照した版は数多いが、主要なものを年代順に挙げる。注の作成と解説の執筆にあたってはこれらに多くを負っている。感謝したい。

Cadalso, José de. *Cartas marruecas.* Eds. Lucien Dupuis y Nigel Glendinning. London: Támesis, 1966.

——. *Cartas marruecas.* Ed. Manuel Camarero. Madrid: Castalia, 1984.

——. *Noches lúgubres.* Ed. Nigel Glendinning. Madrid: Espasa-Calpe, 1993.

——. *Cartas marruecas. Noches lúgubres.* Ed. Emilio Martínez Mata. Barcelona: Crítica, 2000.

——. *Cartas marruecas. Noches lúgubres.* Ed. Russell P. Sebold. Madrid: Cátedra, 2000.

——. *Noches lúgubres.* Ed. María-Dolores Albiac Blanco. Madrid: Biblioteca Nueva, 2000.

カダルソの作品と出会ったのは二〇〇一年のことで、それからずいぶんと時間が過ぎた。エミリオ・マルティネス・マタの素晴らしい校訂版に出会ったのもその年であるし、今は亡きスペイン十八世紀研究の巨星ラッセル・P・シーボルトとただ一度の邂逅を果たしたのもその年であった。十八世紀スペインとこれほど長い付き合いになるとは当初想像もしなかったはずだが、カダルソ作品を日本語で紹介することでようやくひとつ宿題を終えたような気持ちでいる。翻訳にあたっては多くの方と機関より支援を賜った。個別に名前を挙げることは控えるが、心からの感謝を捧げたい。

振り返っては自分の青春をなぞるような、楽しい仕事であった。黙々と作業をするぼくの背中を見守ってくれた千尋と息子の豊作に、愛をこめて。

二〇一六年秋　訳者識

ホセ・デ・カダルソ・イ・バスケス 年譜

カダルソの生涯と作品

一七四一年　十月八日、カディスに誕生。

一七四三年　十月八日、母死去。

一七四七—五〇年ごろ　イエズス会の伯父が教えていたカディスの学校で初等教育を受ける。

一七五〇—五四年　同じくイエズス会の運営するパリのコレージュ・ルイ・ル・グランに学ぶ。初めて父を知る。

一七五五—五六年ごろ　父のあとを追ってイギリスに渡り、英語を学ぶ。

スペインと周辺国の出来事

オーストリア継承戦争。スペインはフランスと同盟（一七四〇）。

フェリペ五世没、フェルナンド六世即位（一七四六）。

オーストリア継承戦争終結（一七四八）。

リスボン大地震（一七五五）。

芸術、文化における出来事

ヴィヴァルディ没（一七四一）。

ヘンデル『メサイア』、フェイホー『博学好奇書簡』一巻（一七四二）。

ゴヤ誕生（一七四六）。

モンテスキュー『法の精神』（一七四八）。

バッハ没（一七五〇）。

『百科全書』刊行開始（一七五一）。

モンテスキュー没（一七五五）。

モーツァルト誕生（一七五六）。

一七五七年ごろ　パリに戻りさらに一年学ぶ。		ディドロ『私生児』（一七五七）。
一七五八―六〇年　スペインに帰国。マドリードでイエズス会が運営する王立貴族学院に学ぶ。	フェルナンド六世没、カルロス三世即位。ポルトガル、イエズス会を追放（一七五九）。	イスラ神父『フライ・ヘルンディオ・デ・カンパサス』（一七五八）。シラー誕生、ヴォルテール『カンディド』（一七五九）。
一七六〇―六二年　ヨーロッパを旅行。	イギリス、ジョージ二世没、ジョージ三世即位（一七六〇）。	スターン『トリストラム・シャンディ』刊行開始（一七六〇）。
一七六一年　父コペンハーゲンで客死。スペインに帰国。		ルソー『新エロイーズ』（一七六一）。
一七六二年　ボルボン騎士団に士官候補生として入隊。	対イギリス・ポルトガル戦役。ハバナ陥落。フランス、イエズス会を追放（一七六二）。	フィヒテ誕生、ルソー『社会契約論』、『エミール』（一七六二）。
一七六四年　大尉に昇進。		ヴォルテール『哲学辞典』（一七六四）。
一七六六年　エスキラーチェの暴動発生。オレイリ伯爵の命を救う。サンティアゴ騎士団員に叙される。	エスキラーチェの暴動（一七六六）。スペイン、イエズス会を追放（一七六七）。	アウグスト・ヴィルヘルム・シュレーゲル誕生（一七六七）。

一七六八年　マドリードよりアラゴンに追放。『わが青春の手すさび』に収録されることになる詩を書き始める。

一七七〇年　ニコラス・フェルナンデス・デ・モラティンとの交友が始まる。女優マリア・イグナシア・イバニェスを知る。

一七七一年　一月二十一日より五日間、悲劇『ドン・サンチョ・ガルシア』が上演される。四月二十二日、マリア・イグナシア死去。

一七七二年　サン・セバスティアン酒場のテルトゥリアに足繁く通う。『菫薫る賢人』出版。その補遺ならびに続編（『菫薫る軍人』）も完成。

一七七三年　『わが青春のてすさび』出版。

ナポレオン・ボナパルト誕生（一七六九）。

ボストン茶会事件（一七七三）。

シャトーブリアン誕生、クック最初の航海（一七六八）。

ベートーヴェン、ヘーゲル、ヘルダーリン、ワーズワース誕生（一七七〇）。

ウォルター・スコット誕生、王立アカデミア文法書を出版（一七七一）。

ノヴァーリス、コールリッジ、フリードリヒ・シュレーゲル誕生（一七七二）。

ゲーテ『鉄腕ゲッツ』（一七七三）。

一七七三―七四年　サラマンカに移る。ファン・メレンデス・バルデスらサラマンカの若い詩人たちを知る。

一七七四年　この年までに『鬱夜』が完成。『モロッコ人の手紙』も十月までには完成している。

一七七六年　上級曹長に昇進。

一七七七年　少佐に昇進

一七七九―八一年　ジブラルタルの戦場に配置される。戦況報告のため身分を隠してマドリードとのあいだを往来する。

一七八二年　一月十二日、大佐に昇進。二月二十六日、手榴弾による負傷により戦死。

ルイ十六世即位（一七七四）。

アメリカ東部十三州独立革命（一七七五）。

アメリカ独立宣言（一七七六）。

対イギリス戦役、ジブラルタル包囲戦（一七七九）。

パリ条約でアメリカ独立承認（一七八三）。

ゲーテ『若きウェルテルの悩み』、ホベリャーノス『名誉ある科人』（一七七四）。

ターナー誕生（一七七五）。

ハインリッヒ・フォン・クライスト誕生（一七七七）。

ヴォルテール、ルソー没（一七七八）。

ニコラス・フェルナンデス・デ・モラティン没（一七八〇）。

カント『純粋理性批判』、レッシング没（一七八一）。

一七八九年　『モロッコ人の手紙』が連載の形で『コレオ・デ・マドリード』紙上に掲載。十二月六日から翌年一月六日にかけて『鬱夜』が連載の形で『コレオ・デ・マドリード』紙上に掲載。	フランス革命（一七八九）。	
一七九〇年　『菫薫る軍人』出版。		バーク『フランス革命の省察』（一七九〇）。
		モーツァルト没、サド『美徳の不幸』（一七九一）。
一七九二年　『鬱夜』がアンソロジーに収録。	フランス王政廃止、共和制樹立（一七九二）。	
一七九三年　『モロッコ人の手紙』出版。	ルイ十六世処刑（一七九三）。	
一七九八年　『鬱夜』が『ドン・サンチョ・ガルシア』と合本されて出版	ナポレオン率いるフランス軍エジプト遠征（一七九八）。	
	ナポレオンがクーデタに成功（一七九九）。	

【著者紹介】

ホセ・デ・カダルソ José de Cadalso（1741－1782）

スペイン・カディス生まれ。ヴォルテールらが輩出した当時ヨーロッパ最高の教育機関であったパリのルイ・ル・グラン校などに学ぶ。帰国後は軍務に身を投じるとともに、マドリード社交界の寵児となる。数多くの文学者と交友を結び、詩、演劇、小説など多岐にわたるジャンルで作品を残した。『モロッコ人の手紙』、『鬱夜』はそれぞれ同時代の批評精神とロマン主義的感性を体現する作品として評価が高い。そのほかの作品に、小説『菫薫る賢人』、詩集『わが青春の手すさび』、悲劇『ソラーヤ、あるいはチェルケス人たち』と『ドン・サンチョ・ガルシア』などがある。ジブラルタル包囲戦に従軍、手榴弾の破片を頭部に受けて戦死した。

【訳者紹介】

富田広樹（とみた・ひろき）

1978年、札幌生まれ。東京大学大学院総合文化研究科博士課程修了（学術博士）。北九州市立大学准教授。専門は18世紀スペイン文学。

ロス・クラシコス7

モロッコ人の手紙／鬱夜

発　行　2017年3月20日初版第1刷　1000部
定　価　3200円＋税
著　者　ホセ・デ・カダルソ
訳　者　富田広樹
装　丁　本永惠子デザイン室
発行者　北川フラム
発行所　現代企画室
東京都渋谷区桜丘町15-8-204
Tel. 03-3461-5082 Fax 03-3461-5083
e-mail: gendai@jca.apc.org
http://www.jca.apc.org/gendai/
印刷所　中央精版印刷株式会社

ISBN978-4-7738-1706-5 C0097 Y3200E